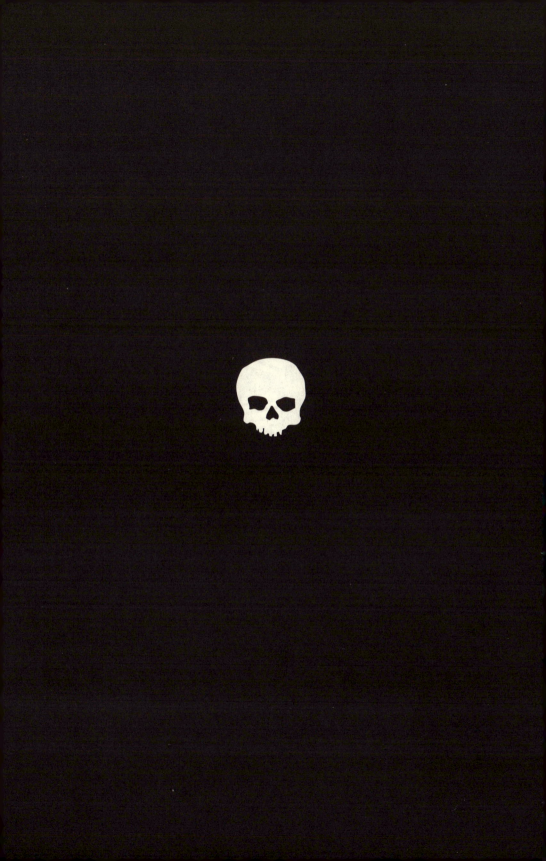

Copyright © 2020 Enéias Tavares
Todos os direitos reservados

CRÉDITO DAS ILUSTRAÇÕES:
Ana Luiza Koehler © pgs. 13-24 / Alamy © /
Gettyimages © / 123RF © / Stockphotos ©

Diretor Editorial
Christiano Menezes

Diretor Comercial
Chico de Assis

Gerente Comercial
Giselle Leitão

Gerente de Marketing Digital
Mike Ribera

Editor
Lielson Zeni

Capa e Projeto Gráfico
Retina 78

Coordenador de Arte
Arthur Moraes

Designers Assistentes
Guilherme Costa
Sergio Chaves

Finalização
Sandro Tagliamento

Preparação
Guilherme Kroll
Retina Conteúdo

Revisão
Lauren Nascimento
Maximo Ribera

Impressão e acabamento
Gráfica Geográfica

DADOS INTERNACIONAIS DE CATALOGAÇÃO NA PUBLICAÇÃO (CIP)
Angélica Ilacqua CRB-8/7057

Tavares, Enéias
  Parthenon místico : um romance de Brasiliana Steampunk / Enéias Tavares ; ilustrado por Ana Luiza Koehler. — Rio de Janeiro : DarkSide Books, 2020.
  352 p. : il.

ISBN: 978-65-5598-030-1

1. Ficção brasileira 2. Ficção científica I. Título II. Koehler, Ana Luiza

20-3531   CDD B869.3

Índices para catálogo sistemático:
1. Ficção brasileira

[2020]
Todos os direitos desta edição reservados à
DarkSide® *Entretenimento LTDA.*
Rua Alcântara Machado 36, sala 601, Centro
20081-010 — Rio de Janeiro — RJ — Brasil
www.darksidebooks.com

*"De se fazer livros não há fim
E muita dedicação a eles
É prazer para a carne."*
ECLESIASTES
12:12

*"O Brasil tem um grande
Passado pela frente."*
**MILLÔR
FERNANDES**

*"Entre a escola da lei e o
arquipélago do desejo...
o Parthenon Místico."*
**SERGIO
POMPEU**

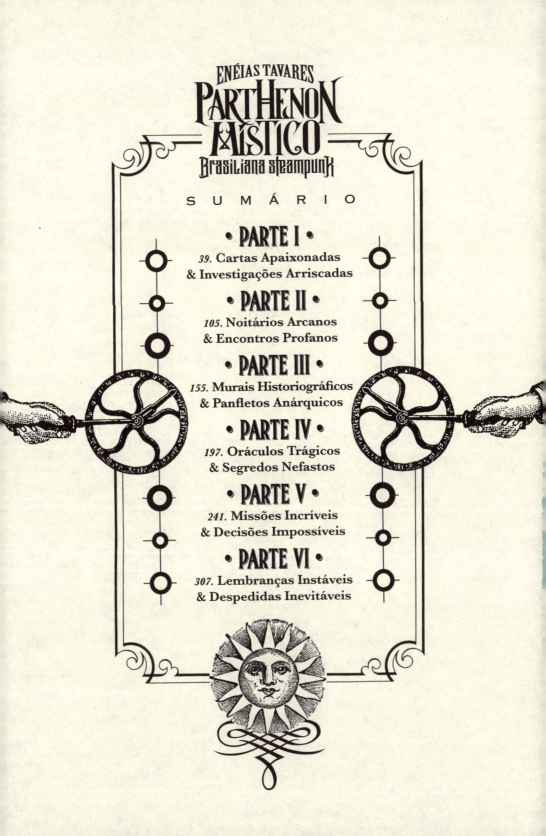

ENÉIAS TAVARES
PARTHENON MÍSTICO
Brasiliana steampunk

SUMÁRIO

• PARTE I •
39. Cartas Apaixonadas
& Investigações Arriscadas

• PARTE II •
105. Noitários Arcanos
& Encontros Profanos

• PARTE III •
155. Murais Historiográficos
& Panfletos Anárquicos

• PARTE IV •
197. Oráculos Trágicos
& Segredos Nefastos

• PARTE V •
241. Missões Incríveis
& Decisões Impossíveis

• PARTE VI •
307. Lembranças Instáveis
& Despedidas Inevitáveis

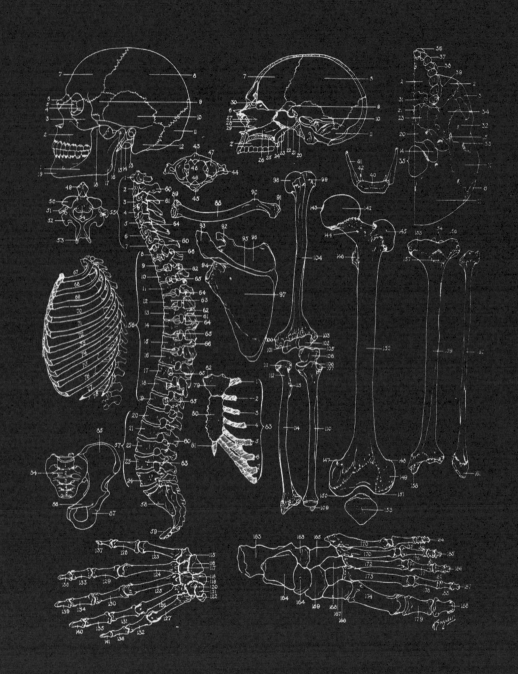

DRAMATIS PERSONAE

SERGIO POMPEU
ESTUDIOSO OCCULTISTA

BENTO ALVES
AVENTUREIRO MÍSTICO

DOUTOR BENIGNUS
INVENTIVO SCIENTISTA

VITÓRIA ACAUÃ
MÉDIUM INDÍGENA

SOLFIERI DE AZEVEDO
IMORTAL SATANISTA

ANTOINE LOUISON
MÉDICO RENOMADO

BEATRIZ DE ALMEIDA & SOUZA
ENIGMÁTICA ESCRITORA

GIOVANNI FELIPPETO
VIOLINISTA FORAGIDO

REVOCATO PORTO ALEGRE
AGENTE DUPLO

GEORGINA MAGALHÃES
ESPECTRO AMALDIÇOADO

TROLHO (MODELO B215)
SECRETÁRIO ROBÓTICO

ANTUNES PEIXOTO
POLICIAL CORRUPTO

ALVARENGA DA SILVA
POLICIAL AZARADO

NIOKO TAKEDA
AGENTE POSITIVISTA

DOUTOR SIGMUND MASCHER
FRENOLOGISTA SÁDICO

AUTÔMATO E564
GUARDA-COSTAS ROBÓTICO

GRÃO-ANCIÃO POSITIVISTA
GRANDE VILÃO DA ESTÓRIA

BEATRIZ DE ALMEIDA & SOUZA

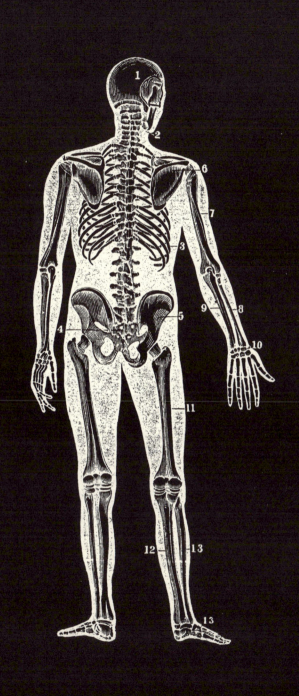

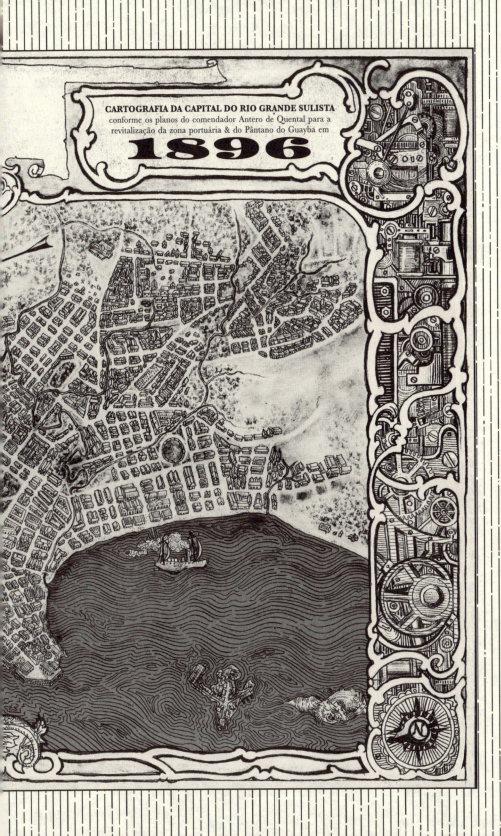

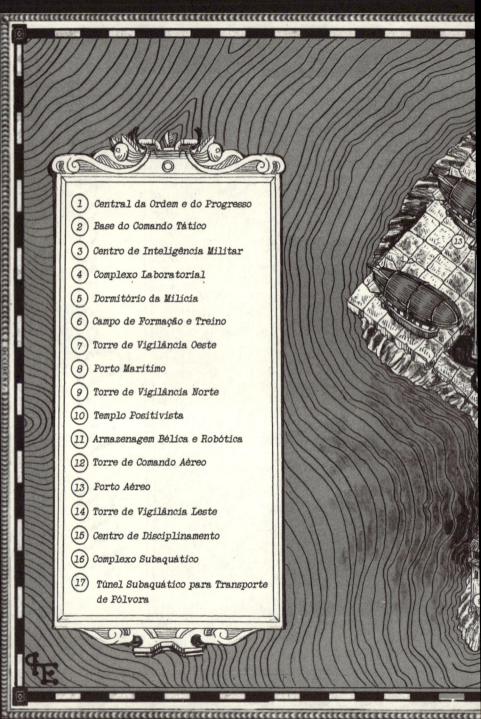

1. Central da Ordem e do Progresso
2. Base do Comando Tático
3. Centro de Inteligência Militar
4. Complexo Laboratorial
5. Dormitório da Milícia
6. Campo de Formação e Treino
7. Torre de Vigilância Oeste
8. Porto Marítimo
9. Torre de Vigilância Norte
10. Templo Positivista
11. Armazenagem Bélica e Robótica
12. Torre de Comando Aéreo
13. Porto Aéreo
14. Torre de Vigilância Leste
15. Centro de Disciplinamento
16. Complexo Subaquático
17. Túnel Subaquático para Transporte de Pólvora

NOTA SOBRE
A GRAPHIA

Em respeito aos leitores & leitoras que nos presentearam com seu tempo e energia, vimos aqui esclarecer a grafia empregada nesta experimentação folhetinesca. Uma vez que ela muito deve aos clássicos de outrora, optamos por manter nesta noveleta de aventura e sciência ficção a riqueza da nossa linguagem em sua forma e symbologia antiga, algo que os heróis aqui apresentados certamente aprovariam. Quanto a quaisquer exceções ou falhas em tal retorno temporal ao brio de nossa língua pátria, de imediato nos desculpamos, assegurando que possíveis equívocos se deram por falha robótica. Como sabem, a força autômata, apesar de forte e rápida, carece da sutileza da percepção humana. Por fim, mais uma vez, reforçamos nossa discordância quanto a posteriores atualizações ortográphicas de nosso vernáculo, ações impensadas de positivistas decadentes em busca de uma língua pura ou, como postulam nossos arcanos linguistas, espúria. Fica aqui registrado que os integrantes do Parthenon Místico — essa agremiação esotérica, secreta e, sempre, inquieta — discordam peremptoriamente dessas revisões, acreditando que a verdadeira língua está na algazarra dos povos & na rima dos poetas.

AVISO IMPORTANTE

Esta narrativa se passa quinze anos antes do folhetim publicado sob o título *A Lição de Anatomia do Temível Dr. Louison*, não sendo, porém, necessário que você tenha lido o volume anterior para acompanhar as aventuras que se seguem ou vice-versa. Naquela narrativa, o destino do doutor do título é colocado em risco e a existência do Parthenon Místico é apresentada como certa e conhecida, bem como suas duas gerações de heróis libertários. Nesta prequela, portanto, veremos a origem, os dramas e as aventuras prévias do grupo fora da lei. Quanto às demais informações, situações, personagens e diálogos aqui dramatizados, não passam de mera ficção sem quaisquer relações diretas ou manifestas com a insólita realidade do país do futuro. Que o leitor audaz & a leitora atenta usem de discernimento, em especial quanto aos atuais estados da educação e da cultura em nosso Brasil, terra mui vasta e rica que os nativos chamavam de Pindorama, isso antes dos europeus aqui chegarem e darem início à balbúrdia que aí está!

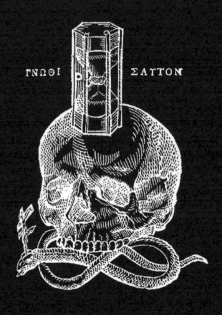

Ilha do Desencanto,
11 de novembro de 1896

O que ouvimos do vento são os phantasmas de outrora.
 Ou então os bramidos de dor das mortes recentes.
 Conduzidos pela ventania que nos empurra, chegamos aos dois homens.
 Sergio Pompeu abraça o corpo frágil do Dr. Benignus.
 Ao lado deles, um avariado autômato observa e registra.
 Os olhos do velho scientista estão embaçados.
 Depois de enxugá-los com um lenço imundo, ele o deixa cair.
 O vento selvagem açoita o tecido manchado de sangue e o faz voar.
 Duas pás enferrujadas, cravadas na terra macia da Ilha do Desencanto, os separam dos cinco túmulos recém-cavados.
 No interior deles, corpos jazem quedados.
 Acima, lápides improvisadas signalizam seus nomes.

Louison

Beatriz

Solfieri

Bento

Vitória

A ventania uiva sobre o pântano, desviando dos escombros do que um dia fora o lugar conhecido pelos pescadores locais como a Mansão dos Encantos.
 As pernas feridas de Sergio fraquejam.
 O jovem despenca enquanto suas lágrimas misturam-se à lama.
 Sonhos & pesadelos o fazem voltar no tempo.

· PARTE I ·

Cartas Apaixonadas
& Investigações Arriscadas

*Na qual o bravo Sergio Pompeu,
Após sobreviver ao atroz Ateneu,
Chega ao sul e contata amigos & vilões
Ou quase enfarta com mestres sabichões!*

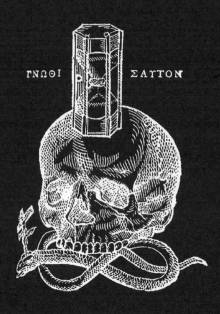

ENÉIAS TAVARES
PARTHENON MÍSTICO

PORTO ALEGRE DOS AMANTES,
20 DE MAIO DE 1896

[...]

Foi assim que, a serviço do Parthenon Místico, resgatei Vitória Acauã dos experimentos positivistas e destruí seu infernal laboratório de testes e execuções.

E aqui, meu caro Sergio, findo esta narrativa de venturas e horrores, na esperança de que aceites meu convite e venhas visitar-me, talvez buscando a cura para as tuas feridas, como Vitória e eu achamos a nossa neste grupo de singulares criaturas.

Encontro-me agora num espaço e num tempo novo, cerceado da intimidade dessa nova família. Antes disso, ter desarmado o jardineiro assassino era a façanha da qual mais me orgulhava, façanha que me galgou ao título de herói no Ateneu.

Hoje, substituo aquela lembrança pela visita ao Inferno positivista, quando enfrentei os demônios mechânicos para libertar Vitória, então cobaia de vis sscientistas.

Espero que tenhas também estórias a contar e que ainda possamos ser cúmplices um do outro, parceiros na noite e na vida. Tenho esperança de que tenhas conseguido te livrar das amarras paternas e revelar aos teus quem és. Caso contrário, venha para mim, na certeza de que encontrarás aqui um leal amigo.

Ao contemplar a lareira e o fogo, além da fumaça que desaparece na velha chaminé, relembro do incêndio que detalhaste numa das cartas, aquela sobre a destruição do velho colégio. Não lamentei seu fim, apenas o fato daquele sinistro ter feito com que retornasses à prisão familiar.

Hoje, contemplo no fogo aquilo que fomos ou aquilo que ainda podemos ser.

Ao fitares as chamas que brilham ao teu redor, pergunto e pergunta-te: *Elas ainda ardem por mim?*

Com carinho & desejo,
Bento Alves

São Paulo dos Transeuntes Apressados,
24 de julho de 1896

Do noitário
de Sergio Pompeu

Dobrei o papel e guardei-o no bolso da casaca como um relicário, ignorando o vai e vem dos viajantes.

A monumental Estação da Luz Sombria era o portão de entrada para milhares de imigrantes que chegavam à capital do estado em busca de trabalho e felicidade. Para mim, era o pórtico de fuga de um passado que queria expurgar.

Na mesa do café abarrotado, deixei a xícara repousar ao lado do bilhete ferroviário que informava meu destino: o extremo sul do país brasileiro. Não comprei passagem de volta. Não havia volta. Não para mim.

Após a destruição do Ateneu, meu pai ordenou o restante da minha educação em casa. Nos anos seguintes, a rotina foi cinza e letárgica. A noiva que me arranjaram, num daqueles acordos entre fazendeiros acostumados a trocar gado e filhos, era muda como minha mãe e devota como minha tia. Silenciosa como túmulo e fria como sacristia.

Com casamento marcado e futuro assegurado, cortejei a morte. Dediquei-me assim ao estudo das possibilidades, que oscilavam entre forca esticada na ponta de um galho ou bolsos pesados de pedras na ribanceira de um rio.

Foi nesse espírito de autoimolação que recebi a carta de Bento. A estranha missiva narrava perigos audazes e salvamentos impossíveis, além de descrever um mundo repleto de alento e paixão, ingredientes ausentes em minha prisão rural. Era um universo maravilhoso e phantástico, de grandes batalhas e insólitas metas.

Aquele era o mundo no qual Bento Alves agora vivia. E ainda mais: o mundo ao qual me convidava a adentrar.

Abandonei a casa do pai e a presença da mãe. Era aquilo ou então abrir os pulsos. Para tanto, primeiro despedi-me do quarto espartano. Na maleta aberta, joguei as poucas roupas das quais gostava e a meia dúzia de livros da qual não poderia me separar. Ao redor do pulso, o terço que me foi de valia nas horas de desespero.

Assim, com o Crucificado entre os dedos e com a carta do homem que eu amava no bolso, fui me despedir de meus pais. A mãe chorou o luto de uma vida inteira. Quanto ao pai, ameaçou me bater. A velha senhora que cuidou de mim desde sempre, perseguiu-me até o portão da fazenda e suplicou que eu voltasse. Mas vendo em meus olhos o fogo da resolução, ela apenas lançou um triste "boa sorte na vida, meu menino".

Deixando o Hades familiar, buscaria conforto e proteção ao atender ao convite de um amigo. Meu pai agora me dava as costas como fizera ao me deixar no Ateneu.

Seguindo o conselho de Bento, peguei minha pouca bagagem e fui encontrar o mundo, não imaginando que na úmida capital sulista estariam não só luta e coragem, como também o terror, a ventura e os mystérios arcannos do amor & da morte.

Fechei o caderno e o relógio de bolso, que guardei no colete de linho, e dirigi-me à plataforma de embarque.

Sem olhar para trás, tomei meu lugar no vagão, sentando-me à janela reservada.

"Qual o... destino... senhor?", questionou o robótico da companhia ferroviária ao checar meus documentos.

"Quem o pode saber?", devolvi-lhe, deixando o olho correr pela paisagem que mal começava a mudar.

Fora e dentro de mim.

ENÉIAS TAVARES
PARTHENON
MÍSTICO

Porto Alegre dos Amantes,
26 de julho de 1896

Do noitário
de Sergio Pompeu

Ao acordar de susto, vi a cidade caótica surgir atrás da janela.

Eu estava sujo e amarrotado, incerto se o que revirava meu estômago era ansiedade ou medo. Na longa viagem, desejava chegar rápido ao destino, para logo rever o velho amigo dos dias escolares. Peguei minha bagagem e arrumei a cabeleira caótica, torcendo para estar apresentável, apesar da ridícula roupa de dândi.

Quando deixei o trem, olhei aos lados para ver se encontrava Bento Alves. Eu havia enviado duas mensagens telegráphicas. A primeira informava do aceite ao seu convite e a segunda, do dia e horário de minha chegada. Censurei minha estupidez por não ter esperado sua confirmação.

Triste ao não encontrá-lo, abandonei a estação, sem notar que me seguiam.

Nas altas portas da saída, grupos de pessoas se avolumavam, atravancando a passagem. Foi no meio do povaréu e seus cutucões que escutei uma voz masculina.

"Não se vire, Sr. Pompeu. Fui enviado por Bento Alves. De preferência, finja que não está me escutando. Estamos sendo vigiados e temo por sua segurança."

Meu coração acelerou. Teria aquela pessoa sido enviada por Bento? Ou seria um integrante do grupo positivista contra o qual ele havia lutado? Mesmo temendo a segunda opção, continuei o passo entre a multidão que se apertava.

"Isso mesmo... muito bem, Sr. Pompeu. Agora, siga em frente e atravesse a rua. Espere pela minha carruagem do outro lado da via e, caso seja contatado por dois homens em trajes cinzentos, mantenha a calma."

Não me atendo ao verde-escuro das árvores que deitavam sombras sobre os passantes, cheguei à calçada. Olhei para os lados e finalmente vi o homem que estava atrás de mim. Era magro e de altura mediana, o cabelo castanho e comprido preso atrás da cabeça. Parecia altivo e determinado, com o corpo coberto por um sobretudo de couro. Suas mãos escondidas por escuras luvas davam a ele um ar mais que suspeito.

Fingi estar absorto pela paisagem. Acima de nós, Zepelins alçavam voos. A estação ficava ao lado do Aerocampo Salgado Neto. Caso tivesse dinheiro, teria optado por uma chegada daquelas, no lugar dos quase dois dias de trem.

À minha direita uma dupla de homens com idênticos chapéus-cocos me vigiava.

Não me mexi. Antes, procurei por charretes ou carruagens mechanizadas, que aguardavam em fila. Um dos homens que me vigiava, moreno e atarracado, olhou para o outro comparsa e ordenou com o olhar que viesse em minha direção.

Quando estava prestes a travar contato, dei-lhe as costas e atravessei a rua, ignorando o trânsito insano. Quase fui atropelado por duas éguas que estacaram e que por pouco não foram atingidas por outra carruagem que vinha atrás.

"Olhe por onde anda, infeliz!", gritou o carroceiro.

Corri para o outro lado da rua, desviando de mais uma carruagem, e cheguei ao ponto da calçada onde o misterioso homem havia me instruído a esperar.

À minha esquerda, nenhum signal de sua vinda. Os perseguidores se olharam e definiram sua estratégia em silêncio. Um deles atravessaria a rua, encontrando-me de frente, enquanto o outro contornaria a calçada, encurralando-me pela direita. Atrás de mim, o muro alto de uma fábrica vomitava das torres fumaça espessa e fedorenta. À minha frente, o tráfego da rua, caótico com a chegada de passageiros.

Os dois homens se aproximavam, um deles ameaçador com a mão escondida no interior do casacão. O que deveria fazer? Correr? Esperar? Gritar por socorro?

O outro avançou em minha direção e depois de empurrar um velho que se estatelou ao chão e xingou a mãe do agressor, mostrou suas credenciais militares:

"Sou o policial Peixoto e precisamos conversar com o senhor!"

Eu segurei com força a maleta, sem saber o que fazer.

O outro sujeito, a poucos metros de mim, sacou uma pistola electrostática, daquelas usadas apenas por forças militares especiais. Eu estava perdido.

Isso até um estrondo raivoso e pestilento despertar a atenção de todos.

Era uma cacofonia de explosões e pistões em combustão em violento trabalho de parto que silenciou a todos, até as bestas equinas. Mas o que era estardalhaço sonoro acabou se revelando uma geringonça risível, exceto para o velho caído no chão que suplicou pela ajuda da Virgem ao ver a monstruosidade.

A singular carruagem mechanizada surgiu no meio da rua e rapidamente avançou contra a calçada, fazendo o povaréu fugir do atropelamento certo.

Até que ela freou e rangeu moribunda entre mim e meus perseguidores. Do alto do coche, em vez de um robótico, vi o homem que me recebera momentos antes. Agora podia ver sua face: magra e sofrida, com um ar de Don Juan decadente pelo bigode fino. Acima dos olhos, preso à cabeça, um par de monóculos feitos de metal acobreado e rebites. Abaixo dele, o motor aberto pulsava, onde antes estariam os suportes dos cavalos.

"Pompeu, suba no carro. Agora!", ordenou.

O perseguidor mais alto apontou a arma e a disparou em advertência.

"O senhor está preso!", vociferou, intensificando o desespero da multidão.

O velho derrubado agora protegia o rosto contra o chão.

A balbúrdia se instalou de vez na frente da estação, com os cavalos e éguas escoiceando seus cocheiros e com as matronas aos berros.

"Tudo bem, tudo bem, eu me entrego", disse o cocheiro, levantando os braços.

Num átimo, porém, pulou da manga esquerda do casacão um cano explosivo de onde fugiu um dardo eléctrico que atingiu o pescoço do policial.

Electrificado, o policial deixou sua arma tombar. Ela disparou contra o muro, ensurdecendo a populaça e desesperando ainda mais os animais de transporte.

As carruagens agora se esbarravam, cocheiros despencavam de cabeça no chão, enquanto passageiros corriam daquele tumulto bíblico, com cavalos relinchando, homens gemendo, mulheres chorando e machinários tossindo!

Estaquei, diante da imagem do policial convulsionando de dor.

"Suba, homem! Rápido!", disse meu salvador.

O outro agente correu para acudir o parceiro, enquanto eu trepei no compartimento superior da velha carruagem e sentei ao lado do condutor.

À medida que ele acionou curiosos botões no painel de controle, a geringonça inteira começou a tremelicar, respondendo à caldeira que queimava carvão e vá lá saber o que mais. Prevendo que a lataria estava prestes a partir, me segurei no console, ignorando os variados mostradores. Foi quando o motor explodiu e desligou, não sem antes vomitar fumaça e estrume. Era o fim.

"Merda!", gritou o motorista, enquanto novamente acionava os botões. "Eu pedi a Benignus que regulasse os condensadores de titânio".

Enquanto ele acionava vários botões, o policial retirou do pescoço do parceiro o dardo eléctrico.

Após nova explosão, a carruagem ressuscitou como Lázaro e cuspiu nova lufada escura entre respingos de piche industrial.

Meu perseguidor, agora em pé, apontou a pistola e me deu nova voz de prisão.

Aos solavancos, a carruagem arrancou e avançou, desviando dos outros veículos, com as mãos enluvadas do magricela controlando o manche em formato de U.

Um tiro foi disparado e explodiu ao lado do meu ouvido, me tirando de mim. Mal chegara àquela cidade de loucos e minha vida já corria perigo.

"Esses vermes!", xingou o homem ao meu lado.

Eu não soltava a bagagem por nada, abraçado a ela como se fosse minha vida.

Finalmente quebramos para a direita e saímos da via de acesso à estação para uma avenida maior, estabilizando a carruagem e colocando-a em crescente aceleração. À nossa esquerda, eu via a cidade, feita de prédios, casebres e commércios. À direita, as águas turvas do Guayba.

"Quem diabos é o senhor?", perguntei.

"Bento não falou de mim na estorieta que enviou a você?"

Colocando as ideias no lugar, lembrei-me da narrativa de Bento. Tudo começara quando foi contatado por uma sociedade anarquista que se intitulava Parthenon Místico. Entre os integrantes, Bento falou de um violinista insano chamado Giovanni. Eu acabara de adicionar outros epítetos à descrição.

A carruagem continuava seu curso, com velocidade pouco diferente de outras charretes puxadas por cavalos e éguas. A tecnologia a vapor ainda demorava a superar suas concorrentes, apesar de ser mais barulhenta, fumacenta e perigosa. Nada garantia que geringonças como aquela não explodissem em plena via pública. Aquele era um mundo de grandes dicotomias.

"E onde está Bento?", perguntei.

"Em outra missão", respondeu olhando pelo espelho que se projectara na ponta de uma haste mechânica.

"Quem eram aqueles homens? O que eles queriam?!"

"Fizemos muitos inimigos nos últimos tempos," gritou, meio surdo pelas explosões da carruagem. "Alguns do governo, outros da polícia. E ainda outros nos becos imundos dessa cidade". Agora ajustava outro controlador no painel do veículo.

"Vocês são criminosos?", exclamei.

"E você não é?", devolveu, sem esconder o prazer com minha perplexidade.

A poeira da estrada começou a incomodar meus olhos. À nossa direita, vi pela primeira vez o pântano ao longe e no meio dele as ilhas que formavam a enseada.

"Tome, vai precisar disso," gritou ele, enquanto oscilava o olhar entre a estrada à frente e o retrovisor.

As lentes que me jogou eram escuras e, ao lado delas, botões arredondados prometiam improváveis benefícios. Fitando-as, vi meu reflexo e a bagunça dos meus cabelos. Eu coloquei os monóculos e perdi completamente a visão.

"Ajuste os elétrodos de visão urbana", instruiu-me Giovanni.

Eu obedeci e, para a minha surpresa, uma luz ultravioleta desceu sobre a vista, revelando-me o caminho a seguir, com espantosas linhas tracejadas que indicavam possíveis rotas de fuga entre as carruagens.

Giovanni retirou os dedos da direção e ajustou seus próprios monóculos.

"Segure-se! Sua comitiva de boas-vindas ainda não desistiu de nos atormentar."

À direita, surgiu uma carruagem mechanizada dirigida por autômato que guiava com um braço e com o outro signalizava para que encostássemos.

Postado em cima dela, com o corpo preso por dois cintos de couro, Peixoto nos apontava duas pistolas e fazia eco à ordem do robótico.

A carruagem policial acelerou, com o agente que havia sido electrificado agora recuperado no compartimento traseiro. Em suas mãos, empunhava com raiva um trabuco medonho. Com olhar feroz, mirou na lateral do nosso carro, próximo ao motor de combustão, e disparou, o que o fez tremer e quase virar.

A bala raspou meu rosto. Giovanni acelerou nossa embarcação e a jogou contra a dos perseguidores.

O chofer mechânico ficou furioso e revidou batendo a carruagem, mais pesada e mais potente, contra a nossa, desviando-nos para o acostamento.

"Precisamos de ajuda!", gritou Giovanni para mim. "Sergio, estenda o braço e solte aquelas linguetas."

Eu joguei a maleta no chão da cabine e soltei os dois parafusos que prendiam a lona escura e pesada que recobria a carruagem.

Quando o tecido voou, vi um secretário robótico magricela e pouco respeitável que jazia imóvel. Era feito de desgastados engates de ferro e fios variados, alguns com signais de recente explosão. A lataria pertencia à primeira geração e deveria ter uma década de fabricação, o que, dada a curta vida dos robóticos, tornava-o um Matusalém entre os enferrujados.

"Trolho, acionar!", gritou Giovanni.

O autômato começou a estremecer até que avermelhados olhos acenderam. Sua primeira tarefa foi levantar a parte superior do torso alquebrado, enquanto a caldeira portátil de suas costas explodiu uma baforada de fumaça. A cabeça férrea virou em minha direção e do buraco bucal de sua máscara saiu uma voz irregular, como se o ser pensasse nas palavras que produziria.

"Muito prazer... Sr. Sergio Pompeu... Desejava muito... conhecê-lo... especialmente depois do que... Bento Alves... contou a seu respeito...", disse a coisa, enquanto estendia o braço magrelo em minha direção em signal de cumprimento.

"Trolho! Gentilezas depois! Estamos sob ataque!", gritou Giovanni, enquanto desviava não apenas das carruagens à frente, como das novas investidas dos perseguidores. Peixoto se desequilibrou, enquanto o outro policial tentava sem sorte recarregar o trabuco.

Enquanto isso, o trânsito respondia ao caos da perseguição, com carruagens mechanizadas trombando contra os animais que puxavam charretes. Em minutos, uma delas virou na estrada empoeirada, batendo contra duas éguas que vinham atrás. O grito dos animais agonizantes me encheu de soffrimento. De longe, Porto Alegre dos Amantes testemunhava os efeitos daqueles tempos modernos.

A carruagem que nos perseguia voltou a bater contra a nossa, enquanto Peixoto se preparava para atirar mais uma vez. Antes que conseguisse, porém, nosso robótico lançou uma acha de madeira contra ele, novamente desequilibrando-o.

"Eles não fazem ideia do que somos capazes", disse Giovanni.

O autômato inimigo novamente jogou a carruagem contra nós.

Mas Trolho mirou contra ele um de seus braços e dele partiu uma flecha metálica, que atingiu o pescoço do seu semelhante, fazendo diminuir sua velocidade.

Nesse meio tempo, o segundo agente escalou a carroceria trazendo consigo o trabuco recarregado e postou-se ao lado de Peixoto.

Foi quando eu entendi o efeito do dardo lançado contra o motorista. Depois de uma explosão seca, a cabeça do autômato inimigo voou para o céu esfumaçado e a carruagem perseguidora ficou sem motorista.

O robótico tentou guiar sem cabeça, mas apagou metros depois. Com isso, o carro inteiro travou e Peixoto beijou a poeira da rua. Já o outro policial conseguiu manter o equilíbrio e disparou contra nós, mas perdeu o tiro na distância que agora aumentava.

Um segundo disparo foi mais certeiro e atingiria Giovanni em cheio, caso o secretário robótico não tivesse colocado em ação seu dispositivo de proteção de proprietário e se lançado na frente. O projétil despedaçou o braço esquerdo do robótico.

Trolho caiu atônito e levou o braço intacto ao ferido, como qualquer ser humano faria diante de um ferimento de tal gravidade.

"Segure-se! O percurso terá turbulências", disse Giovanni, dobrando o manche à direita e nos fazendo sair da pista empoeirada em direção às águas do Guayba.

"O que você vai fazer?", exclamei, enquanto o autômato agora vinha para a cabine, sentando entre mim e Giovanni.

"Eu adoro... essa parte!", pronunciou o monstrengo de lata.

"Eu também", devolveu-lhe Giovanni, sorridente.

Ao dizer isso, acionou um botão no painel e tão logo uma descarga de piche chegou ao motor de fusão, a velharia metalizada dobrou a velocidade, deixando nossos perseguidores e as demais carruagens para trás. Nunca tinha visto machinaria tão potente. O mostrador do painel indicava agora inacreditáveis cinquenta quilômetros por hora!

Agora era a própria estrada que ficava para trás, enquanto íamos mais e mais em direção às margens barrentas do pântano à nossa direita. Para a minha surpresa, a estranha embarcação avançou contra as águas, só que em vez de afundar... flutuou e seguiu!

Nas docas, os passantes e trabalhadores nos olhavam estarrecidos, enquanto as crianças perseguiam com festa o bizarro prodígio tecnológico.

Enquanto eu olhava para o arquipélago de ilhotas que era nosso destino, o robótico ao meu lado virou a cara para mim e de novo estendeu o braço mechânico.

"Agora sim... muito prazer!", disse-me.

Dei-lhe minha mão e meu olhar perplexo.

À nossa frente, um arquipélago monumental se aproximava, embrenhado entre outras ilhotas cuja densa vegetação explodia como buquês sobre a superfície aquosa. Perplexo, baixei os monóculos. Recobria a ilha um matagal ainda mais alto, através do qual se podia vislumbrar algumas construções de pedra, além do teto de um casarão colonial e o topo do que imaginei ser um balão inflável.

"Para onde estamos indo?", perguntei, enquanto via o porto se afastar e nossa navegação singrar em direção ao rubro entardecer.

"Ora, para onde tu achas?", perguntou Giovanni, sem esconder sua satisfação. "Estamos indo para casa."

Ilha do Desencanto,
26 de julho de 1896

Dos apontamentos
de Solfieri de Azevedo.

Eu não gosto de noitários.
Eles são pesados, chamativos e desengonçados.
Além disso, grossos volumes manuscritos são coisa de pessoas que não têm tempo. Eu tenho. Todo o tempo do mundo. Literalmente.
Pronto, de saída entreguei-vos meu segredo.
Eu não morro. Exceto por água, fogo ou faca. Por isso sou tão cuidadoso. Quanto à Morte em si, aprendi a fugir dela. Como isso aconteceu, não me pergunteis.
Não espereis que eu conte tudo assim, de lambuja, não é mesmo?
Como disse, não tenho noitários. Mas adoro cadernetas de bolso nas quais posso anotar o mais importante. Ademais, sorumbático como sou, gosto de anotar reflexões.
Além de, claro, produzirem bela figura: o sujeitinho com roupa empoeirada, olhar indecente, cara de anjo e coração de larápio, fazendo pose com seu livreto!
Agora, por exemplo, estou na Ilha do Desencanto, no alto duma das Torres Guardiãs. Gosto de espiar o pôr do sol daqui. Mas nesta noitinha, há outro evento ocorrendo. A barcarruagem de Benignus chegou meio avariada. Pelo visto tiveram problemas. Giovanni pareceu preocupado e a lataria velha perdeu um braço. Possivelmente foram acossados pelos positivistas.

Nesses últimos tempos, a estranheza é a regra. Falo da fatal presença que me persegue há décadas, sem sucesso. Há algumas semanas, no canto do olho, na curva de um vento ou na sombra de um prédio, vejo a maldita Dama. Será que meus pactos, magias e feitiços espúrios expiraram sua validade? Preciso investigar e manter os olhos grilados e os ouvidos despertos. Se não, posso me estrepar.

Os dois trouxeram um loirinho engomado, que parece ser um antigo namorado do grandalhão. Perto daquele Golias, esse moçoilo parece mais um pastorzinho de ovelhas.

Devo afugentar os pensamentos perversos, que agora incluem a pequena indígena trazida aqui há algumas semanas. Ela é como eu: Arredia, esquisita e desgraçada. Ah, e ela também fala sozinha, ou com seus próprios phantasmas, o que constitui um charme à parte. Além disso, ela parece fascinada por minhas esquisitices e meu aspecto lazarento, o que apenas comprova minha suspeita de que há algo muito errado com ela. Dizem que até no inferno pode haver compreensão e aceitação. Talvez seja disso que se trata.

Voltando aos dois namorados, os dois pelo visto se gostam e não há como não respeitar um romance desses. O moleque despencou de São Paulo até aqui, tudo para rever seu amado cúmplice. Espero que ele esteja preparado para o que vai encontrar.

Agora devo ir à cidade. Preciso de vinho amargo, fumo fedorento & companhias decadentes para esquecer a cafonice que acabei de escrevinhar.

Porto Alegre dos Amantes,
26 de julho de 1896

Do noitário
de Sergio Pompeu

Perto do porto do qual nos aproximávamos, vi dois torreões de vigia.
Quem cogitou construir um lar em meio àquela trevosa enseada?
Lendo meus pensamentos, Giovanni disse:
"Ela pertencia aos Magalhães".
"O que houve com eles?", perguntei.
"Os Magalhães... morreram... em..."
"Silêncio, Trolho!", ordenou Giovanni. "Sergio descobrirá isso depois. Agora, temos outras urgências", completou, mirando o porto à frente.
A carruagem transformada em barco atracou na encosta da ilha num deque de madeira apodrecida que rangeu em contato com a lataria. Do outro lado, outras duas embarcações vaporentas flutuavam no sobe e desce das águas.
"Pelo visto, temos visitas", disse Giovanni, ao pular do barco.
Enquanto certificava-se de que a embarcação estava ancorada, o autômato retirou um lampião da lateral do barco e partiu à nossa frente, o que muito me surpreendeu. Secretários robóticos raramente tomavam qualquer iniciativa.
Acessamos um caminho formado de pedras em meio à orla barrenta. Logo nos embrenhamos no matagal, precedidos sempre pelo barulho de engrenagens e pela fumaceira do autômato. Tentei não perdê-los de vista, controlando meu olhar curioso. No final daquele dia, resquícios de luz ainda espreitavam os galhos pesados de folhas.

Passamos pelas duas torres que tinha visto. Pareciam antigas e intocadas e, do alto de uma delas, uma figura sombria nos vigiava.

"Solfieri", anunciou Giovanni, sem diminuir o passo. "Ele adora fumar e se lamentar no alto das Torres Guardiãs."

Tão logo deixamos as torres para trás, vi à direita uma estufa construída de ferro oxidado e vidro. Próximo dela, havia uma pequena capela, a julgar pelo formato retangular de sua arquitetura e por seus vitrais avermelhados. Na sua lateral, gárgulas, fadas e anjos esculpidos em pedraria clara vigiavam.

Tive a impressão de que seus glóbulos pétreos seguiam nosso movimento.

Mas logo minha vista foi desviada pela sede do Parthenon Místico, cujo frontão decadente e um tanto envelhecido era formado por altas colunas coríntias que, se um dia foram claras, agora revelavam as cruéis evidências do tempo.

Entre as colunas, atrás do balcão que ia de um lado a outro, grandes portas davam acesso ao interior do segundo piso, emolduradas por pesadas cortinas. Como era possível que em meio àquele matagal pantanoso surgisse uma mansão de sonho que desafiava a percepção humana e seus limitados recursos?

A uns dez metros do frontão, à minha esquerda, imperava um grande carvalho ressequido, cuja circunferência assombrou-me. Ao pé da árvore, entre o chão relvado e o início do tronco, duas portas férreas prometiam acesso aos subterrâneos.

"É o Carvalho dos Sonhos, a primeira árvore a ser batizada pelo fundador da ilha. Foi um marco daquilo que ele pretendia realizar", gritou Giovanni.

O robótico parou à direita da porta e virou-se para nós, como um antiquado e teatral anfitrião, apontando com o braço que lhe restava a entrada do casarão.

"Sejam... bem-vindos à... Mansão dos Encantos", disse com orgulho.

Giovanni o ignorou e adentrou a casa. Eu o segui, desviando da pesada porta que fechou sozinha após o robótico passar, fazendo eu me sentir o herói de uma noveleta gothica ou o explorador de um futuro no qual autômatos tinham inteligência.

As portas duplas eram antigas, com afrescos esculpidos, por mais idiossincrática que aquela mistura pudesse ser. A imagem acompanhava um aroma inebriante, que queimava num dos cantos do primeiro aposento, pondo meus sentidos em alerta. Da antessala pouco se via, exceto os muitos quadros que preenchiam as paredes.

Estranhei a ausência de janelas uma vez que tinha certeza de ter visto duas delas na parte externa da parede às minhas costas. Antes de acessar o próximo recinto, chamou minha atenção um espelho cuja moldura de madeira lembrava uma imensa bocarra. Para meu susto, não vi nossos reflexos nele.

Na sala ao lado, um grupo estava reunido. A iluminação desse segundo cômodo era feita de múltiplos candelabros espalhados nas paredes. Na parede principal da sala, uma imagem feminina nos observava de uma grande pintura.

Aquele lugar era um império de perfumes, texturas e sons, como se fosse o próprio Reino da Decadência do qual eu lera nos livros.

"Você deve ser Sergio!", disse animadamente um velho corpulento, que supus ser Benignus. Ele veio em minha direção e abraçou-me como se fosse seu íntimo. Era um sujeito de altura média, em tudo enérgico e vivaz, que lhe dava a aparência de um surrado Sancho Pança possuído pelo espírito de um insano Quixote. Seus membros eram um tanto flácidos, porém fortes. Suas roupas, farrapos de laboratório com mil bolsos, de onde saíam chaves de fenda, lamparinas, fios descobertos e outras quinquilharias. Sobre o armarinho humano, uma sobrecasaca que teria sido elegante, décadas antes.

"Amigo de Bento é amigo meu. Tome, eis aqui meu cartão, caso precise de qualquer auxílio, mechânico ou mágico".

Não segurei um sorriso ao estudar o papel encardido. Nele, lia-se o seguinte:

Doutor Benignus
Especialista em termodinâmica, astrosophia e robótica.
Mestre em navegação marítima, viagens aéreas
e explorações terrestres.
Doutor em engenharia, machinaria e cartomancia.
Outras áreas de interesse: botânica, zoologia, telegraphia,
espectrographia, meteorologia & alchimia.

Agradeci pelo cartão, guardando-o. Só então, atentei aos demais ocupantes do salão noturno. Além das velas, a luz vinha das achas que ardiam na lareira.

Sobre um divã, estava uma mulher negra imperiosa e enigmática que julguei ser Beatriz, a esfinge daquele mundo de oráculos futuristas. Ela vestia um incomum terno masculino, com os fartos cabelos crespos caindo sobre os ombros. Ao seu lado, ereto e elegante, como um monarca sem reino, estava um homem de altura e idade medianas, vestido como um cavalheiro. Sua barba escura bem aparada combinada com o cabelo impecável. Seria ele o doutor que havia cuidado de Bento? Imaginei Beatriz e Louison diferentes. Mas agora, via que minha imaginação não lhes fizera justiça.

"Penso que as apresentações são desnecessárias", disse o homem, com uma voz na qual não se percebia o carregado sotaque sulista. Veio em minha direção e estendeu sua mão. "Muito prazer, caro amigo. Seja bem-vindo à nossa fraternidade. Bento Alves mal pode esperar para reencontrá-lo."

Pela primeira vez havia me dado conta de quão longe eu tinha ido e do porquê de estar ali, na companhia daqueles estranhos.

No outro lado do cômodo, uma menina indígena mirava-me. Seus olhos gigantes e sombrios, escondidos atrás dos cabelos lisos e escuros, comunicavam desconfiança. Sua constituição physica era de fragilidade alarmante, apesar de ela transpirar ameaça.

"Bento...", disse sem me conter.

"Ele não está aqui, Sergio. Mas deve retornar em breve", disse Beatriz, levantando-se. "Dadas as circunstâncias, Bento precisou... ausentar-se."

Eu não esperava por aquilo e dentro de mim um mal-estar se instalou.

"Circunstâncias?", questionei, para então me lembrar da perseguição. Olhei ao redor, pedindo qualquer informação do que estava acontecendo.

"Nosso grupo está sendo perseguido", contou Benignus. "A polícia da capital me conhece e infelizmente identificaram Bento, que já tinha algumas passagens anteriores em seus arquivos. Como preferimos não expor Louison e Beatriz, cujas personas públicas estão dedicadas a outras tarefas, Giovanni era a nossa escolha mais acertada."

Um ruído robótico, que parecia uma tosse, lembrou a todos que havia um autômato em nossa companhia. Do braço decepado, pulavam faíscas.

"Na companhia de Trolho, claro!", disse Benignus sorrindo.

"Grande dupla", ironizou Giovanni, jogando o casaco sobre um dos divãs e tirando suas luvas. Abaixo delas, duas mãos mechânicas surgiram no escuro da sala.

"Onde está Bento?", perguntei, disfarçando minha apreensão.

"Você saberá em breve, Sergio", falou Beatriz. "Felizmente chegaste em segurança até nós. Agora, o importante é que descanses. Vou levá-lo ao seu quarto".

"Deixe comigo", avançou Vitória, pegando minha valise.

Sua voz era firme e grave.

Eu me virei e fitei a jovem indígena. Contrariado, deixei o salão e a segui, desejando boa noite aos anfitriões.

À medida que subia a sinuosa escadaria que dava acesso ao segundo piso do casarão, um coração triste bombeava meu sangue. Seguindo Vitória, vi diante de mim um longo corredor que parecia nunca findar, com portas emparelhadas que tinham diferentes alturas e larguras, dando ao ângulo daquela via um aspecto onírico.

Vitória adentrou um dos pórticos e mostrou-me um quarto onde uma banheira aguardava ao lado da cama e sobre o tabuão encerado.

Ela jogou minha valise no chão e cruzou os braços, me encarando de baixo.

"Um aviso a você, estrangeiro: não machuque Bento ou qualquer um de nós. Ou se verá comigo!"

Antes que eu pudesse responder, ela deu as costas e deixou-me sozinho. Eu juntei minha mala e a coloquei sobre a cama, incerto sobre o que deveria fazer. Dei um longo suspiro e fechei os olhos. Entre estranhos numa casa estranha, invoquei imagens do passado para me acalmar.

Bento e eu nadando na velha piscina do colégio.

Seus braços aprisionando o assassino que nos horrorizou.

Os fios de sua barba roçando a pele da minha face.

Quando o reencontraria? Estaria bem? E o que todos aqueles mystérios significavam? Depois de tomar um demorado banho, mergulhei no sono, na esperança de que a manhã seguinte trouxesse um dia mais tranquilo.

Mal poderia imaginar a dimensão do meu engano.

*Ilha do Forte da Pólvora,
27 de julho de 1896*

Ata 25432 da
Ordem Positivista Nacional

Após reunião extraordinária na madrugada do dia 20 de julho para debater os efeitos do ataque perpetrado a um dos nossos laboratórios mais importantes, nós, os integrantes da alta cúpula da Ordem Positivista Nacional, decidimos:

a) ignorar os danos materiais às nossas instalações, o que apenas chamaria mais a atenção da mídia populista da capital;

b) publicar uma declaração no Jornal Hora Zero e no Correio da Elite informando que estamos muito entristecidos pelo ataque ao nosso templo, o que granjeará a sympatia pública e a piedade da populaça;

c) transferir as importantes pesquisas que eram realizadas no laboratório destruído às ultrassecretas instalações da Ilha da Pólvora, tendo o nobilíssimo, irrepreensível e admirável Dr. Sigmund Mascher como responsável;

d) dar ao venerável e altissonante Grão-Ancião da Ordem Positivista total poder e controle sobre as decisões administrativas de nossa organização;

e) ordenar investigação sobre a ação terrorista, deixando à agente Nioko Takeda, serva da nossa instituição, a responsabilidade por sua execução.

Não havendo mais a tratar, lavramos a presente ata, a ser assinada pela única autoridade em comando, conforme dictado ao secretário robótico B317.

Ordem e Avanço!

Confiando sempre no Grande Arquiteto!

Dr. Sigmund Mascher

ENÉIAS TAVARES
PARTHENON MÍSTICO

ILHA DO FORTE DA PÓLVORA,
27 DE JULHO DE 1896

Do diário de campo
de Nioko Takeda

À Ordem Positivista Nacional dediquei minha vida. Sou uma agente treinada para missões de alto risco, uma força de guerra usada no combate à violência, à anarquia e à destruição do patrimônio público. Tais ideais são inquestionáveis, não podendo ser criticados ou enfraquecidos. Nesses tempos modernos, são vários debates que têm na liberdade sua defesa e na empatia sua pedra de toque. A humanidade, porém, precisa do oposto: leis foram erigidas e registradas, e depois anunciadas e executadas, para a garantia do bem comum. Quando elas são anuladas, o resultado é o que vejo sobre minha mesa de trabalho: photographias registram o atentado terrorista que ceivou as vidas de dois soldados e um sem-número de bens públicos, entre eles precioso patrimônio robótico. Aos soldados, a Ordem dedicou um funeral militar singelo. Eu e poucos familiares estivemos presentes, além do diretor do complexo destruído, um médico alemão que veio ao Forte da Pólvora para assumir o controle na ausência do nosso Grão-Ancião. Seu nome é Sigmund Mascher, que pareceu um tanto distante e ausente dos ritos fúnebres. Se esses foram módicos, rápidos e pouco noticiados, o machinário destruído, as ferramentas pulverizadas e as tecnologias que os terroristas reduziram a pó, esses ganharam as páginas dos jornais. Não é que nós, da Ordem Positivista, não valorizamos vidas humanas. Não é isso. É que as riquezas e os bens do Brasil devem ser protegidos como a coisa mais sagrada. É isso que dizem meus mestres. Se eu concordo? Soldados não devem concordar ou discordar, apenas cumprir ordens. Escreve aqui Nioko Takeda, agente treinada a serviço da Ordem Positivista. Que o Deus Arquiteto proteja a Nação Brasileira.

Ilha do Desencanto,
28 de julho de 1896

Do noitário
de Sergio Pompeu

Acordei de susto, com Vitória num canto do quarto.

"Dormiu bem?", perguntou ela, com seus olhos cravados em mim.

"Sim", respondi, sentando na cama e um tanto confuso por vê-la ali, velando meu sono. "E você?"

"Eu quase não durmo. Não gosto, nem quero. Prefiro ficar acordada, vigiando", falou, indo em direção à porta. "Benignus está esperando por você. Na cozinha."

Antes de sumir, deixando a porta escancarada, me aconselhou a tomar cuidado com os túneis. "Você pode cair em um deles e se machucar. Ou pior, morrer".

Túneis? Numa ilha? Do que diabos aquela garota estava falando? Fechei a porta e, enquanto me vestia, pensava em sua trágica figura. Por mais que ela tivesse soffrido o que soffrera, sua rispidez era irritante e mórbida. Desci e encontrei Benignus.

Louison e Beatriz deixaram a ilha ainda na noite anterior, informou ele, cercado de pães, queijos e frutas. Faminto, não recusei nenhum deles, acostumado como estava a uma mesa sovina.

O scientista vestia um macacão de fábrica, com o mesmo cinturão de ferramentas que havia visto na noite passada. Ele me convidou a caminhar com ele. Eu terminei meu café e levei o resto de um sanduíche.

Contornamos a casa e tomamos o caminho de pedras na frente da residência, porém agora, na direção oposta da que eu viera na noite anterior.

"Que lugar é esse?", perguntei, fazendo questão de esconder meu fascínio.

"A estória da ilha remete a tribos indígenas que a viam como um território sagrado. Não apenas isso, já que ela também servia para se protegerem de invasores."

Não parava de reparar na paisagem, que agora, à luz do dia, parecia mais exuberante, composta tanto de árvores altíssimas, quanto de ramagens rasteiras.

"Há uma estória", continuou Benignus, "passada ainda no século dezessete, sobre bandeirantes paulistanos que tinham por missão ocupar o território, devassando áreas e nativos que estivessem em seu caminho. O líder do bando mais tarde registraria o ataque dos índios que protegiam seu lar. Não satisfeitos em perder suas vidas nas terras onde hoje vemos a cidade de Porto Alegre, os bandeirantes perseguiram os indígenas atacantes até aqui, ficando atolados quando desceram dos barcos. Incapazes de retroceder, muitos afundaram na lama até sufocar. Mas o pior ocorreu com os que nem afundaram nem foram flechados. À noite, as feras da ilha saíram de seus esconderijos para comer. O restante, você pode imaginar."

Benignus fez uma pausa.

"E o que aconteceu? Os bandeirantes retornaram?"

"Não. Mas outros adoradores do crucificado, sim", respondeu, perdendo sua vista no emaranhado de árvores. "E depois de décadas de guerra, os nativos foram vencidos e escravizados. O lugar então permaneceu inabitado por quase dois séculos, tamanho era o medo que os moradores de Porto Alegre dos Amantes tinham da então Ilha da Flecha."

Continuamos caminhando. Giovanni passou por nós apressado, dando-me um rápido bom-dia.

"A estória subsequente", disse Benignus, "você descobrirá por si mesmo, caso decida continuar conosco".

À nossa direita vi um lago escuro, cuja água refletia o verde circundante. Contornamos sua margem, agora trocando o caminho de pedras pelo tapete de relva, e chegamos a uma torre de uns cinco metros de altura. A escadaria que dava acesso ao topo era externa à construção, o que me fez perguntar o que havia em seu interior.

Benignus convidou-me a subir por ali para vermos melhor as cercanias da ilha. Quando chegamos ao topo, percebi que a escada ascendente conectava-se a outra escadaria, descendente, que levava ao interior da terra.

"Qual a profundidade desse poço?"

"Até onde conseguimos descer, uns trinta metros. A escuridão absoluta e o ar que vai rareando tornam impossível um mapeamento completo. Chamamos esta torre de Mirante dos Mundos Celestes e o seu interior de Poço dos Ciclos Infernais, numa alusão aos martyrios detalhados por Dante na sua *Divina Comédia*."

Eu fitei o interior da terra, até as pedras que formavam a torre serem tragadas pelas obscuras profundezas do Desencanto. Uma leve tontura me fez voltar a Benignus.

"Aqui você pode ver boa parte da ilha", continuou, enquanto retirava de um dos bolsos um cachimbo e o acendia. "Além da casa, ali fica o Jardim Apolíneo e logo depois, naquele matagal alto e caótico, o Bosque Dionisíaco. Já aquele é o Porto dos Dirigíveis do Ar. Se seguir em frente, até chegar à extremidade leste da ilha, encontrará o Poço Iniciático, que é um dos poucos lugares prohibidos a você. Além dele, dentro da casa, nunca desça ao porão. São as únicas ressalvas e peço que as respeite, mais para a sua segurança. Por fim, depois do Poço, está o Mirante da Aurora, irmão gêmeo do Mirante Crepuscular, que fica do outro lado."

Eu estava tonto diante daquela singular cartografia e suas insólitas nomenclaturas.

Depois de mais uma tragada do seu cachimbo, indicou a porção ocidental do arquipélago, onde ficava o pequeno porto no qual desembarquei na noite passada.

"À nossa direita, do outro lado do caminho por onde viemos, há o Labyrintho Espectral e antes dele o nosso Centro Tecnológico. Apesar do nome pomposo, não passa de minha oficina de trabalho, onde projecto meus machinários, armas e dirigíveis híbridos, além dos apetrechos tecno-místicos, para exploração natural e arcana. Por falar nisso, o que achou do meu Carro Aqua-Terrestre?"

"Achei-o..." era difícil encontrar uma palavra que não ofendesse o scientista, obviamente orgulhoso da sua geringonça. "...formidável."

"Sim, potência vaporenta de primeira grandeza! Ainda quero adicionar um par de asas e três hélices retráteis, para exploração aérea. Fico imaginando a expressão dos perseguidores de vocês se de repente a carruagem... saísse voando!", gargalhou.

"Aqueles homens que nos atacaram...", disse, tentando formular uma pergunta.

"Não sabemos, mas suspeito serem policiais comprados pela Ordem Positivista."

"Devemos temê-los?", questionei.

"Os paus-mandados, de modo algum. Quanto aos positivistas, sim. Perdemos um amigo depois do resgate de Vitória...", disse Benignus, baixando o olhar.

"Revocato?"

"Sim, Revocato. Mas ele nunca nos trairia."

No jardim que ficava atrás da casa, Vitória conversava com o robótico. Trolho agora se exibia com o novo braço que havia recebido, dando ainda mais a impressão de não passar de uma reciclagem de variadas peças mechânicas.

Benignus me trouxe de volta, batendo com o cachimbo na parede da torre. Ele respirou fundo e retirou de um dos bolsos do macacão um cantil metálico que pelo odor parecia Paraty ou qualquer outro destilado.

Tentei formular uma frase que não fosse medíocre, como medíocre tinha sido boa parte da minha educação até ali.

"Quero ser útil, Sr. Benignus, quero conhecer o trabalho de vocês e o que fazem aqui. Não tenho talentos, nem poderes, nem sou forte ou inteligente. Tive pouca educação e, da que tive, não sei se aprendi algo de útil. Mesmo assim, podem contar comigo."

Por instantes o velho me estudou, não escondendo sua alegria por trás dos olhos nublados. Após dar mais um gole em seu cantil, falou:

"Agradecemos, meu jovem. Quanto a qualidades ou poderes, eles não são dons de nascença. São talentos desenvolvidos pelo estudo, aprendidos na prática, forjados no conflito. Não precisamos de homens plenos e satisfeitos. Queremos pessoas descontentes, consigo e com o mundo. Porém antes de estabelecer qualquer meta, você precisa desvendar o maior dos segredos."

"Qual?", perguntei, interessado.

Benignus pendurou o cantil no cinturão de bugigangas e pediu que o seguisse.

ILHA DO DESENCANTO,
28 DE JULHO DE 1896

Gravação de Vitória Acauã ao Secretário Robótico B215

[VOZ FEMININA]
O que devo fazer?

[VOZ ROBÓTICA]
Falar.

[VOZ FEMININA]
Falar o quê? Eu não gosto de falar com outras pessoas.

[VOZ ROBÓTICA]
Mas isso... não é como falar... com outras pessoas... É mais... como falar... com você mesma... Gravarei... o que você... contar... Não vou lhe... interromper... nem fazer caretas... ou... produzir... qualquer... julgamento... Minha programação inibe... preconceitos... algo comum... entre humanos.

[VOZ FEMININA]
Hummm... mas você está aqui de qualquer jeito. E estará me escutando, não? Porque se não, vou parecer uma louca falando sozinha. Você existe e está aqui, não?

[VOZ ROBÓTICA]
Sim... estou aqui... Quanto a existir... não encontro... resposta... no banco
de dados... Se sua pergunta... diz respeito a... um construto... robótico...
programado a executar... funções associadas... ao modelo B215... sim...
existo... Quanto a existir... num sentido cartesiano...penso... que não.

[VOZ FEMININA]
Sentido cartesiano? O que é isso?

[VOZ ROBÓTICA]
Referente ao... pensador francês René Descartes... e seu postulado... "Penso...
logo existo"... O adjetivo... "cartesiano"... nesse contexto... refere ao discurso...

[VOZ FEMININA]
Ei! Já entendi, Trolho. Uma ordem: nada de falatório difícil, tá? Mas você
não respondeu à minha pergunta anterior.

[VOZ ROBÓTICA]
Se a pergunta... contemplar... existência material... sim... existo... E sobre
falar... sozinha... já vi... você monologando... Em público... desaconselho...
tal ação... visto que... pode assustar pessoas... e indicar loucura.

[VOZ FEMININA]
Eu não falo sozinha, Trolho! Eu falo com meus amigos, os espíritos do
vento, e de vez em quando com os phantasmas da ilha. Ontem, encontrei
Georgina, por exemplo. Ela me falou uma coisas bens inquietantes. Ah, e eu
também falo com um ou dois amigos imaginários, mas só de vez em quando.

[VOZ ROBÓTICA]
Tais seres... são invisíveis... aos... receptores mechânicos... deste modelo.

[VOZ FEMININA]
É que é uma coisa que só humanos especiais podem fazer, sabe?

[VOZ ROBÓTICA]
E... os outros moradores... da mansão... eles não... são... especiais?

[VOZ FEMININA]
O que ocorre, Trolho, é que as vozes estão aqui, na minha cabeça. Quando estão fora, falam baixinho, ao pé do ouvido. Então, ninguém pode
escutar. Só eu.

[SILÊNCIO]

[VOZ FEMININA]
Você não vai falar nada?

[VOZ ROBÓTICA]
Não possuo... programação... que permita... falar... sem comando... prévio...

[VOZ FEMININA]
Mas você deve mudar essa programação aí, tá? Não é legal só falar ou fazer o que pedem que a gente fale ou faça. É bom ignorar a programação às vezes. Você já tentou? Eu gostaria mais de você se fizesse isso. Você corre o risco de não falar o que eu gosto de ouvir, mas vai ficar mais divertido. Saia da cachola, Trolho!

[VOZ ROBÓTICA]
No futuro... considerarei... a sugestão... Agora... quer falar... um pouco de você?

[VOZ FEMININA]
Como assim?

[VOZ ROBÓTICA]
De suas... lembranças... gostos... opiniões... É isso que os donos... fazem com... serviçais robóticos... contam segredos.

[VOZ FEMININA]
Ai, ai, ai, Trolho. Primeiro que não sou sua dona. Segundo que você não é meu serviçal. E terceiro que a gente ainda é estranho um pro outro. Eu mal te conheço, não posso sair falando as coisas. É que quando a gente conta, a gente revive, sabe?

Sobre a minha estória, vou pensar. Agora, qual a sua opinião sobre o loirinho metido e mimado que acaba de chegar? Não gostei dele, viu? O Bento falou dele, mas não sei não. Todos aqui têm uma história soffrida. Já ele parece que veio ao mundo a passeio. Viste a roupa do doidivanas? Parecia até um holandês metido a chique, com anéis e gravatas. Eu não gosto de gente assim, me lembra um episódio do meu passado. Mas não quero falar disso, não agora. Agora o que eu quero é sair daqui e caminhar pela ilha. E não quero mais conversar.

[VOZ ROBÓTICA]
Você... deseja.... encerrar gravação?

[VOZ FEMININA]
Sim, quero. Como faço?

[VOZ ROBÓTICA]
Precisa só dizer... "Encerrar gravação".

[VOZ FEMININA]
Só isso? Então tá. Encerrar gravação.

Porto Alegre dos Amantes,
28 de julho de 1896

Do noitário
de Sergio Pompeu
(Continuação)

Eu e Benignus retornamos ao caminho de pedra até chegarmos a uma bifurcação.

À esquerda, retornaríamos à mansão. Tomamos o caminho oposto à mansão, em direção ao labyrinto recoberto de heras que ficava na extremidade norte da ilha. Quando chegamos a ele, paramos diante de um pórtico marmóreo que mostrava um velho homem de um lado e uma velha dama do outro, com os braços de ambos formando o arco superior. Já os braços inferiores convidavam a ultrapassar o umbral.

"Este labyrintho foi construído pelo fundador da ilha. Sua filha, Georgina, um dia perdeu-se aqui e, quando foi encontrada, relatou ter visto espíritos do passado e soturnas aparições do futuro, que anunciaram a ela morte e loucura."

Ao redor dos corpos encrustados dos guardiões do labyrintho, heras e trepadeiras se mesclavam enamoradas. Eu atentei à delicadeza dos seus detalhes e aos olhares intimidadores das duas figuras de pedra.

"Este labyrintho... é perigoso?".

"Há roseiras e espinhos envenenados crescendo nas paredes. Muitos já perderam a vida nele, incluindo Julio Aguiar, o criminoso que desgraçou Georgina. O pai e o irmão adotivo da jovem trouxeram-no aqui e deixaram que confrontasse seu futuro. Nós criamos nosso próprio destino, Sergio. Nunca se esqueça disso".

Eu estaquei, imaginando o desespero dos que se perderam naquele enigma.

"Quanto ao segredo importante que precisa desvendar", continuou Benignus, falando atrás de mim, "apenas você pode saber a resposta a sua própria pergunta".

E ao dizer isso, me empurrou com violência através do pórtico pétreo. Na queda, raspei meu braço nos espinhos laterais e esfolei minhas mãos.

"O quê?!", gritei, recuperando-me do tombo e ignorando a dor.

"Giovanni, agora!", gritou ele ao comparsa.

Em instantes, enquanto eu me punha em pé, duas paredes internas que ficavam atrás dos dois guardiões pétreos moveram-se, uma em direção à outra, acionadas por potentes engrenagens mechânicas.

"Quer saber qual é o segredo a ser desvendado? Eu vou te contar."

Eu tinha caído numa armadilha!

"Quem é você e o que busca entre nós?", foi o que ouvi do velho traiçoeiro antes das portas de pedra anularem a saída, deixando-me sozinho naquela arapuca!

Odiei o scientista, fulminando também a minha ingenuidade. Apenas um imbecil não suspeitaria de tantas gentilezas. Bati a poeira das roupas, ignorando os machucados nas mãos. O arranhão do braço começou a arder. Levei a palma direita ao ferimento e sangue misturou-se a sangue, fazendo minha mão também queimar. Foi quando escutei atrás de mim uma voz feminina e infantil.

Preste atenção! Não deve tocar nas paredes, pois dão comichão!

Segui o gracejo, pois pelo visto aquela seria a única saída daquele lugar. Quando dobrei na primeira curva, ouvi o mechanismo de pesadas engrenagens metálicas ser novamente acionado e em seguida o som de mais pedras se movendo.

Outra parede fechou atrás de mim, como uma porta, selando também o caminho de onde eu viera. Continuei caminhando. Dobrei à esquerda e depois à direita, ouvindo e seguindo os passos apressados da menina e ignorando as pesadas paredes de pedra que abriam e fechavam, transmutando passagens visitadas em caminhos sem volta.

Não se tratava de um simples labyrintho e sim de um odiento ardil, preparado e montado mechanicamente para levar seus prisioneiros à loucura. Depois de uma hora de buscas desesperadas e becos sem saída, atento para não esbarrar nos espinhos envenenados, o cansaço começou a bater e minhas pernas, a fraquejar.

Não havia saída dali, ao menos não uma saída única ou predefinida. Eu estava em uma engrenagem gigantesca e demoníaca. Tentei ignorar a dor e seguir caminhando.

Subitamente, a voz infantil ficou mais forte.

Eu não avisei, seu moço? Está fazendo papel de bobo!

Revigorei minhas energias e a segui, agora com mais velocidade. Depois de virar duas curvas, finalmente encontrei a pequena criatura.

De braços cruzados e batendo um dos pezinhos no chão poeirento, a menina parecia irritada com minha demora. Era loira e deveria ter uns nove anos. Vestia um vestido azulado e branco e, nos pés, pretas sapatilhas fechadas. Recuperando o fôlego, perguntei se ela também estava perdida.

"Eu? Claro que não. Mas tu estás, não é mesmo, sabichão?", respondeu.

"Eu não estou perdido", respondi. "Vim até aqui para encontrar um amigo..."

"Sério? Então vá embora, antes que enlouqueças com a demora."

Mal terminou de pronunciar essas palavras e outro caminho se abriu atrás dela. Eu corri em sua direção, mas o novo caminho se fechou diante de mim, enquanto outro se abriu às minhas costas. Ao passar por ele, o que vi intensificou meu desespero.

A mesma menina estava no chão, com os joelhos esfolados. Era o mesmo vestido infantil que eu vira antes, mas agora a criança havia crescido, tendo uns quinze anos. Ao me aproximar, vi seu olhar horrorizado.

"Ele me disse palavras bonitas em versos rimados. Falou que era amor o que tinha por mim", disse ela, entre lágrimas.

"Calma, venha comigo. Há um médico que pode te ajudar", eu disse.

Mas ela juntou suas forças e empurrou-me na direção de onde eu havia vindo.

"Seu mentiroso! Vocês todos são mentirosos!", gritou.

Os arranhões em meu braço ardiam. Passei meus dedos nas têmporas, tentando me acalmar, mas o desalento apenas piorava. Senti uma presença atrás de mim e então virei-me rapidamente.

Imperioso como um deus vingativo, a gigantesca figura de meu pai me olhava. A barba amarelada de fumo. Os olhos autoritários. As roupas formais e escuras.

Coragem para a luta.

Eu virei-lhe as costas, tentando com desespero encontrar a saída, mas outras visões me encontraram, tornando minha vista ainda mais turva. Eu tropecei e caí, fundindo em minhas mãos terra e sangue. Levantei e segui, agora dobrando à esquerda e chegando a outro beco sem saída.

Mas este estava habitado. Diante de mim, havia um jovem ruivo cujo corpo jazia preso por pesados cipós revestidos de espinhos. Sua barba rala e trajes imundos denunciavam abandono. Já seus olhos, puro horror. O verde do uniforme militar e das heras contrastava com a vermelhidão das rosas e do sangue.

"Eu só queria uma coisa", repetia o homem. "E ela me recusou. E então eu a tomei, pois é isso que os homens devem fazer, não? Tomar o mundo, conquistá-lo, subjugá-lo... mas eles me jogaram aqui, o pai e o irmão dela. Você pode me ajudar?"

Aquele era Julio Aguiar e ele estava morto. Seu espírito, porém, permanecia enclausurado naquele inferno labyríntico. Era disso que se tratava? Talvez eu também estivesse morto e não passasse de um phantasma condenado.

Não! Eu estava vivo e aquilo era o veneno e o medo falando!

Desesperado, senti meus joelhos fraquejarem. Escondi minha face entre as mãos machucadas, misturando sangue e terra ao suor do rosto.

Novos passos vinham atrás de mim. Era a Georgina infante que agora voltava para contemplar o espectro do homem que um dia a faria sangrar.

"Você não verá nada lá fora até abrir os olhos para o que está aqui dentro", disse ela, enquanto se afastava de mim. Petrificado, vi seu corpo desaparecer na névoa.

Seguindo seu conselho, fechei os olhos e comecei a andar, deixando o espírito de Aguiar para trás, acorrentado ao destino que havia criado para si.

Agora, era a minha confiança que ordenava o movimento das pesadas paredes de pedra. Enquanto frases sussurradas por phantasmas do passado me assombravam, segui caminhando, escutado apenas o som dos meus passos e das pedras em movimento.

Vais encontrar o mundo.

A escuridão dos quartos da escola endureceu meu espírito.

Coragem para a luta.

O enfado das aulas intermináveis mesclou-se à urdidura do veneno.

Ignora a coloração cambiante das horas.

O bigode severo e o nariz adunco do diretor que disciplinava crianças.

Não abandone o ímpeto ao beirar a estrada da vida.

Meu andar firme e minha recusa em abrir os olhos continuavam abrindo portas, paredes e muros. No peito, o coração vivo e pulsante.

Aqui ensinamos a educação moral.

Em meus lábios, o "não" aos chicotes e às réguas disciplinares. Nada iria me dobrar. Nada iria me fazer desistir. Nunca mais.

São as crianças os meus prediletos.

"Sim, porque elas são inocentes e frágeis", vociferei, sabendo-me próximo da saída daquele labyrinthato de ideias. Ignorando meus próprios phantasmas e monstros, segui em frente, com os olhos ainda lacrados.

E pouco a pouco, percebi que o ar mudava, do opressivo perfume de rosas sangrentas para o cheiro do vento mesclado ao vai e vem das águas.

Depois de horas, deixei o Labyrintho Espectral para trás. Quando abri os olhos, vi o Guayba no entardecer do dia, deitando suas chamas de fogo sobre o espelho das águas.

Contornei as altas paredes, cerceadas pelo caminho de tijolos que já conhecia e tomei o caminho da mansão, sabendo-me um farrapo humano.

Na frente do casarão, Benignus e Giovanni me esperavam.

"Encontrou a resposta?", perguntou o velho.

Vi o reflexo do meu estado deplorável na expressão de ambos. Eu assenti.

"Para se encontrar, é necessário perder-se. Você está disposto a isso?", disse Giovanni, dividindo com Benignus a garrafa.

"Sim, estou", respondi, machucado e alquebrado.

"Então, está na hora de você saber o que aconteceu com Bento."

A frase de Benignus apertou meu coração. Será que Bento estava morto? Ou será que fora aprisionado pelos positivistas?

"Bento infiltrou-se na Ordem há uma semana. Sua missão é trazer documentos que os possa incriminar," falou Giovanni.

"Então, ele volta em breve?", perguntei.

"Essa é a nossa esperança", finalizou depois de um suspiro.

Duas horas depois, agora em meu quarto, mergulhei nos lençóis com tristeza e desalento. Mas em vez de pensar em Bento, era o triste phantasma de Georgina que dominava meus sentimentos.

Algo sussurrava em meu ouvido que eu a reencontraria em breve.

RIO DE JANEIRO,
3o DE JULHO DE 1896

Gravação do Grão-Ancião da
Ordem Positivista Gaúcha

[VOZ ROBÓTICA]
Devo interromper gravação, meu senhor?

[VOZ MASCULINA]
De forma alguma, E564. Agora é que chegamos ao momento contumaz deste dia, que deve figurar com destaque em minha autobiografia. Faça registro photográfico também, autômato. Esse momento histórico precisa ficar para a posteridade.

[SOM DE EXPLOSÃO PHOTOQUÍMICA]

[VOZ MASCULINA]
Fiquei bem na foto?

[VOZ ROBÓTICA]
Apenas saberemos após a... revelação, meu... [FALHA DE PROGRAMAÇÃO ROBÓTICA... CORRIGIDA]... senhor.

[VOZ MASCULINA]

Devo ter ficado como sou. Alto, forte e heroico. Mas vamos então ao que estressa... quer dizer... interessa: O registro deste momento de epifania [SOM DE LIMPEZA DE GARGANTA SEGUIDO DE CUSPE]

Estou aqui, eu, um Grão-Ancião, com os pés maculados de lama e cinzas.

Há anos que não visito a escola destruída. Mas agora, na iminência de uma guerra que precisa ser travada contra a ignorância e a insensatez anárquica, retorno à minha origem para buscar forças e inspirações. Foi aqui, no velho educandário que eu construí meus sonhos de tutoria disciplinar, formação moral e construção cívica. Era um Éden esse lugar, recortado do mundo e de seus perigos. Aqui eu sonhei construir um palácio de bondade e civilidade, um sanctuario de refinamento e incorrupção. Aqui, eu combati as phantasias dos moços!

Era um martyrio a vida do professor, uma epopeia o dia a dia do corretor de dictados. Mas eu aceitei a missão espiritual e o holocausto econômico da vida de educador sabendo que nela estava a metamorphose da juventude masculina deste país!

Como meu velho pai dizia: "Antigamente, a virtude era uma fortuna. Hoje, a fortuna virou a virtude." Sou rico, obviamente. Mas porque assim Deus quis, afinal, é preciso ouro para se fazer sua vontade e mostrar ao populacho a recompensa de um íntegro, de um homem cuja luta gloriosa não merece nada mais que louvor e aplausos.

[SOM DE VENTO]

Uma pena que o silêncio seja a paga de um momento de absoluta elevação.

Obviamente, há mestres e mestres. Alguns zelam pelo carinho, pelo afago, pela extensão dos recreios no pátio, pelos esportes de quadra, pelas aulas de artes e pelo absurdo dos absurdos: que os alunos possam falar e perguntar! Meu coração acelera com essa receita à iniquidade!

Foi aqui, neste lugar destruído pelo fogo da rebeldia que eu tive uma revelação bíblica: "A liberdade anniquilla o corpo e atrophia a alma!" Foi esse ideal que ensinaria em cada dia, em cada aula, em cada recreio, no meu querido templo de concupiscência... quer dizer... de sciência!

Agora, devo rumar ao Sul para continuar meu trabalho! Lá, dedicarei minha vida a destruir, estraçalhar, esmiuçar, dinamitar... [TOSSE E RECUPERA FÔLEGO]... a anarquia!

Ou meu nome não é Aristarco Argolo!

Porto Alegre dos Amantes,
31 de julho de 1896

Do noitário
de Sergio Pompeu

Os dias passavam sem qualquer mensagem de Bento.

Eu tentava diminuir minha apreensão, explorando dia após dia a biblioteca da Mansão e percorrendo os arredores da ilha. À medida que descobria suas extremidades e prédios, caminhos e atalhos, esbocei em meu caderno um mapa. No dia seguinte ao Labyrintho Espectral, por exemplo, me embrenhei no Bosque Dionisíaco chegando até o prohibido Poço Iniciático, outro lugar mórbido.

No caminho de volta pra casa, mirei Vitória ao longe, em meio ao breu fechado do Bosque. Sentada sobre a terra que se misturava à grama e aos galhos e folhas secas, com seus costumeiros pés descalços, ela estava sentada em posição de meditação. Seus olhos estavam fechados e ao seu redor, circundavam folhas secas numa estranha rotação. De súbito, seus olhos se abriram e neles vi apenas assustadoras órbitas vazias, o que me fez apressar o passo. Havia algo de muito estranho naquela menina.

Certa manhã, estava na outra ponta da ilha, no porto onde havia chegado. Foi quando vi uma movimentação na Estufa que me chamou atenção. Ao entrar, dei de cara com um selvagem horto de cores e perfumes que intoxicavam meus sentidos.

"Bom dia, Sergio. Seja bem-vindo a um dos meus gabinetes de trabalho," falou Louison, de costas pra mim, enquanto podava os espinhos de uma roseira. "Benignus me contou sobre tua experiência no Labyrinto."

"Aquilo foi horrível... mas também revelador", respondi.

"Que bom. Imersa no lodaçal da apatia e do preconceito, a sociedade moderna se anestesia de quase todas as experiências reveladoras."

Naquele lugar, diante daquele homem e daquelas maravilhas tecnostáticas, apatia era o oposto do que eu sentia.

A Estufa da Ilha do Desencanto era constituída de ferrarias de estanho que sustentavam grossas folhas de vidro. Do lado de fora, contemplava-se apenas a brancura umedecida da vidraçaria. Dentro dela, porém, um mundo verdejante se apresentava aos olhos e ao nariz, quando não aos dedos, desejosos de tocar e sentir a delicadeza dos lírios, rosas, orquídeas e violetas. Ao me aproximar, vi que escorpiões robóticos e outras criaturas mechânicas ajudavam-no no serviço da poda. Outras invencionices de Benignus?

Louison usava um avental de jardineiro. Abaixo, uma camisa branca, gravata presa por alfinete dourado, colete e casaco.

"Basicamente, nossa meta no Parthenon Místico é confrontar essa apatia."

"E como vocês fazem isso?", perguntei sentando-me num banco de madeira.

"Por meio de várias ações", respondeu. "Em Porto Alegre, onde Beatriz e eu de fato moramos, apoiamos projectos sociais em regiões pouco abastadas, onde a educação, a medicina e as artes não chegam. Quanto ao Parthenon Místico, se essa for a tua dúvida, somos responsáveis por algumas perigosas ações, não imunes de baixas."

Apesar de não ter conhecido Revocato — o médico que desapareceu depois do resgate de Vitória —, do pouco que lera dele na carta de Bento, lamentava sua perda.

"Também dedicamos muito do nosso tempo à produção de um panfleto subversivo, um almanaque. O próximo número será uma carta de afronta à Ordem Positivista. A sociedade não pode mais ignorar os crimes desses pretensos defensores da sciência."

Louison puxou uma cadeira e se sentou diante de mim, tirando as luvas que usava para cuidar das flores.

"Além disso, eu e Beatriz estamos lutando dentro dos caminhos legais para levar a Ordem à justiça", disse ele fitando meus olhos.

"Enquanto isso, Bento arrisca sua vida", devolvi, um pouco sem atentar à rudeza de minhas palavras.

"Todos nós, incluindo você, ao estar aqui", respondeu ele, ainda cortês.

"O que exatamente é esse aqui?"

"Somos uma comunidade livre na qual todos podem buscar o que desejam."

"Como assim?", perguntei.

"Benignus dedicou-se à sciência. Giovanni, à música. Beatriz, à literatura. Revocato e eu, à medicina e à pesquisa de vacinas. No meu caso, além da predileção pela botânica e pela poesia, adoro esboçar figuras anatômicas.

É um estranho fascínio, confesso, mas me ajuda a não perder de vista que nossa existência é carne e sangue, ossos e músculos, além de pensamento. Infelizmente, nossa sociedade e, em especial, a Igreja do Crucificado condenam o corpo e seus sentidos."

Ele pausou e sorriu, revelando entre a barba bem cuidada dentes brancos e bonitos, abaixo dos olhos amigáveis e ternos.

"Me perdoe, Sergio, mas às vezes me empolgo com minhas filosofias", falou, sentado à minha frente. "Enfim, cada um de nós precisa trilhar o seu próprio caminho. Bento tem um talento para grandes aventuras e explorações. Vitória tem um dom psíquico que ainda não compreende. Quanto a ti, ainda não sabemos quais são teus talentos ou, o mais importante de tudo, o que aprecias fazer. Tu o sabes?"

Mirei seus olhos, questionando-me sobre o que ele dissera.

"Nunca me indaguei sobre isso", falei. "Na escola, ensinaram-me a memorizar e a escrever fórmulas. Minha experiência familiar não foi diferente, uma vez que fui educado para dar continuidade ao trabalho de meu pai: plantar, cultivar, colher e vender. Agora... o que eu realmente gostaria de fazer? Boa pergunta."

"A pergunta mais importante de todas. E tão poucas pessoas a fazem."

Nossa conversa foi subitamente interrompida por Vitória, que invadiu a estufa.

"Recebemos uma mensagem de Bento!"

Louison tirou seu avental e o jogou sobre seus insetos mechânicos. Eu pensei que iríamos em direção à mansão, mas desviamos e fomos ao velho galpão que eles chamavam de Centro Tecnológico. Era ali que Benignus trabalhava.

Quando entramos no galpão, fiquei tonto com a quantidade de coisas que estavam entulhadas dentro do prédio: máchinas desconhecidas, ferramentas exóticas, robóticos desativados e lunetas gigantescas. Num outro canto, uma roupa de mergulho que me deu calafrios, bem como um par de asas retráteis conectadas a uma mochila militar. Tive a impressão de ter saído da ilha e de agora estar numa estória de Júlio Verne.

"Sergio, aqui", gritou Benignus.

O velho estava diante de uma tela de recepção. Da tela minúscula, vi projectado Bento, cuja imagem imperfeita era transpassada por ondas de energia oscilante. Ele olhava pra trás cuidando para não ser descoberto. Vestia um macacão de trabalho e tinha na testa uma máscara de respiração aquática.

"Bento Alves para o Parthenon Místico", disse com a voz sendo interrompida por um insuportável zumbido. "A missão segue como planejada e eu devo ter notícias em breve. Mas, amigos, as monstruosidades que tenho visto são inimagináveis."

Eu demorei a reconhecer naquele homem forte e alto, meu antigo amigo. Agora, porém, ele parecia machucado por fora e por dentro, como mostravam seus grandes olhos, um pouco tristes demais em comparação com minha lembrança. Desconfiado, Bento olhou para os lados e então mirou a tela.

"Sergio chegou?" Escutar meu nome em seus lábios apertou meu coração e só então percebi a saudade que sentia dele. "Louison... se ele chegou... entregue a ele o pacote que deixei contigo..."

Um ruído externo interrompeu a mensagem e desligou a imagem, deixando-nos sem saber o que aconteceu. Fitei a tela escura e então olhei para Louison.

"Vamos pra mansão", disse ele, por fim.

Na sala comum, indicou o sofá para eu me sentar. Louison buscou dentro de um grande armário um embrulho. Curioso como estava, desvelei rápido seu conteúdo.

Eram dois volumes encadernados em couro. O primeiro, de cor verde, possuía delicado arranjo floral que começava no canto superior direito e descia pela superfície frontal. No canto inferior direito, havia inscritas as letras "S" e "P". Quanto ao outro caderno, era muito parecido com o primeiro, apesar de ter uma imagem gravada com a face de um lobo e as iniciais "B" e "A".

"Eu não entreguei a você esses cadernos e a carta que os acompanhava porque..." Louison deixou a palavra no ar, esperando minha reação... "Bento me disse que eu deveria fazer isso apenas em situação extrema, caso ele não voltasse pra nós".

Engasguei ao ouvir aquelas palavras. Será que aqueles itens seriam tudo o que teria dele? Sem pestanejar, rasguei o lacre e desdobrei a missiva.

Meu Querido Sergio,

Espero que não leias essas palavras e, se as leres, que não constituam meu epitáfio. Ao contrário, que apenas sirvam de antessala ao nosso reencontro, que deve ocorrer em breve. Se depender de mim, muito em breve.

Quanto ao presente com tuas iniciais, também fui presenteado com algo semelhante após chegar à ilha. E, agora, faço o mesmo por ti, para que possas registrar nele tua estória e tuas descobertas sobre a mansão e seus moradores.

Além dele, deixo contigo o meu próprio noitário. Gostaria muito que o lesses antes de escrever tua estória. O que lerás nessas páginas completa, em muito, o conteúdo da carta que te escrevi há semanas.

Quando Louison me presenteou com o caderno, não sabia por onde começar. Foi ele que sugeriu que escrevesse uma missiva a uma pessoa que me fosse querida.

Foi apenas depois dela e do que confessei de meus sentimentos por ti que fui capaz de revisitar o passado e os phantasmas dos quais sempre fugi.

E agora eu os oferto a ti, meu querido amigo.

Com carinho & desejo,

Bento Alves

Eu deixei Louison e a casa para trás, indo buscar na geografia da ilha um pedaço de grama onde pudesse me sentar. Foi assim que me vi partindo do Coreto das Ilusões em direção ao Lago dos Mystérios. Lá, cortando a grama com a diligência de servo preguiçoso, estava Trolho.

Foi com o espírito pesado que abri a capa desbotada e comecei a ler em voz alta. Fiz isso porque tolamente supus que o robótico também gostaria de ouvir aquela estória.

Além de mim e dele, estariam os phantasmas daquela ilha também interessados em conhecer o passado de meu querido Bento Alves?

*Ilha do Desencanto,
20 de maio de 1896*

*Do noitário
de Bento Alves*

Nasci em uma grande fazenda nos arredores de Pelotas.

Cresci solto, como dizem por lá, correndo sem eira nem beira pelos campos de meu pai. Eram dias infindos, levando e trazendo gado junto de peões e escravos, bebendo das águas dos rios e dormindo sob as copas das árvores.

Eu era rico, pois meu pai era rico, apesar de vivermos uma vida de poucos luxos. Minha mãe morrera quando eu era criança e minhas irmãs mais velhas foram enviadas a um convento para completar sua educação, ficando a mim o encargo de me tornar o braço direito de meu pai. Fui educado com firmeza e severidade, como espelho dele. Quanto ao coração aventureiro, aquele era somente meu.

Foram anos vibrantes e sinto tristeza por tê-los perdido tão cedo.

Tudo isso ocorreu em Velha Aurora, nossa fazenda, onde eu já era homem feito aos catorze anos.

Aquela era minha vida, num paraíso não conspurcado pelos delírios da modernidade ou pela corrupção dos centros urbanos. Ao menos, era isso que o padre Tonico pregava na paróquia todos os domingos. Inocentes como éramos, não tínhamos vontade de deixar aquelas terras agrestes.

Até que cometi o pecado de me apaixonar.

Eu não fui seduzido ou forçado. O desejo nascera dentro de mim, como a affeição que comecei a sentir diante do espelho do quarto. Nele, admirava a pujança de meus braços treinados no relho de couro em cima dos cavalos, ou a força do meu tronco, fortalecido na lida da terra que cultivávamos. E desde sempre percebi que eu não gostava das mocinhas magras que via na igreja.

Mas também não tinha ideia do que gostava, afinal ainda era muito jovem. Isso até o que aconteceu com Ramiro. Ele era um escravo doméstico, filho da nossa cozinheira. Como tínhamos a mesma idade, crescemos juntos, praticamente como irmãos. Ele era mais baixo que eu, mas muito mais forte, de compleição maciça, quase pétrea. Sua pele negra e lisa — lustrosa de suor abaixo do sol e suave diante do fogo noturno — capturava meus olhos como nada jamais o fizera.

Num tempo em que os homens tomavam as filhas dos escravos para satisfazer seus ímpetos, eu me apaixonei por um de seus filhos. Ele soube, pois devolvia o mesmo desejo, inicialmente em olhares, depois em palavras poucas e, por fim, em toques nos quais força e doçura se mesclavam. Assim, nos tornamos inseparáveis, gêmeos noturnos na escuridão das horas tardias, que volta e meia ficavam para trás, afastados do resto da tropa, levando gado de uma estância à outra. O tratamento que lhe dava enciumou os peões.

Foi num amanhecer chuvoso que eles nos descobriram. Nus, fomos amarrados como criminosos. Gritei com eles, relembrando aos bastardos que eu seria o dono daquelas terras como era o dono daquele escravo. Não era isso que eu pensava, mas aquela era a língua daqueles alcaides.

De nada adiantou, pois fervia neles a condenação moral do que éramos. Tive esperança de que quando meu pai chegasse, ele que sempre fora nobre, pusesse fim àquela violência. Mas não foi isso o que fez.

Antes, ordenou que eu fosse amarrado no tronco de uma árvore e chicoteado quarenta vezes. Quanto a Ramiro, apenas o reencontrei no dia seguinte. Os peões soltaram as cordas dos meus pulsos e jogaram um velho pala para que eu escondesse minha nudez. Meu cavalo fora levado com eles.

À distância de duzentos metros, Ramiro jazia enforcado à deriva, balançando ao vento, o mesmo vento que outrora beijara nossos corpos. Eu o retirei da forca improvisada e o abracei, pedindo perdão ao amigo que eu havia desejado sob a vastidão das estrelas. Com um galho quebrado e com minhas próprias mãos, abri na terra macia uma cova. Levei seu corpo até ela e o depositei no ventre da terra.

Depois de pranteá-lo, joguei o tecido felpudo sobre o torso ferido e comecei a longa viagem em direção a casa. Quando finalmente vi a estância, ajustei a postura para não transpirar nada mais que dignidade. Desapareci em meu quarto e lá fiquei por dois dias, curando sozinho as feridas abertas, fossem as da carne, fossem as do coração.

Apenas quando meu ódio diminuiu seu curso é que deixei a alcova. Planos haviam sido feitos e documentos assinados. Padre Tonico, com o Livro do Crucificado ao colo, anunciou meus atos como perversões de Sodoma e Gomorra.

Aqueles nomes não significavam nada para mim e eu não perderia um segundo com aquele miserável, magro de vida e gordo de dogmas. Foi em direção ao meu pai que meus olhos miraram, exigindo dele uma explicação.

"Tu não és mais meu filho", disse-me. "Terás tuas terras quando atingires idade. Até lá, ficarás longe, num colégio interno, um educandário, na capital do Brasil. Do resto, não quero mais ver-te, vergonha minha e vergonha de tua mãe morta."

Quando disse isso, o pai não conteve as lágrimas. Nem eu as minhas. Fora da casa, a chuva fina que caía intensificava a pura tristeza daquela cisão.

No dia seguinte, fui levado à estação de trem, de onde iria ao Rio de Janeiro de Todos os Orixás, e então ao meu destino: um tradicional colégio chamado Ateneu.

Quando lá cheguei, diante da sua alta e triste fachada, compreendi que havia deixado minha infância para trás e que dentro de suas paredes estaria minha sina. No transcurso daquela mudança, o vaqueiro enérgico e impetuoso daria lugar a um sorumbático aluno, um "misterioso", como muitos passaram a me chamar. Naquele templo devotado ao saber teórico, aprofundei os saberes que tivera de meu preceptor. Meu corpo aquietou e aceitei a escravidão a fim de evitar as amarras existenciais e as chicotadas morais que lá distribuíam.

Sempre invisível e discreto, apesar de minha altura e força, destaquei-me entre os livros e me apliquei à escrita. Por isso, ofertaram-me duas posições. A primeira, de Vigilante, cargo criado pelo diretor Aristarco para que os alunos mais velhos controlassem os mais jovens. Recusei o convite, fingindo problemas respiratórios. Quanto à segunda posição, foi assim que me tornei o bibliotecário do Ateneu.

Naquele mundo de livros, perdi-me nos relatos de aventura e mystério. Entre suas páginas, me esquecia das horas na companhia de bravos heróis e seus grandes feitos, ao explorar vastas planícies, mares revoltos e altas montanhas. Em imaginação, deixava o mundo da escola pra trás e empreendia épicas explorações.

Isso até um trágico evento ocorrer, como tantos outros daquele lugar. Num dia de sol, quando estávamos no pátio da escola, vimos o jardineiro do internato correr com faca em punho, com sangue caindo da lâmina e marcando o chão. Tentei manter meu disfarce, até que um furor primitivo e selvagem fez meu coração palpitar e minhas pernas correrem em direção ao assassino. Com rapidez, domei o enfurecido delinquente, encontrando em seus olhos acuados o medo que um dia fitara nos animais selvagens sob meu jugo. Ele havia se deitado com Ângela, a camareira do colégio, e assassinado outro consorte, num ímpeto de ciúme bestial.

Naquela época, me inquietava a dúvida se a paixão por Ramiro nascera da solidão em territórios desertos ou se ela definia o meu próprio desejo. No colégio, era comum que meninos brincassem uns com os outros, fossem com toques escondidos, beijos secretos ou encontros em meio a madrugadas. Mas eu não tivera paixão por nenhum deles.

Isso até um guri magro e loiro, de traços delicados e compleição frágil, começar a mirar-me. Igual a mim, ele apreciava mais as tardes na biblioteca do que as no pátio. Do mesmo modo, apeteciam-lhe mais as estórias dos grandes à palestrada dos medíocres. Com o passar dos dias, também passei a fitá-lo, desejando na delicadeza de seu rosto de menina, um carinho que nunca nutrira por meu antigo amigo e amante.

Entre as páginas dos livros que adorávamos, aprendemos a nos conhecer e a nos estimar, primeiramente em segredo, deixando que dos nossos olhos vazassem declarações de afeto que nossos lábios ainda eram incapazes de pronunciar.

Mas se eu o amava, ele não me deixava saber se seu amor era daquela natureza. Passei então a dedicar-lhe presentes e gentilezas. Primeiro livros, depois, flores, para então lhe enviar cartas e recados. Certa vez, no interior da estante de meu enamorado, deixei-lhe a imprudência de um ramalhete.

Foi quando um pérfido menino, Malheiro, começou a espalhar boatos sobre nós. Marcamos um duelo e eu, com violência, dei-lhe o que merecia. Com uma navalha, o biltre feriu-me o ombro, respondendo aos golpes que lhe infligi. Em resposta, Barbalho, outro engomadinho inútil, chamou o diretor e me entregou. Fui aprisionado e por dias fiquei entregue à enfermidade do claustro. Por vergonha e por temer nova investida contra meu amado, afastei-me dele.

No ano seguinte, algo mudara dentro de mim. Talvez fermentado pela solidão da escola. Talvez pela adolescência que agora dava lugar a uma juventude quase adulta. E quando revi meu querido, não mais escondi meu afeto. Ele estava lindo, mas também mais calejado, machucado pelas traições e surras de seus colegas. Novamente nos tornamos unha e carne. Eu lhe dava presentes, e ele devolvia meu carinho ajustando minha gravata e arrumando meu cabelo revolto.

Até chegar a tarde derradeira, quando água diluvial despencava sobre aquela arca estudantil. Nós nos encontramos no sopé da escadaria alta que dava acesso ao segundo andar da escola. Eu o peguei pela mão e o levei à sombra dos degraus amadeirados. Meus dedos tocaram sua face delicada e nossos olhos se encontraram.

Revelei a ele o meu amor e aproximei meus lábios dos seus, desejoso de os encontrar, de os beijar, de experimentar seu gosto tanto quanto meus olhos se satisfaziam com sua imagem.

Mas ele me recusou, impedindo meu avanço com os dedos sobre meu peito. E numa explosão apaixonada, meu carinho tornou-se fúria e meu desejo frustrado violência. Avancei contra ele e nossa peleja foi interrompida pelo diretor, que já tinha marcado meu nome duas vezes em seu escuro caderno.

Vivi então uma nova expulsão, agora da escola. Decaído e foragido, abandonei o Ateneu sem me despedir do único amigo que havia feito. Em meu peito ardia uma raivosa rejeição. E por mais difícil que fosse, tentei não olhar para trás.

Foi assim que me entreguei ao mundo e vaguei durante meses e anos por diferentes paragens, aceitando trabalhos que exigiam força physica e nenhuma reflexão. Laborei em portos de carga e em depósitos de víveres, vendo, enquanto me tornava homem feito, o Brasil monárquico dar lugar à república e os escravos serem substituídos por autômatos mechânicos.

Quanto aos africanos libertos, se juntavam aos imigrantes alemães, italianos e japoneses, todos sorumbáticos expatriados de uma revolução robótica que alterou suas terras de origens. Vieram ao Brasil em busca de pão, teto e trabalho, mas só encontraram a rua, o tempo e a fome. Comigo, não foi diferente.

Inquieto, a cada mês buscava outras casas e destinos, até que pouco a pouco recuperei meu gosto por vis aventuras e audazes jornadas. Neste país imenso e selvagem, tornei-me um caçador de recompensas, seguindo criminosos fugitivos, piratas escravocratas e outros larápios. Talvez um dia escreva algumas dessas estórias. Entre uma missão e outra, continuei lendo, minha única diversão fora a refrega com os calhordas.

Foi em meados de 1892 que descobri um escritor nacional chamado Dante D'Augustine, cuja primeira coletânea de contos insuflou meu espírito à aventura e aos perigos que se escondiam nos becos da malfadada capital sulista. Que sorte de homem seria aquele para criar tantas fábulas sórdidas? Foram suas histórias que me fizeram voltar ao sul.

Quando cheguei àquela cidade, respirei fundo seu ar pesado de umidade verdejante e modernidade tecnostática. De pronto me apaixonei por suas incongruências. Em alguns anos, fiquei conhecido por lá como o aventureiro que aceitava prata por resgates improváveis ou caçadas de vida ou morte. Por outro lado, me entregava aos prazeres dos mancebos a quem se paga e ao torpor dos garrafões de vinho e cerveja.

Foi numa noite dessas que fui contatado por um velho scientista. Pediu meus recursos para um resgate perigoso, que envolvia a invasão das instalações de um laboratório da Ordem Positivista e a salvação de uma jovem com dons especiais que estava sendo usada para experimentos monstruosos.

Ao salvar Vitória, salvei a mim mesmo do vício crescente e do mais nocivo dos perigos: a falta de propósito. Ao me unir ao Parthenon, encontrei entre eles um lar, amigos que são hoje a minha família.

O que significa essa narrativa que acabo de empreender? Qual o sentido dessas palavras? Talvez escrevamos para nos proteger do esquecimento. Nas cartas, nas narrativas e estórias, podemos transcender aquilo que Chronos estraçalha em sua bocarra a cada segundo: nossa memória.

O que não consigo apagar da minha é a vívida imagem de Sergio Pompeu, que para mim figurava como uma antiga promessa de felicidade. Poderia escrever pedindo notícias? Iria ele responder?

Peguei o papel e comecei a missiva. Que a decisão estivesse em suas mãos, não nas minhas. Indiferente de sua resposta, minha decisão estava tomada.

Porto Alegre dos Amantes,
02 de agosto de 1896

Do noitário
de Sergio Pompeu

Quanto à minha decisão, também havia sido selada.

Inicialmente pela carta que havia me trazido àquela ilha e agora pelas palavras do noitário de Bento, palavras que, além de me comover, fortaleceram a certeza de que eu estava no lugar certo. Os dias posteriores àquela leitura foram um misto de preocupação e novas descobertas. A ilha desvelava seus segredos e também a grande casa, que os integrantes do Parthenon chamavam de Mansão dos Encantos.

Passei a exercitar meu corpo diariamente e, também, a visitar mais a biblioteca do casarão. Tratava-se de um espaço sombrio e acolhedor, com dois níveis de móveis amadeirados nos quais livros, periódicos, enciclopédias, mapas, gravuras e outros impressos se avolumavam, numa organizada desorganização. Seu projeto era quadrilátero, com estantes de livros em todas as paredes, deixando livres apenas os pórticos que lhe davam acesso e as janelas que ficavam na parede externa da casa e que garantiam iluminação mínima.

Quanto à leitura e pesquisa, essas eram feitas em quatro mesas que ficavam na primeira metade do cômodo. Sobre elas, lamparinas com dispositivos mechanizados possibilitavam a gravação de recados em áudio e a gradação da luz de leitura. Na outra metade da biblioteca, fazendo par com as paredes de livros, figuravam cinco pesadas estantes. Em suas laterais, uma progressão de apurados entalhes detalhava o processo de composição do livro, desde a madeira cortada para a produção de papel, passando pelo poeta e seus manuscritos e pelo tipógrafo que imprimia páginas, finalizando com o livreiro e o bibliotecário.

Minha guia naquele lugar era Beatriz, que me mostrou como eles a organizaram em seções temáticas, que iam desde as tradicionais narrativas literárias até fileiras nomeadas de "Temas Arcanos", "Enigmas Mágicos", "Descobertas Arqueológicas" e "Sciências Práticas". Nesta, encontrei um volume que me foi de especial ajuda: *Tecnostática para leigos*.

"Livros são mananciais de conhecimento e sabedoria", disse-me Beatriz certa tarde, "e também, quando bem escolhidos, fontes de divertimento. Eles podem ser bons amigos, terríveis inimigos, adoráveis companheiros ou péssimos conselheiros, isso se não surtirem o mesmo efeito que soníferos", conclui, rindo, enquanto me jogava o diário de Viagens de James Melmoth.

Outro visitante que estava sempre por lá era o robótico da casa, que lia livros em ritmo humano, sempre embaixo de uma das luminárias. Quando não o encontrava entre as grandes prateleiras da biblioteca, o via a distância, passeando pela ilha com Vitória.

Seu aprisionamento anterior parecia ter intensificado o desejo de liberdade. Não raro a encontrava ao ar livre, volta e meia de pés descalços. Ela, tanto quanto eu, ressentia-se da ausência de Bento, a quem devia a própria vida. Como uma fera acuada, ela saía quando eu chegava, partia quando eu surgia. Será que em algum momento aquela parede seria quebrada?

Foi em meio a essa rotina inquietante, que Giovanni convidou-me a uma missão. Vesti roupas comuns e partimos num pequeno barco que carecia do encanto da barcaça-carruagem de Benignus. Quando alcei a visão, era Porto Alegre dos Amantes que surgia diante de mim.

Agora, durante o dia, a visão era assombrosa: uma effusão verdejante e frutífera que se mesclava aos prédios sólidos de pedra e concreto, como se os arranha-céus tivessem sido invadidos pela natureza serpenteante de galhos, ramagens e cipós. Acima dos prédios altos — alguns que deviam chegar a seis andares! — dirigíveis e zepelins de carga davam ao todo da imagem um toque de modernidade.

Ao redor da cidade, entre o porto e os prédios, um trilho fazia o transporte do centro até as cidades ao redor, Balsas e Velho Hamburgo, pelo que me informou Giovanni. Questionei-o sobre nossa missão naquele dia.

Ela seria dupla, uma mais simples e outra bem mais perigosa. Estávamos ali para buscar alimentos e outros utensílios necessários à rotina da ilha. Mas, além disso, iríamos investigar os homens que nos perseguiram na minha chegada.

Depois das compras e de carregarmos nosso barco, que estava ancorado nas cercanias do Porto Geral, Giovanni abriu sua bolsa de couro e me estendeu uma pequena pasta com documentos e photos. Na primeira, vi nossos perseguidores, em documentos que revelavam seus nomes, endereços e posições nas forças militares.

"O mais baixo é Antunes Peixoto, militar reformado. Apesar de ainda atuar como agente da lei, trabalha a quem lhe paga mais", disse Giovanni, entre uma baforada e outra. Ainda não me acostumara com seus magros dedos mechânicos. "O grandão se chama Alvarenga da Silva, e com ele precisamos nos preocupar menos, pois não passa de um pau-mandado."

"Como conseguiu esse material, Giovanni?"

"Tenho amigos em todas as partes desta cidade. Uns me devem favores, outros têm dívidas a serem pagas, e há aqueles que apenas simpatizam comigo."

Num dos documentos, ele apontou nosso destino: o endereço de Peixoto, que vivia numa casa reformada, perto de Altos Moinhos, zona alta da cidade.

Giovanni arrombou a porta lateral sem dificuldade, o que me fez questionar seu passado. Eu, mesmo tenso e nervoso, o segui, sentindo-me um criminoso. Reviramos o lar solitário do sujeito e nada encontramos que nos mostrasse relação direta com a Ordem. Não havia nenhum objeto pessoal, indicação de família ou gostos pessoais.

No gabinete de trabalho, onde estavam dispostos os principais casos, havia arquivos de várias sortes, todos dedicados a figuras notórias, criminosas ou não, que, pelo visto, eram investigadas por Peixoto.

"Devem ser casos antigos", disse Giovanni, decepcionado.

Foi quando escutamos a porta da frente abrir e seu morador entrar, assobiando. Giovanni empurrou-me para o canto da dispensa, ordenando silêncio. Senti meu sangue gelar.

Peixoto passou por nós e parou, como se pressentisse alguma presença. Segurei minha respiração. Bela progressão na vida, não? De filho deserdado e exilado de casa a criminoso invasor detido no sul do Brasil!

O homem foi da cozinha à sala, passando por nós, espremidos entre quilos de feijão e sacas de arroz e erva-mate.

Depois de instantes, ele balbuciou alguma coisa e se trancou no banheiro, para nosso alívio. Com cuidado, deixamos o pequeno cômodo e fomos em direção à saída dos fundos, por onde havíamos entrado.

Giovanni foi na frente e eu o segui. Estava quase deixando a casa quando notei a bolsa de Peixoto entreaberta na mesa. Por algum razão, algo me dizia que ali poderia conter uma resposta, por menor que fosse.

Sem pensar, dei meia-volta, deixando Giovanni branco, e abri a pasta de couro. Dentro dela, vários papéis e os documentos pessoais do seu dono.

Mas também um panfleto e um livro. Estremeci quando li seu curioso título — *Moral e Cívica para Pequenos Cidadãos* — e avancei ao nome do autor: Aristarco Argolo!

A descarga do banheiro de Peixoto me trouxe de volta à realidade. Larguei o livro onde estava e deixei a casa segurando o panfleto que o acompanhava.

Havíamos chegado ao porto, e em breve começaríamos nosso retorno ao lar. Voltando ao mundo dos vivos e dos criminosos, percebi que estávamos nos movendo.

O panfleto roubado continuava em minhas mãos, amassado. Quando o repuxei para ler seu conteúdo, mirei as letras garrafais: "Aliste-se à Ordem Positivista Nacional!" Aos poucos, a trama demoníaca começava a se revelar. Nossos perseguidores tinham mesmo relação com os positivistas!

Meu desejo de rever Bento se intensificava. Não apenas pela saudade, mas pela esperança de que ele trouxesse as provas necessárias para enterrarmos de vez aquele assunto. Foi com alívio que percebi que havíamos chegado à ilha. Mas nem isso me fez esquecer o odiado nome na capa do manual pedagógico.

Porto Alegre dos Amantes,
03 de agosto de 1896

Noitário
de Giovanni Felippeto

Eu retiro o maço de cigarros do bolso e arruíno dois deles antes de acender o terceiro.

Os dedos robóticos são difíceis de controlar. Às vezes derrubo coisas que deveria segurar, destruo outras que deveria proteger. Tenho medo de segurar o violino, o que é um tormento. Sempre encontrei na música um sentido para minha existência. Quando as palavras não mais comunicam e a dor do espírito é como a do corpo, latente & onipresente, apenas a música pode nos confortar.

Leonor adorava me ouvir tocar. Foi graças a ela que eu saí das ruas e reencontrei a música. Lembro dela ajoelhada, tocando meu rosto e dizendo que juntos iríamos recuperar meu violino. Foi ela que me fez levantar. Mas não estou sendo completamente justo aqui. Foi Leonor e meus outros amigos.

Louison e Beatriz, esse casal improvável que faz do amor uma sonata e do desejo uma valsa. Solfieri, a quem compus um madrigal romântico e maldito. O finado Revocato, a quem devemos essa casa e essa ilha. E claro, Benignus. Depois que Leonor partiu e minhas mãos foram arrancadas, foi ele que me presenteou com essas garras mechânicas que se por um lado esmagam o fumo, por outro tornam a vida possível. À ele ainda comporei uma ode, uma música sobre o futuro, uma canção que homenageie seus portentos incríveis e seus inventos insólitos.

Estou na mansão agora, diante do quadro de Georgina, com as memórias me visitando como velhos phantasmas. Quase consigo ver a primeira reunião oficial & informal, para nós nunca houve diferença, do Parthenon. Estávamos na casa de Louison — quando foi isso? cinco anos ou seis? — bêbados do vinho que Antoine nos servia, com Dante D'Augustine já sem o bigode falso e com a gravata solta e Solfieri brincando com as chamas de um castiçal. Benignus ainda não estava conosco. Revocato chegou e desabou no sofá.

"Esse país não chega a lugar nenhum", dizia ele, enquanto Antoine servia-lhe uma taça. "Corrupção, corpo mole e a falta de responsabilidade das autoridades me fazem ficar saudoso da monarquia". Todos rimos, republicanos que éramos.

"Enquanto isso," dizia Dante — não a chamávamos ainda de Beatriz, apesar de já sabermos qual era seu nome verdadeiro — "os pobres, os negros e as mulheres — além dos indígenas — vivem na miséria sem qualquer chance ou oportunidade."

"Anos atrás, o Parthenon Literário lutava por eles", disse Louison, em pé e encostado numa das paredes, segurando-se para não beijar Dante. Aqueles dois nunca se separavam, o que nos irritava e acalentava.

"Sim, mas eles ficaram no passado", disse Solfieri. "Como tudo nesse país. Até eu já cansei de esperar e nada acontecer. E olha que eu tenho todo o tempo do mundo."

"Seu metido!", brincou Louison.

"E se nós fundássemos um novo Parthenon?", perguntou Dante. "Mas não uma gremiação pública e sim uma sociedade secreta, uma sociedade mística e arcana..."

"Daquelas que você adora colocar em seus livros?", disse eu, segurando a taça na ponta dos dedos manchados de fumo.

"Eu gosto da ideia", falou Louison. "Devo confessar que sempre almejei integrar uma sociedade secreta, desde que não fossem machistas, misóginas ou escravocratas."

"Em resumo, nenhuma," cortou Solfieri.

"Então, vamos fundar uma, Antoine," arrematou Dante, para quem os mais ousados planos e sonhos não passavam de simples objetivos a serem concretizados.

"Temos apenas um problema," falou Solfieri, não desistindo. Precisamos de uma sede digna. Não pode ser qualquer casa nem qualquer porão emporeirado ou sótão decadente, desses nos quais estou acostumado a viver."

"Talvez eu tenha o lugar perfeito," arrematou Revocato.

Todos nós olhamos para ele, curiosos.

Ele se colocou em pé, serviu mais vinho da garrafa que Louison segurava, e então começou a narrar a história da Família Magalhães e do triste fim de Georgina e seu pai.

A pintura à minha frente evaporou as lembranças. Mas não apenas elas. Os passos no tabuão me fizeram expirar a fumaça e dar meia-volta. Solfieri saiu das sombras como uma assombração.

"Perscrutando as névoas do passado, meu caro?", disse ele, falando como tal.

"Sim", foi minha resposta. "Tentando esquecer o presente."

"Mas ele é só o que temos."

"Será?", perguntei, não sabendo se estaríamos vivos amanhã ou depois. "Eu não sei o quão seguro estamos aqui, Solfieri. Os positivistas..."

"Me dá um pouco desse fumo?", ele tomou o cigarro dos meus dedos, encostando o gelo de sua carne morta no frio metal postiço. "Quanto à segurança, este lugar é seguro quanto qualquer outro. Tenho refletido sobre o mesmo imbróglio. A polícia não sabe de nada. Minha investigação até agora não levou a lugar nenhum."

"Nem as minhas", disse eu. "Louison também não tem conseguido qualquer avanço pelas vias legais. Nem Beatriz com os jornais e os semanários."

"As vias legais e a mídia são piada. Já disse isso a ele. Tudo está à venda nessa cidade dos diabos, entre elas a lei e a política. Prefiro ossadas podres ao cheiro de um político. Mas estou à espreita."

"Não só você," disse eu, dando uma piscada a ele e indicando o canto da sala, que fazia conexão com o longo corredor que levava à cozinha. "Vitória, querida, você pode sair."

A jovem deixou a quina em que se julgava escondida e veio em nossa direção, sem jeito. Solfieri se aproximou dela e disse, antes de nos deixar.

"Cuidado, mocinha, pois a curiosidade estraçalhou o gato!"

Ela o fitou, assustada e fascinada, e depois sentou-se num dos estofados, de frente para Georgina. Eu sentei ao lado dela, ignorando Trolho que também chegava, para anunciar o jantar.

Diante daquele trio improvável, outras pinturas e retratos faziam companhia à defunta herdeira do Desencanto.

Ilha do Desencanto,
03 de agosto de 1896

Gravação de Vitória Acauã
ao Secretário Robótico B215

[VOZ FEMININA]
Bom dia, Trolho.

[VOZ ROBÓTICA]
Bom dia... Vitória... Como... tem passado?

[VOZ FEMININA]
Mais ou menos, na verdade. É que acho que nossa relação não tem progredido.

[VOZ ROBÓTICA]
Como assim... Vitória?

[VOZ FEMININA]
É que eu tô sendo sincera com você e fico contando coisas de mim, e você não conta nada. Para se ser amigo, você precisa interagir mais. Você é meu amigo, não é?

[VOZ ROBÓTICA]
Sou um... secretário robótico... Entre as... funcionalidades... do modelo B215... constam... cordialidade... gentileza...

[VOZ FEMININA]

Tá vendo? Tá errado. Você não pode sair falando de funcionalidades comigo. Eu tenho várias também. Comer, respirar, arrotar... mas só de vez em quando... entre outras. Só que não saio por aí falando delas, pois é meio óbvio, não?

[VOZ ROBÓTICA]

Entendo... Como você deseja... que... a nossa... interação funcione...?

[VOZ FEMININA]

Vamos brincar de um jogo. É fácil. Eu conto um segredo meu e você conta um segredo seu. Vou começar. Deixa só eu dar uma pensadinha... hummm... já sei.

Tenho vagado por aí buscando umas respostas. E também a cura pros meus machucados. A cura vem aos pouquinhos, com todas as cicatrizes sarando. Às vezes, eu tiro a casquinha de algumas, mas estou tentando não fazer isso. Já os machucados aqui de dentro, são bem mais difíceis. Em breve, acho que vou conseguir contar a minha estória. Mas ainda preciso ficar mais sua amiga, conhecer você melhor para chegar nesse nível de sinceridade.

Como eu dizia, tenho vagado bastante pela ilha. Mas não só pela ilha. Já ouviu falar das bruxas do pântano? Eu quero encontrar elas. Eu preciso saber quem eu sou e acho que elas podem me ajudar. Lá na ponta da ilha, perto do poço automático e daquele mirante bonito, tem uma canoa e dois remos. Pois então, eu peguei aquela canoa e saí pelo pantanal pra encontrar as bruxas. Acredita?

Mas você não pode contar pra ninguém, tá? Promete?

[VOZ ROBÓTICA]

Sim... Vitória... prometo.

[VOZ FEMININA]

Olha que eu tô confiando em você, viu?
Agora é a sua vez. Vamos lá. Me conta um segredo seu.

[SILÊNCIO]

[VOZ ROBÓTICA]

Estou... buscando em minha... programação... um evento... que corresponda... à noção de... segredo. Buscando... Buscando... Buscando... Informação... encontrada.

Quando... não tenho... trabalho... ou tarefa... vou ao... Jardim Apolíneo... e fico lá... observando.

[VOZ FEMININA]
Observando o quê?

[VOZ ROBÓTICA]
O crescimento... das flores.

[VOZ FEMININA]
Só isso? Esse é o seu segredo? Achei fraquinho. Mas serve como um bom começo. Só que na próxima você terá de se esforçar mais, viu? Quero um daqueles cabeludos!

[VOZ ROBÓTICA]
Vou tentar... Vitória.

[VOZ FEMININA]
Tenho outra coisa pra contar. Esse sim é segredo mesmo, tá? Ainda mais que o outro. É que eu tenho sentido umas coisas estranhas.

[VOZ ROBÓTICA]
Defina.... "coisas estranhas".... querida Vitória.

[VOZ FEMININA]
Vai com calma, tá? O assunto é delicado e eu não vou definir nem detalhar nada.

[VOZ ROBÓTICA]
Certo... Pode apenas... falar então... sobre essas... "coisas estranhas".

[VOZ FEMININA]
Melhorou. É um nervoso, sabe? De vez em quando, eu sinto meu coração acelerar e minhas pernas ficarem meio bambas, sobretudo na presença de uma pessoa.

[VOZ ROBÓTICA]
Uma pessoa... que conheço... suponho.

[VOZ FEMININA]
Sim, conhece.

[VOZ ROBÓTICA]
Seria... o mestre... Solfieri?

[VOZ FEMININA]
Como você descobriu?

[VOZ ROBÓTICA]
Ao listar... os poucos... moradores dessa ilha... não é tarefa difícil... Ademais... reparei que... fica nervosa... e pálida... quando ele fala... ou... quando fala com você.

[VOZ FEMININA]
Ai, meu deus, o que eu faço?

[VOZ ROBÓTICA]
Fazer... sobre qual... assunto?

[VOZ FEMININA]
Sobre isso. Com isso. Com essa gastura nervosa que eu tô sentindo. Trolho, acho que eu estou gostando dele.

[VOZ ROBÓTICA]
Sim... imaginei... que se tratasse... de um... sentimento romântico.

[VOZ FEMININA]
Eu não gosto de sentimentos românticos.

[VOZ ROBÓTICA]
Por... quê?

[VOZ FEMININA]
As pessoas ficam meio bobas quando são românticas.

[VOZ ROBÓTICA]
Isso é... ruim... Vitória?

[VOZ FEMININA]
Não, não é. O ruim é gostar de alguém, porque, quando você gosta, você sente falta e, quando a pessoa não está mais por perto, você sofre... e dói, dói muito, Trolho... de um jeito diferente. Não é igual à ferida que se arranca a casca. Dói aqui dentro.

[SUSPIRO]

[VOZ ROBÓTICA]
Não chore... Tome... aqui tem um... lenço.

[VOZ FEMININA]
Um farrapo, você quer dizer, Trolho. Obrigada.
Estou com saudades de Bento, Trolho. Será que ele demora?

[VOZ ROBÓTICA]
Não tenho... como prever o retorno... de Bento Alves... Mas estou... também... sentindo... saudades dele... Vitória. Estranha... a ideia... de... ausência.

[SILÊNCIO]

[VOZ FEMININA]
Sabe do que mais estou com saudade?
De um sanduíche! Vamos comer?
Encerrar gravação.

Ilha do Desencanto,
04 de agosto de 1896

Do noitário
de Sergio Pompeu

No final da tarde, com o sol já declinando no Guayba, eu estava sentado num dos bancos do Jardim Apolíneo, com a mansão e o crepúsculo às minhas costas.

Tinha em meu colo a *Autobiografia* de Dorian Gray e a meu lado, um baralho de tarô, que pretendia tirar ainda naquela noite. Aquelas inquietantes cartas tinham sido apresentadas por Louison. Atrás de mim, Trolho trazia uma garrafa de vinho. Eu mesmo teria pegado a bebida, mas preferi evitar a adega prohibida.

Ademais, Trolho parecia adorar nos servir. Após me alcançar a taça, o constructo robótico ficou ali, produzindo um barulho que parecia um assovio.

"Está uma... bela tardinha... não?", perguntou.

"Sim, está", respondi.

O que ele estava fazendo? Puxando conversa? Autômatos não puxam conversa, apenas seguem uma programação predefinida, a partir das sequências numéricas de sua mecânica diferencial.

Iria continuar o diálogo, quando minha atenção foi desviada por uma sombria figura que caminhava entre as árvores contorcidas do bosque. Eu fechei o livro e repousei a taça de vinho ao lado da garrafa e do tarô.

"Precisa... de minha ajuda... senhor?", perguntou Trolho.

"Não, não preciso", respondi-lhe sem lhe dar atenção, enquanto deixava o Jardim Apolíneo e avançava em direção à selvagem desordem do Bosque. Dentro dele, a firmeza das rotas do jardim dava lugar ao macio e barrento solo composto de terra, relva e galhos.

Ao procurar pelo intruso, notei uma penugem branca, suja de sangue e terra, caída à minha frente. Ao me aproximar da lebre morta, vi os signais das mordidas que a mataram, bem como as entranhas abandonadas pelo predador; entranhas que agora serviam de banquete a formigas e vermes. A feiura daquilo me anojou.

"Ela foi morta há uns dois ou três dias, por um lobo-guará que vive por cá. Não somos os únicos moradores da ilha", disse Solfieri, saindo do meio do arvoredo. "Às vezes, eles caçam em grupo. Mas suspeito que este seja um caçador solitário".

Tinha a minha idade e um aspecto doentio e medonho, pálido e macilento. Seus longos cabelos pretos e lisos, que lhe escorriam pelo rosto, em consonância com a roupa antiquada e carcomida, assustavam-me. Enquanto os outros integrantes do Parthenon eram amistosos, Solfieri surgia como um almofadinha petulante e amargurado. E aquele cheiro! Tudo nele exalava baús trancados e quartos abafados.

"E você, também é um caçador solitário?", perguntei, nada sympático.

Ele riu da minha indagação e caminhou em direção ao animal que apodrecia. Catou um galho ressequido do chão e começou a revirar as vísceras do animal.

"É estranho como tudo se resume a isso, não?", filosofou. "Carne vivendo e carne apodrecendo. Vida que morre e morte que vive".

"Pare com isso, é revoltante!", ordenei.

Ele interrompeu o gesto e levantou os olhos noturnos em minha direção. Abaixo deles, olheiras de noites não dormidas ou sabe-se lá o quê.

"Para quem é revoltante? Para vossa pessoa? Para a lebre? Talvez para ambos, sou obrigado a concordar. Mas não para o lobo-guará e não para esses animaizinhos graciosos que estão aqui se refestelando."

"Você aprecia a morte, então? Gosta dela?", inquiri.

"Não. Ao contrário. Estou fugindo da Dama dos Reinos Sombrios há mais de quarenta anos."

Não resisti e gargalhei. Aquele sujeito deve ter lido poetas românticos demais. Dei-lhe as costas e comecei a tomar o caminho por onde tinha vindo. Meu passo foi interrompido por sua voz.

"Sei que não gostais de mim. Nem eu aprecio minha companhia. Porém precisamos deixar tais dissemelhanças de lado. Pressinto coisas nefastas à frente. A Ordem Positivista. Os dois sujeitos que perseguiram a vós. Os abutres voando ao redor da ilha. Há muitas coisas acontecendo, caro menino, e precisamos estar preparados."

Ao dizer isso, deu-me as costas, embrenhando-se no matagal espesso até desaparecer. Iria dormir no banhado do pântano, onde deveria ter um mausoléu caindo aos pedaços, como um vampiro de fábulas góthicas vivendo em meio à charneca. O que queria dizer com aquilo? A Dama dos Reinos Sombrios? Os abutres? Um tanto irritado e com meu desgosto por ele intensificado, retornei ao jardim.

Quando estava quase voltando ao meu banco, Benignus estourou a porta traseira da mansão e gritou: "Sergio, Bento voltou!"

Não consegui acreditar naquelas palavras. O velho desapareceu no seu interior e eu fui atrás dele, correndo ao interior da casa até chegar à sala comum. Quando a invadi, meu sorriso deu lugar a um esgar de pavor.

Um homem alto e grande estava jogado no chão, com dezenas de machucados no corpo e a roupa esfarrapada. Sangrava e o sangue já ensopava o tapete e começava a pingar sobre o tabuão. Foi quando me dei conta que aquele homenzarrão ferido e inconsciente era meu querido amigo!

Ao lado dele, Louison lhe aplicava uma injeção enquanto dava ordens a Giovanni, que fazia as vezes de seu ajudante.

Trolho olhava a cena e atrás dele, assustada, estava Vitória, de cujos olhos caíam lágrimas. "Ele vai ficar bem, não vai?", perguntou.

"Sim, minha querida, vai", disse Louison. "Bento é forte como um tigre".

Eu não sabia o que fazer. Louison, atento à minha preocupação, ordenou que eu subisse aos quartos e trouxesse lençóis, toalhas e travesseiros. Sem pensar, corri para cima, saltando de três em três os degraus da escadaria.

Quando voltei, Giovanni e Benignus já haviam improvisado uma cama e agora o primeiro arrancava de minhas mãos os lençóis enquanto o segundo ajudava Louison a cortar os farrapos que Bento vestia. Quando vi o corpo ferido, o ódio me dominou. O território de sua pele era um campo de guerra devassado, com machucados novos e velhos, alguns inflamados. O que tinham feito com meu amigo?!

Uma hora depois, já limpo e com os ferimentos mais graves enfaixados, ele balbuciava palavras terríveis, tentando voltar a si.

"Morte... a Ilha da Pólvora... eles querem... nossa morte..."

Nessa febre delirante, Bento parecia tentar organizar o que tinha vivido, mas ainda nadava em ondas de soffrimento e dor. Quando sua consciência finalmente conseguiu imergir, ele disse: "Sergio? Sergio chegou? Sergio está aqui?

"Sim, eu estou", respondi, ficando de joelhos e perto dele. Parecia não notar minha presença.

"Diga para ele voltar... Aqui não é seguro... Não é seguro... fuja!... Aristarco está aqui... é ele... é ele que comanda tudo..."

Após essas palavras, Bento apagou, victimado pela droga aplicada por Louison.

Levantei-me e recuei. Precisava de ar para absorver aquela informação. O homem que havia nos arruinado no passado?! Estava ali, em Porto Alegre dos Amantes? O demoníaco diretor do Ateneu?! Aquilo era impossível!

Agora o livro que encontramos com Peixoto estava explicado! O miserável não só estava vivo e escrevendo livros, como era ele próprio o líder da Ordem Positivista!

Eu deixei o casarão e traguei profundamente o ar noturno. Lembrei de que, na correria da chegada de Bento, havia esquecido meu caderno no banco do jardim. Quando lá cheguei, vi que o vento havia virado a taça e um pouco de vinho manchara a borda do caderno e algumas lâminas do tarô.

A primeira delas era a carta da Morte.

· PARTE II ·

Noitários Arcanos
& Encontros Profanos

*Em que Bento Alves volta ferido,
os heróis afrontam um inimigo aguerrido.
Nioko Takeda avança na investigação
& Solfieri revela sua eterna maldição!*

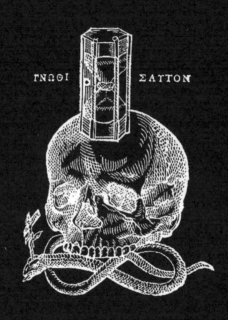

Ilha do Forte da Pólvora,
o5 de agosto de 1896

Do diário de campo de Nioko Takeda

Quando recebi a missão de investigar a organização criminosa conhecida na capital pela alcunha de Parthenon Místico, dediquei-me à tarefa com afinco. Primeiro, estudei os seis exemplares de seu almanaque subversivo de periodicidade anual. Foi ele que tornou suas ações conhecidas entre anarquistas, revoltosos e neoabolicionistas, não apenas sulistas como de toda a nação. Precisava, porém, de um ponto de partida para desvendar a autoria daquele panfleto. Para tanto, voltei ao atentado de março último e ao agente infiltrado que possibilitou parte do ataque.

Pesquisando a vida de Revocato Porto Alegre, mapeei suas relações pessoais e familiares, seus gostos e atividades sociais. Tratava-se, como vim a saber, de um invertido solteirão com pendores a literatura e às artes. A partir desse dado, cheguei a outro nome, também de um médico e esteta, um tal de Antoine Louison. Onde este indivíduo morava? A duas quadras do templo / complexo laboratorial atacado. Parte do mystério começava a ser resolvido. Ao invadir sua casa, photos, livros e documentos levaram--me a outros suspeitos: o anarquista Giovanni, o conspirador Benignus e o falsário Solfieri. Outro nome também associado a eles é o de Beatriz de Almeida & Souza. Um escândalo à parte, do ponto de vista da Ordem e do Grão-Ancião. Uma mulher que se fazia passar por homem para publicar estórias de horror. Além deles, Bento Alves, um caçador de recompensas violento e perigoso. Ali estavam, a meu ver, os principais suspeitos de constituírem o Parthenon Místico. Manteria esses dados em segredo, afinal ainda faltava uma peça do quebra-cabeça: sua base de operações. A casa de Louison era apenas um posto avançado. Mas onde de fato estaria a sede de suas ações criminosas?

Quis o destino que quase desvendássemos também esse segredo. Bento Alves é fácil de reconhecer. Quase dois metros de músculos, força e agilidade. Eu o reconheci quando coloquei os olhos nele, disfarçado como estava de serviçal em nossas instalações. Mantive-me quieta e à espreita, pois desejava ver até onde iria sua audácia. Quando o capturei, ele estava prestes a levar consigo uma gravação de Mascher. Não me foi permitido escutar a gravação, tampouco pude participar de seu interrogatório. Eu já preparara sua inquirição, tendo uma clara estratégica para alquebrar suas defesas e descobrir sua base de operações. Porém, a alta cúpula da Ordem decidiu descartar meus conselhos, uma vez que, pelo visto, sou mais apreciada para trabalhos braçais do que para ações estratégicas. Na ausência do Grão-Ancião, a liderança recaiu sob Mascher, um homem sem nenhuma experiência militar. O resultado não poderia ser outro: Bento fugiu de nossas mãos, graças à falha da segurança.

Isso escrito, volto aos meus arquivos, photos e diagramas. Não tenho dúvidas de que em breve concluirei minha pesquisa e elaborarei um plano para um ataque definitivo. Quanto aos anárquicos integrantes dessa seita, seu fim chegará em breve.

ENÉIAS TAVARES
PARTHENON MÍSTICO

Ilha do Desencanto,
05 de agosto de 1896

Do noitário
de Bento Alves

Em meio à lembrança de corpos despedaçados, ossadas podres e órgãos dissecados, acordei aos gritos. Nossa vida corria perigo e cada minuto marcava o tiquetaquear do nosso destino. Isso me fora assegurado por Mascher!

Meus amigos estavam preocupados comigo, mas o urgente agora era saberem o que vi e ouvi entre os prédios e calabouços positivistas. Como ainda não tinha forças para falar, decidi registrar o que sofri em meu noitário.

Vamos então à narrativa, produzida no limite do que meu corpo e memória suportam. Eu me infiltrei na Ilha da Pólvora no dia 20 de julho, antes de Sergio chegar a Porto Alegre. Tudo fora um plano armado por mim, Louison e Giovanni, temerosos de um ataque surpresa da Ordem Positivista após o resgate de Vitória. Como ele não aconteceu, achamos que tínhamos passado imunes àquele atentado. Isso até Giovanni descobrir que reforços federais haviam sido pedidos pelos inimigos. Assim, eu me infiltraria no quartel inimigo enquanto os demais integrantes do grupo investigariam a Ordem em Porto Alegre.

Parti para o Forte da Pólvora infiltrado entre outros serviçais contratados e enviados para lá para limpar o chão, recolher dejetos e escutar boçalidades. Meu registro como funcionário fora providenciado graças às maracutaias de Solfieri e seus contatos na prefeitura.

Na primeira semana, nada vi de suspeito, pois estava encarregado apenas da limpeza do Porto Aéreo e seus galpões. Era um cenário de terra arrasada, com o solo maculado pela fuligem dos robóticos, carros de guerra e armamentos variados.

Após executar o trabalho por dias, fui transferido aos prédios principais do complexo: a Central, o Comando Técnico e o prédio da Inteligência Militar, todos localizados no seio do QG positivista. Diante deles, ficava o Campo de Formação de Treino, onde via, dia a dia, os soldados treinados, a marcha dos robóticos e o armamento que tinham à sua disposição. Não era à toa que a chamavam de Ilha do Forte da Pólvora.

Pouco a pouco, fui conhecendo o lugar e seus desvarios: reuniões de cúpula para debater preceitos raciais, palestras sobre a superioridade da tecnologia mechânica e programação mental sobre a importância do exército tomar o Brasil em prol das famílias de bem e dos interesses privados. Completavam o pacote pretensos cursos sscientíficos da "novidade" europeia da vez: a Frenologia! Nesse caso, ministrados por um geriátrico chamado Sigmund Mascher, mas já chegarei nele.

Perdoem-me a narrativa desconexa. Estou apenas deixando que os estilhaços de lembranças venham. Mas o que quero dizer é que, em cada canto daquela instalação, a ambição política e a ignorância racial vicejavam. E o responsável era o Grão-Ancião. Do que soube, ele estava na capital federal, buscando recursos para importantes ações táticas.

No décimo dia, fui conduzido até o gabinete desse misterioso líder, para efetuar a limpeza. Tal não foi meu estarrecimento ao me deparar com uma grande pintura do dito cujo. Tratava-se de ninguém menos que o algoz escolar que um dia me expulsara do Ateneu. Agora ele ressurgia ali, renascido como um Urubu de Fogo!

Temendo ser reconhecido por ele quando retornasse, comecei a articular um plano para invadir o arquivo da Ordem, retirar as provas de que precisaríamos e então fugir.

Como não sabia por onde começar, passei a vigiar o frenologista. Corria entre os funcionários o boato de que Mascher mantinha trancado num laboratório secreto uma misteriosa coleção particular. Em seu quarto, encontrei os registros do seu robótico. Quando comecei a escutar a voz gravada do velho diabo, não pude acreditar. Lá estava, entre meus dedos, a prova de que precisamos: numa pérfida gravação que listava e defendia diversos horrores. Mas antes que eu escutasse mais, me virei e dei de cara com uma demoníaca agente de traços orientais. Takeda. Sim, esse era o nome. Nioko Takeda.

Já havia me deparado com aquela comandante e ela nada suspeitara de mim. Ao menos foi o que pensei. Era uma mulher jovem e ágil, cuja postura e gestual lembrava-me quase uma autômata. Graças a sua perícia, as tropas daquele lugar funcionavam como um preciso e articulado mechanismo. Mas estranhamente, ela nada tinha a ver com a administração da ilha, que ficava a cargo do Grão-Ancião e do seu braço direito, Mascher. O mais terrível foi escutar nos seus lábios meu nome. Isso mesmo, ela sabia desde o início que eu estava ali. Tentei enfrentá-la, mas, antes que me aproximasse, ela lançou-me um dardo sonífero que me fez tombar.

Quando acordei, Nioko não estava lá e sim Mascher. Eu me encontrava no Centro de Disciplinamento — ou de Tortura, como preferirem — um claustro imundo interdictado à limpeza. Pela primeira vez, eu vi o que os malditos faziam com os que discordavam deles. Corpos enjaulados, picotados, flagelados e abertos, uns bem vivos e ainda gemendo, outros moribundos e já apodrecendo.

Os cortes no meu corpo acorrentado, minha pele rasgada, o sangue que tiraram das minhas veias, nada disso chegava perto da tortura mental perpetrada por aquele pérfido. E ele apenas dizia que aquilo não passaria da leve antessala à visita do Grão-Ancião, que estaria ali em dois dias. Foi quando soube que eu deveria fugir ou então morreria.

Com o resto das minhas forças, consegui libertar-me de uma das correntes. Com perícia e desespero, me livrei das demais. Livre, olhei para aquela cena de medieval suplício, tentando aceitar que não conseguiria salvar ninguém. Escapei deixando dois soldados inconscientes, que guardavam a Torre Norte, logo atrás do templo onde os positivistas se reuniam para louvar o seu Deus Arquiteto. Sem pestanejar, mergulhei nas águas turvas do Guayba. Foi com dificuldade que cheguei ao pântano e lá fiquei por três dias, tentando juntar forças, para então chegar até a nossa casa.

Quando consegui abrir os olhos, o primeiro que vi foi Sergio, que atendeu meu pedido no pior dos momentos. Depois de receber seu abraço e reencontrar o azul dos seus olhos, quase tive esperança, mas também temi por ele. Perdoem-me essas tantas divagações, mas os dias de inconsciência deixaram-me taciturno.

Vou fechar os olhos agora. A hora é urgente e, se não agirmos logo, seremos destruídos. Meu corpo é apenas uma pequena mostra do que esses torpes homens de sciência são capazes de fazer em prol de seus cruéis ideais.

Uma última anotação. Em meus dias de caçador de recompensas, vi a maldade e lutei contra ela. Mas o que testemunhei entre os positivistas e o que ouvi das palavras torpes de Mascher ultrapassam qualquer limite: a tecnologia, a sciência e a razão dedicadas à dor, à morte e à calamidade. Aos que defendem a evolução humana, aquela ilha constitui um severo contra-argumento.

Ilha do Forte da Pólvora,
20 de julho de 1896

Excerto da Gravação de Sigmund Mascher

Tenho estudado a natureza humana desde muito cedo.

Não falo de pensamento e intelecto, que os espiritualistas denominam de alma ou espírito. Falo de músculos, órgãos, membros e tecidos!

Minha fascinação começou com o estudo de um órgão de um quilo e meio, encerrado na caixa craniana. Em sua intrincada e pegajosa constituição, bilhões de conexões dirigem cada função corporal, desde andar e comer até trabalhar e defecar. Também nele estão nossas memórias, nossas ideias, nossa capacidade para o aprendizado, para a linguagem e a lógica.

Ademais, o cérebro é também responsável por produzir enzimas e outras substâncias químicas associadas aos sentimentos, essas falhas imaginárias que nos fazem acreditar em perversões conceituais como amor, amizade e fraternidade.

Não há nada disso na natureza. Nela, há apenas fome, violência e reprodução. Infelizmente, tais instinctos admiráveis e necessários ao progresso dos fortes foram enfraquecidos pela religião, pela filosofia e pela caridade, o que levou nas últimas décadas à diminuição da massa cerebral!

Como sei tudo isso? Como compreendo a fisiologia humana com tal perfeição?

Ora, porque executo experimentos com homens, não com ratos.

Entendem meu ponto? Entendem o porquê das raças inferiores precisarem ser extirpadas? Ainda não? Tudo bem, eu também não entendia. Vou explicar.

Ainda na escola de medicina, em Munique, caíram em minhas mãos os tomos da Sciência Frenológica. À época, ainda nos anos cinquenta, a superior raça europeia passou a desenvolver um compreensível repúdio à raça semítica. Tal repúdio encontrou na frenologia, base da tão estimada eugenia, a comprovação scientífica de que havia uma prole superior e de que esta superioridade estava inscrita na própria fisiologia.

Mas foi apenas quando comecei a abrir crânios que obtive provas da exatidão dessa sciência. Quando se pega uma régua e se mede o tamanho de um crânio masculino em relação a um crânio feminino, por exemplo, percebe-se a diferença, na largura, na altura e no comprimento, bem como no peso.

Tratava-se de uma metodologia avaliativa exata, baseada na observação comparativa sólida e na precisão de centímetros, milímetros e gramas. Em vez das infindas, difíceis e abomináveis relativizações advindas dos humanistas... Réguas, senhores! É isso que falta à sciência, réguas e medições!

Sabem o que descobri? Quando pegamos um crânio de um homem branco e o medimos, é impressionante a diferença milimétrica — milimétrica, senhores! — entre seu crânio, e por extensão entre seu cérebro, em relação aos de outras raças!

Ora, sabemos que um braço maior é mais forte e, portanto, mais capaz do que outro. Do mesmo modo, um cérebro maior é mais poderoso que um menor. Desse modo, brancos são superiores a outras raças. O que nos leva a crer que devemos, enquanto superiores, dominar o mundo! Portanto, não há dúvidas de que devemos matar todo o restante! Sobretudo aqueles que se recusarem a nos obedecer!

[RESPIRAÇÃO ACELERADA]

Desculpem-me, mas fico emocionado quando falo da sciência. Compreendem agora, meus ouvintes? Ainda não? Espero que esse seu atraso mental não se dê por alguma degeneração de raça. Uma última evidência colocará fim a todas as dúvidas.

Vou levá-los ao nosso laboratório subaquático. Somente eu tenho acesso às instalações, tendo em vista a necessidade de resguardar a sciência lá produzida. Isso até a humanidade estar pronta para aceitar tamanha sapiência scientífica.

[SOM DE PORTA AUTOMÁTICA ABRINDO E ROBÓTICO SE MOVIMENTANDO]
[SOM DE BOTÃO ACIONADO E ELEVADOR EM MOVIMENTO]

Quando lá chegarmos, vou explicar aos ouvintes como meu poderoso intelecto foi formado. Trata-se de uma atividade extraprofissional. Como muitos de meus pares de sciência, sou um fisiologista por profissão e um colecionador por distração.

Muitos colecionam selos, outros, borboletas. Há os amantes de gravuras. E os doentes obsessivos que reúnem livros de ficção popular — imaginem! —, essa forma degradada e mentirosa de arte! Mas há também os engenheiros e mechânicos, que colecionam exemplares de suas obras e inventos. Estes têm meu respeito.

O que coleciono? Não adivinharam ainda? A219, me acompanhe.

[SOM DE ENGRENAGENS SENDO ACIONADAS]

Aqui está, devidamente exposta e etiquetada, de forma cuidadosa e exigente, minha singular e mesmerizante coleção de cérebros humanos!

Venham passear comigo. Vou lhes mostrar. Nesta primeira estante, temos dispostos os cérebros caucasianos sadios. Vejam pela coloração e constituição que há algo de superior neles. Eis os cérebros que formaram nossa sociedade, criaram nossas leis, elaboraram nossa ética, conceberam nossa justiça!

Na sequência, estão os cérebros de outras raças. São mais escuros e apresentam pústulas, marcas de inferioridade. É claro que muitos desses crânios foram partidos em atos violentos, o que pode tê-los danificado, mas suponho que não, sendo mais um indício da decadência fisiológica. Preciso editar isso depois. Como já havia dito, tudo já foi medido, remedido e catalogado, o que não poderia resultar em erro.

Agora venham comigo, para ver algo pavoroso. Aqui estão os cérebros realmente defeituosos e dignos de piedade. Além dos femininos, temos cérebros de doentes mentais, invertidos sexuais, socialistas pederastas e artistas desviados, além, claro, de sambistas, raça que prolifera no país.

A219, precisamos mesmo editar essa gravação antes de a transmitir ao público e aos meus seguidores. Não quero que tenham uma ideia errada de mim.

Como executo tais distinções e testes? Deixe-me agora versar sobre minha metodologia ultramoderna. Aqui, no centro da sala, há um machinário especial, construído a partir das minhas instruções. Nele, podemos colocar um espécime que poderá fazer funcionar seu corpo com o auxílio do suporte de vida. Isso para que possamos executar experimentos e dissecações enquanto o paciente ainda está vivo! Fazem ideia do quanto nossa sciência vai progredir a partir deste feito?

Agora, encerrarei a gravação neste ponto, pois a sciência não vive de relatórios e falatórios e sim de atentas e incansáveis pesquisas. Agradeço aos senhores a atenção.

[PAUSA SEGUIDA DE SOM DE INSTRUMENTOS METÁLICOS]

Muito bem, caro Revocato, vejamos o que mais podemos descobrir de seu corpo anarquista! Deixe-me ver o que há de errado com seu olho esquerdo...

O quê? Você continuou gravando, robótico estúpido?!

Encerrar gravação.

Ilha do Desencanto,
06 de agosto de 1896

Noitário
de Antoine Louison

A imaginação carece dos cinzentos recursos da perversão e da maldade quando o ponto de contraste é o horror perpetrado por homens que detêm o poder.

Nós, que já investigávamos há tempos os Positivistas, sabíamos que seu discurso de ordem, avanço e ufanismo não passava de um elaborado embuste, um pronunciamento público para agradar ouvidos ingênuos e atiçar ódios adormecidos.

Após o golpe político que expulsou a monarquia lusitana do nosso país — numa série de crises que seguiram o assassinato da princesa Isabel depois da abolição da escravatura ainda em 1878 —, a nação havia caído nas mãos de grupos separatistas. Um dos mais poderosos, sem dúvida, era o da Ordem Positivista Nacional.

Agora, depois do resgate de Vitória e do retorno de Bento — sobretudo com as atrozes informações que sua memória esfacelada conseguia reunir da pseudociência de Mascher — sabíamos que algo precisava ser feito, e com urgência. Aqueles seres torpes precisavam ser vencidos e suas ações, reveladas à nação brasileira.

Eu tinha esperança de que as forças da lei acolhessem nossa denúncia. Através de uma junta de advogados, montamos uma denúncia à procuradoria federativa contra a Ordem em virtude do desaparecimento de Revocato.

Por duas semanas trabalhei com os advogados, auxiliando na constituição do processo. Era também uma forma de prantear o desaparecimento de um amigo e irmão. Eu e Revocato não dividíamos apenas os prazeres e desafios da profissão médica, como debates, sonhos e planos, presentes ainda na própria criação do Parthenon. Foi graças a ele que hoje tínhamos a Ilha do Desencanto e foi atendendo a um pedido dele que Benignus saiu de seu autoexílio para fazer da capital sulista também sua casa.

E em última instância, era por ela que eu também me empenhava para levar a Ordem à justiça. Eu, que amava Porto Alegre dos Amantes e que nunca me imaginaria apartado de suas árvores selvagens, de suas casas imperiosas, de suas ruas sombrias e estátuas antigas, precisava livrar minha cidade daquela ameaça. Diferente do cinismo de Solfieri, eu acredito, sendo o homem de grandes esperanças que sempre fui, que teremos uma vitória em breve.

Uma infelicidade Bento não ter conseguido uma prova mais concreta dos crimes de nossos inimigos. Com sua ficha corrida, seu depoimento não seria de grande valia. Mesmo assim, o simples fato ter voltado para nós com vida já era um fato por demais excellente. Ver primeiro a triste expectativa de Sergio ao não encontrar seu amigo e seu posterior desespero diante dos ferimentos de Bento partiu nossos corações. Eu, que cuidava diariamente dos ferimentos de Bento e lhe aplicava os soros necessários à sua recuperação, também notava que a presença de Sergio era um poderoso medicamento.

Em vista disso tudo e depois de uma noite inteira de debates, decidimos contra-atacar. Nas próximas semanas, não economizaríamos forças em buscar provas contra nossos inimigos, provas que no momento certo seriam divulgadas à cidade de Porto Alegre e ao resto do país. Antes disso, porém, iríamos organizar uma missão de reconhecimento de sua base de operações. Giovanni e Sergio se colocaram à disposição para tal ação.

Enquanto isso, começaríamos a preparar nossa casa para a batalha, fortificando suas defesas e armazenando armas e outros artefatos que nos protegeriam. Nossa postura nunca foi ofensiva e bélica, mas diante de tais inimigos e seu inegável poder de anniquillação, não tínhamos outra saída a não ser uma resposta contumaz.

O retorno de Bento trouxe consigo o cheiro inconfundível de perigo e morte. Tratava-se de um cheiro amargo de óleo escuro e metal enferrujado. Em resumo, o ácido odor de um mortal mechanismo de destruição.

*Ilha do Desencanto,
07 de agosto de 1896*

Do noitário
de Sergio Pompeu

Nos dias seguintes ao retorno do meu amigo, as perguntas se multiplicavam.

Além delas, havia um mal-estar, uma sensação agridoce que precede a tormenta. Meus dias naquela ilha passavam assim, entre maravilhas e temores.

Felizmente ou não, algumas de minhas perguntas seriam respondidas na semana seguinte, quando eu e Giovanni partiríamos para outra missão. Naquela tardinha, tiraríamos algumas photographias da Ilha do Forte da Pólvora. O objetivo era unir aquelas informações aos dados da narrativa de Bento, tentando com isso mapear a base central de operações dos nossos inimigos.

Para tanto, partimos da ilha em direção ao distante vilarejo do Guayba, do outro lado da enseada. Era um amontoado de casebres simples, construídos à beira do pântano. Neles, famílias viviam da pesca e da agricultura.

Deixamos nosso barco num porto coberto, onde um gigante obeso e sympático nos esperava. Seu nome fez-me sorrir: Modesto da Silva. Após abraçar Giovanni, jogou-nos dois macacões que fediam a peixe, suor e óleo. Depois de os vestirmos, ele pegou um pouco de graxa de motor e banha de peixe e lambuzou nossos rostos. Mesmo assim, reclamou que eu não parecia nem um pouco com um pescador daquelas bandas, não com aqueles olhos azuis.

Giovanni me observou e então mirou sobre a minha cabeça um quepe remendado que estava jogado num canto do barco.

"E agora?", perguntou a Modesto.

Mais ou menos, gesticulou o peixeiro.

O capitão tomou seu lugar na cabine e Giovanni e eu, os nossos, na popa. Giovanni checou o machinário photográphico, que havia recebido de Benignus. O instrumento estava escondido abaixo de seu banco, com uma pequena tela retrátil, conectada a um cano observatório. Com ela, faríamos photos sem denunciar nossa presença, especialmente se fôssemos parados por algum barco de vigilância.

Do centro de operações do Forte, veriam apenas um simplório e fumacento barco de pesca, como dezenas que faziam aquela rota todos os dias.

Quando alcançamos a ilha inimiga, a primeira coisa que me assustou foram os imensos zepelins de combate que flutuavam a poucos metros do chão. Atrás deles, vi uma fila de prédios, além de uma de suas torres de vigilância, à direita deles. Mas grande foi minha surpresa ao fitar a própria ilha.

Era um arquipélago doente e ressequido, sem árvores ou relva, apenas pedras e cimento, fincados no Guayba, que parecia escuro ao seu redor. Isso porque grandes tubulações de aço vomitavam na água toda sorte de detritos. Giovanni colocou sua fria mão mechânica em meu ombro enquanto fitávamos aquela barbárie!

No pátio central, tropas colocavam-se em posição, recebendo instruções de um capitão. Obviamente, pela distância que estávamos, não escutamos nada. Mas supus se tratar de um exercício de rotina, entre autômatos robóticos e humanos soldados.

Eu transportava peixes de um lado a outro, enquanto Giovanni fingia ajustar as redes de pesca com um braço, penduradas numa das laterais da embarcação, e com o outro acionava a máchina de registro photográphico.

Modesto gritou da frente do barco que precisávamos "recolher as redes", código que havíamos combinado para qualquer problema. Em segundos, atracou ao nosso lado uma embarcação da Ordem, com um de seus militares conversando ao rádio. Para nosso alívio, apenas pediram a identificação do capitão.

Tentei parecer despreocupado, igual a um legítimo carregador de pescados. Quando fomos liberados, senti orgulho do meu desempenho. O orgulho, porém, não perdurou, sendo substituído pela terrível surpresa que passeava pelo quartel-general Positivista!

Entre tropas de soldados e robóticos, avistei três personagens distintos, dois homens e uma mulher. Ela era magra e baixa e trajava roupas pretas, como uma guerreira sombria. Devia ser Takeda. O segundo homem era magricela e calvo, e vestia um jaleco médico. Possivelmente era o frenologista de quem Bento havia escutado a gravação.

Quanto ao terceiro integrante, Aristarco, andava de um lado a outro seguido de um assustador guarda-costas robótico. O ódio poderia ser medido pelo tempo ou pelo espaço? Entre as machinarias de Benignus, haveria alguma que poderia precisar o alcance de tamanho repúdio?

Giovanni, vendo minha expressão de terror, perguntou-me se estava bem. Desmoronei sobre uma pilha de peixes e pedi a Giovanni que me desse alguns minutos.

Ao nos afastarmos da Pólvora, em direção ao nosso destino final, deixamos nossos disfarces de lado. Sentei-me no chão, enquanto Giovanni checava se a máchina tinha funcionado adequadamente. Ele então cortou o silêncio e disse:

"Que cara é essa, guri?"

Eu demorei a lhe responder.

"Será que estão preparando um contra-ataque, Giovanni?".

"Eu sinceramente espero que não, Sergio. Pelo que acabamos de ver, se formos atacados pela Ordem Positivista, não teremos qualquer chance", respondeu, fitando o sol que acabava de morrer no horizonte.

Eu tentei afastar meu nervosismo, mas não consegui esquecer as palavras de Giovanni, que pareceram soar como um sombrio oráculo. Depois de minutos de viagem vi que ele segurava, entre os dedos de ferro, uma velha photographia. Nela, uma jovem morena sorria.

"Posso perguntar de quem se trata?"

"De uma antiga amiga", respondeu Giovanni. "Há muitos anos, eu caí em desgraça, me tornei um mendigo, um bêbado de rua. Tinha perdido meu violino para um larápio que me enganara e não tinha mais por que viver. Estava longe da minha terra e não tinha amigos. Ela me ajudou. Me retirou das ruas e me fez acredictar que eu poderia me tornar um homem melhor. Foi graças a ela que eu sobrevivi, para depois recuperar meu violino. Foi somente depois disso que eu conheci Revocato, Louison e Beatriz. Benignus e Solfieri eu conheci depois."

"O que aconteceu com ela?"

"Leonor... tirou sua própria vida," falou, guardando a photographia no bolso.

Ele olhou para mim e então para a cidade ao longe, enquanto o vento bagunçava seus cabelos compridos. Uma verdade que eu percebia sobre cada integrante do Parthenon Místico era que cada um deles possuía um passado repleto de enigmas e phantasmas, estórias pregressas e tragédias pessoais. Éramos todos construtos de nossos soffrimentos e paixões, navegando em águas turbulentas e perigosas, correndo dia após dia o risco de nos afogarmos nelas.

Foi com essas angústias margeando os arquipélagos da mente, que retornamos pra casa, com o velho barco vomitando vapor e fuligem contra o azulado céu sulista.

Atrás de nós, os dirigíveis de guerra, aguardavam.

ATUALIZAÇÃO CADASTRAL ORDEM POSITIVISTA GAÚCHA

ANEXO VII – Memorial Biográfico

Aviso importante: Favor listar no campo abaixo sua origem familiar, infância e formação, destacando qualidades e vivências que possam contribuir ao seu trabalho na Ordem Positivista Gaúcha. Não omita defeitos morais, falhas de caráter, alergias alimentares e inaptidões intelectivas.

Cedo ou tarde, nós descobriremos. Por bem ou por mal.

Em resposta à solicitação do banco de dados da Ordem, registro aqui os dados sobre meu passado. Eu nasci em São Paulo dos Bravos Bandeirantes, um dos grandes focos da imigração japonesa no Brasil no final do século XIX. Com a segunda revolução robótica tornando a vida no Japão impossível, famílias iguais a minha migraram para vários países da América do Sul. Meus pais, os Takeda, eram donos de três grandes restaurantes do bairro Libertação. Como eu era a filha mais velha, fui criada de forma rigorosa, com meu pai tratando seus filhos como extensão de seus empreendimentos. "Quanto mais filhos, menos empregados", dizia, "quanto menos empregados, mais lucro". Naquela época, Libertação estava tomada por grupos criminosos que cobravam por proteção. Em outros termos, que cobravam para não destruir seu negócio, matar sua mulher, raptar suas filhas ou aleijar seus meninos. Meu pai sempre se recusou a soffrer qualquer extorsão, o que lhe valeu a antipatia de quem cobrava e de quem pagava. Ele fazia isso por ser honrado ou por ser sovina, ou então os dois. De qualquer modo, a honra era forte em nossa família e foi ela que nos condenou. Quando ficamos mais velhos, nosso pai contratou um imigrante japonês que havia acabado de fugir de Tóquio. Sasuke Satochi era um homem alto e forte, rápido nos golpes e no uso de várias armas. Nosso pai contratou-o para treinar seus filhos e funcionários nas práticas corporais do nosso povo e também na utilização de suas armas. Foi ele que nos ensinou Kenjutsu, a luta de espadas, Bojutsu, o combate usando bastões, a Shurikenjutsu, o ataque que utilizava estrelas metálicas a distância, bem como as artes do disfarce e a utilização de explosivos para atordoar e enganar os oponentes. Todos esses ensinamentos eram-nos transmitidos à luz do Seishin-teki kyoyo, nossa proteção espiritual, nossa capacidade de fazer do corpo uma extensão dos nossos corações e mentes. "Era isso que vencia o inimigo", dizia ele, "não espadas, lanças ou dardos". Libertação era então o território de duas famílias, os Takahashi e os Nishimura. O commércio de meu pai ficava no território da primeira. Uma controlava o tráfico de Ópio, a grande peste daquele tempo, e a outra, os restaurantes — que não passavam de fachada para jogatina, prostituição e tráfico de armas. Meu pai, como alguns tolos iguais a ele, se recusou a pagar pela suposta proteção. Como a notícia de que o velho Takeda não se deixava extorquir ganhou relevo nas redondezas, os Takahashi decidiram fazer dele um exemplo. Eles atacaram Satochi, numa noite em que ele havia acabado de nos ensinar a usar shurikens. Meus irmãos voltaram para casa, enquanto eu fiquei com ele organizando as armas e a sala de treino, que ficava no velho armazém atrás do restaurante. Oito deles nos cercaram, dois com zarabatanas e o restante com armas tradicionais. Satochi me jogou contra a parede, suplicando pela honra dos antepassados que eles me poupassem, sendo eu apenas uma serviçal. Meu mestre conseguiu desviar do primeiro fukibari envenenado, mas não do segundo, sendo os dois disparados ao mesmo tempo pelos criminosos sem honra. Ele ainda tentou lutar, mas o veneno potente matou suas pernas e sua velocidade, enquanto eu, semidesperta, fiquei em silêncio, jogada ao chão, testemunhando tudo. Satoshi estava vivo e consciente quando deceparam seus braços e pernas. Depois disso, cortaram sua cabeça para a enviar ao Japão, pois a recompensa por sua captura era alta. Eu fui deixada lá, pois não sabiam que eu era filha de Takeda. Naquela mesma noite, enquanto nosso guardião e tutor era morto pelos Takahashi, o próprio patriarca e seus capangas mataram meus pais e meus irmãos, incendiando nossa casa em seguida. Depois disso, destruíram os dois restaurantes maiores e vieram destruir o terceiro, onde eu e os restos de Satochi estávamos. A entrada dos incendiários fez com que eu saísse de meu torpor. Eu me escondi e fugi, enquanto as chamas destruíam os feitos de meu pai e, longe dali, os corpos da minha família e o lugar que era meu lar. Eu só tinha dez anos quanto isso aconteceu. Até hoje sonho com o sangue derramado, os corpos inertes, minhas kokeshi de menina e os quimonos de minha mãe ardendo na escuridão. Mas nada superaria naquela noite ou nas noites à frente a lembrança da cabeça de Satochi sendo decepada e colocada num grande vidro de conserva. Por trás de sua transparência e afogados em éter, seus olhos mortos ainda miravam os meus. Eu não poderia clamar por justiça. Sendo eu filha mulher, este direito estava prohibido. Eu também não poderia executar a vingança, sendo eu pequena e fraca. Assim, ordenei a mim mesma que esquecesse meus pais e meu mestre e que apenas lutasse para sobreviver. Para matar minha fome e minha sede, comecei a invadir velhos galpões, cozinhas e armazéns, e a roubar comida. Deixei Libertação para trás, pois temia ser reconhecida, e fiz das ruas de São Paulo meu lar, dos esgotos minha casa de banho e de mendigos minha nova família. Passei a habitar casas vazias e a observar os larápios, os estudando a distância. Numa tarde em que me embrenhei na algazarra do Mercadão Municipal para roubar compras de domésticas, atentei contra um engomadinho que passeava com seu robótico. Eu lhe roubei a carteira no meio da multidão e, quando a abri, havia escondido nela um dispositivo eléctrico de atordoamento. Em segundos, o robótico jogou-me em suas costas e fui depositada em uma carruagem fechada, junto de outros como eu. Por dois dias viajamos sem alimento ou bebida, entre nossos dejetos. Ao chegarmos num prédio de altos muros e grossas paredes, fomos por fim libertados. Após o banho e o jantar, fomos acolhidos por aquele que iniciaria nossa educação. "Sejam bem-vindos ao Quartel-Escola da Ordem Positivista", disse o diretor da instalação, um inglês severo que iríamos aprender a odiar, a temer e a respeitar. "Nosso objetivo é fortalecer seus corpos e seus espíritos para servirem à Ordem. Lembre-se dessas palavras: Não passamos de meras engrenagens de um mechanismo maior. Tal mechanismo é a Lei, o Estado e o Progresso. Eis os ideais que norteiam nossas ações! A Ordem Positivista conta com vocês!" A voz do homem era grave e pujante, entrecortada apenas pelo choro de alguns dos infantes. Quanto a mim, não derramei uma lágrima. A rotina do quartel-escola era pesada e severa, com exercícios matinais que começavam ao raiar do dia e com aulas da manhã à tarde, além dos deveres que obrigavam os internos a trabalhar até a noite. É claro que nem todas as crianças se adequavam àquele dia a dia. Os mais rebeldes eram expulsos. Quando notaram que eu tinha a base do treinamento oriental, que prezava pela disciplina e que não tinha corpo mole para esforços, tornei-me uma Vigilante, nomenclatura dada aos jovens tutores nas escolas positivistas. Neste cargo, treinava os novos, disciplinava os rebeldes e denunciava os desonestos. Anos depois, me tornei Agente Takeda, uma das mais eficientes oficiais da Ordem Positivista Brasileira, com uma longa carreira de serviços prestados aos mestres positivistas em São Paulo, Curitiba e Porto Alegre. Sem a Ordem, onde eu estaria? Nas ruas de São Paulo, esmagada entre seus transeuntes apressados? Prostituída em algum bordel? Ou morta ao tentar abortar um rebento indesejado? A Ordem deu-me um propósito. A Ordem deu-me uma inspiração. A Ordem mudou minha vida e devo tudo o que sou a ela. O que eu sou? Uma agente da guerra positivista contra o caos, a indecência e a rebeldia.

Data: Ilha do Forte da Pólvora, 07 de agosto de 1896

Assinatura:

ENÉIAS TAVARES
PARTHENON MÍSTICO

ILHA DO DESENCANTO,
13 DE AGOSTO DE 1896

Gravação de Vitória Acauã
ao Secretário Robótico B215

[VOZ FEMININA]

Vamos lá, Trolho. Essa é a primeira vez que faço isso, contar meu passado. Vê se não ri, tá? Deixa eu ver como começo. Tá, calma. Agora vai.

Eu nasci da terra, das entranhas da terra.

Em meio ao solo úmido à beira do rio sem fim.

Meu pai, o capitão Jerônimo Ferreira, um homem branco, me encontrou em uma cratera, deitada num berço de raízes e ossadas, entre cobras, vermes e insetos. Não era essa a estória que ele narrava às pessoas, mas era a estória que ele *me* contava, nunca escondendo de mim ou de sua outra filha, Aninha, de onde eu tinha saído. Para ficar claro, eu não fui deixada lá por meus pais naturais. Eu nasci de lá, sendo uma filha nativa de Pindorama, então o nome que dávamos ao Brasil.

Enquanto crescia às margens do Amazonas, pertinho de Óbidos, lá no norte do Brasil, eu sentia dentro de mim os espíritos do vento, da água e do fogo.

Já minha irmã crescia como as outras crianças, sempre com medo de mim. Mesmo quando eu só queria brincar com elas, nunca me deixaram chegar perto. Eu era diferente demais. Estranha demais. Índia demais. O que me fez buscar outros amigos.

Os espíritos dos mortos começaram a falar comigo bem cedo. A primeira vez, saí correndo, pois somos ensinados a temer os que passaram daqui pro outro lado. Mas depois, fui me acostumando a eles, entendendo que eles não me queriam mal. Ao contrário, como os vivos, eles só queriam uma coisa: conversar.

Eram vozes que surgiram no meio da noite, aprisionadas à terra e incapazes de seguir para a Guajupiá, para viverem com seus antepassados. Entre eles, espíritos do passado, que viveram bem antes dos homens brancos, que chamávamos de caraíbas, criarem suas cidades e cortarem os rios, bem antes de queimarem os bosques e deceparem as árvores. Antes da palavra do crucificado ser pregada nas testas dos nativos da grande selva.

No início, os mortos me contaram os nomes dos deuses e suas origens. Um deles falou-me de Tupã e das tempestades, e do quanto ele amava Iaraí, espírito das águas, e do quanto às vezes ela brigava com Jaci, bruxa da lua e da noite, roubando dela Tupã. E também me contaram que eles poderiam ser vistos nas nuvens e nos riachos.

Outro sussurrou no meu ouvido que tudo no mundo era dia e noite, espírito e matéria, que tudo tinha surgido do grande Nhanderuvucú, pajé supremo que vivia em tudo que é coisa, fosse grão de terra, bico de arara ou olho de gato.

Aninha certa noite acordou e me viu conversando com Tumã-Aipori. Eu estava contando pra ela como se esconder no tronco de uma árvore para espiar o trabalho dos homens, o vai e vem das mulheres e outras coisas que não vou contar porque tenho vergonha. Minha irmã foi correndo chamar o pai, dizendo que eu tava de trato com phantasma. Ele, temendo a criaturinha que tinha trazido pra dentro de casa, me ordenou que a partir daquela noite eu dormisse num galpão velho, mais um casebre.

E foi assim que eu fui crescendo, certa da minha diferença e dos meus olhos especiais, que viam na escuridão as danças dos seres sem carne.

Aos onze anos, fiquei mais forte, mesmo que sempre magrinha. De um dia pro outro, passei de menina a mulher, com o sangue espesso a escorrer de minhas pernas de acordo com a dança da lua no céu cheio de estrelas.

Quando fiz treze anos, minha irmã enamorou-se de um soldado das redondezas. Eu fiquei feliz por ela até que seu noivo me atacou, numa noite em que o pai e a mana tinham saído e eu estava sozinha. Ele arrancou minha roupa e teria me machucado, caso os espíritos não tivessem afugentado o filho da égua. No dia depois, ele contou a meu pai e Aninha que eu é que tentara subir nele. Ora essa... eu gostava era de subir em árvore!

Mas eles acreditaram no patife e não em mim e me escorraçaram da sua vida. Nem no casebre podia dormir. Nem minhas bonequinhas me deixaram levar. Então sabe o que eu fiz, Trolho? Jurei vingança. E a executei no dia do casamento de Aninha.

Invocando os espíritos mais maldosos, entrei na igreja com a cara de Acauã, o pássaro da morte e da maldição do Amazonas. O noivo morreu ali, duro de medo. Meu pai me amaldiçoou de novo, tentando reanimar Aninha. Ela não morreu, no fim. Mas eu queria que tivesse, viu?

Naquele dia, deixei que todos eles vissem meu verdadeiro rosto, com meus olhos feridos de fera faminta e minha língua de serpente arredia e raivosa.

Depois de desgraçar minha família, deixei o vilarejo e segui minha sina, vagando pelas margens do rio, enquanto os espíritos me acompanhavam. Mas à medida que me afastava, eles foram perdendo força e suas vozes se tornaram em suspiros. Apenas Tumã-Aipori me seguiu, mas também foi calando e por fim sumiu.

E assim como nasci e vivi os primeiros anos de minha vida, segui sozinha.

Até ser capturada por um comerciante de carnes índias. Era assim que ele nos anunciava aos seus compradores, ricos fazendeiros das redondezas. Das mãos dele, passei para o Senhor Valdomiro, capitão de um barco imundo que funcionava como teatro de horrores e que viajava pelo Amazonas.

Hmmm... essa estória fica pra outra hora, porque ainda tem muita coisa pra contar e a fome tá começando a bater.

Em resumo, fugi do barco e dos monstros. Não dos coitados prisioneiros. Eles eu libertei. Falo do capitão e da parceira dele. Eles eram maus e tiveram o que mereceram.

Seguindo minhas viagens, desenvolvi outras habilidades. Se os mortos de Óbidos haviam me abandonado, outros surgiram. Foram esses espíritos, diferentes a cada região, que me ensinaram a mover objetos com a mente, a ler os pensamentos dos homens e a vislumbrar o futuro no bucho do gado e no voo dos pássaros.

Quando cheguei aos catorze anos, descobri na costa do Ceará, no Passo das Pedras, próximo ao rio Jaguaribe, uma ilha insólita na qual apenas mulheres eram recebidas. Essas paladinas moravam num lugar lindo, a Ilha da Névoa, como era conhecida. Elas tinham fugido das famílias, expulsas como eu por serem estranhas, desobedientes e namoradeiras. Era disso que muitas eram chamadas.

Foi lá que conheci a Rainha do Ignoto, também chamada pelos pescadores de Funesta ou de Fada do Arerê. Ora, toda criança sabe que fadas não existem, né? Já bruxas... era outra estória. E Funesta, a rainha daquela ilha, era uma bruxa enfunada e poderosa. Nas semanas em que lá fiquei, ela me ensinou feitiços, encantos e outras mágicas. Apesar de gostar, também não demorei muito lá.

"Teu caminho é o mundo", disse-me a rainha, "e teu destino, o sul do Brasil, onde encontrarás outra ilha, não uma ilha de névoas como esta, e sim uma enseada de encantos. Lá, as Damas do Nevoeiro te ajudarão."

Ao seguir viagem, acompanhei duas mulheres que foram visitar Funesta para obter conselhos. Foi com elas que eu tomei um trem pela primeira vez, morrendo de medo daquela cobra gigante de ferro e fumaça. Elas desceram do monstro em Salvador. Eu segui viagem, em direção ao sul do país.

Com apenas a minha trouxinha de roupa e meus amuletos, cheguei em São Paulo dos Apressados. Eu e pencas de outros nortistas que iam parar lá buscando trabalho. Mas daí já começa outra história. Acho que vou parar por aqui, Trolho.

Outra hora continuamos. Antes disso, uma coisa.

[VOZ ROBÓTICA]
Sim... querida.

[VOZ FEMININA]
Você é um grande amigo, Trolho. Gosto muito de você.

[SOM DE PASSOS SEGUINDO DE ABRAÇO E METAL RANGENDO]

[VOZ ROBÓTICA]
E eu... de você... Vitória.

[SOM DE PASSOS CORRENDO E SE AFASTANDO]

[VOZ ROBÓTICA]
Sim, nos vemos... Comando 7541... Encerrar Gravação.

ENÉIAS TAVARES
PARTHENON MÍSTICO

ILHA DO DESENCANTO,
20 DE AGOSTO DE 1896

Do noitário
de Sergio Pompeu

Quase um mês se passara desde minha chegada a Porto Alegre dos Amantes e o que parecia a promessa de um folhetim romântico de reencontro tornava-se, dia após dia, um conto de horror e perigo.

Eu já me sentia integrante da ilha e participante de suas atividades, em especial das tarefas de manutenção. Na semana anterior, auxiliara Giovanni a reforçar a estrutura do Porto dos Dirigíveis do Ar. Fora um dia pesado, no qual passamos horas revirando cimento e quebrando pedras, enquanto Trolho nos auxiliava. Enquanto isso, Louison atendia Bento.

O médico não vivia seus melhores dias. O processo no qual havia trabalhado mais de um mês e que encaminhara através de seus advogados à procuradoria fora recusado. A Ordem havia comprado as autoridades e ameaçado os jornais sobre noticiarem o desaparecimento de Revocato como responsabilidade sua. Ao contrário, levantaram a suspeita de que o desaparecido tinha fugido com um de seus amantes, expondo sua "natureza invertida".

Combalido, Louison agora via no Parthenon a única chance de expor a perfidia da Ordem. E fariam isso através do próximo número do seu almanaque. Ao lado dele, Beatriz havia assumido a tarefa de editora do panfleto. Como nunca, era urgente começar a sua produção. Uma vez que a lei e as vias legais não surtiram efeito, uma ação anônima e criminosa, executada em meio ao breu da madrugada, poderia surtir. Ao menos, essa era a esperança de todos nós.

Enquanto isso, Benignus quase nunca era visto fora do Centro Tecnológico, dedicado como estava às suas invenções para a proteção da ilha e uma eventual batalha. Já Giovanni e Solfieri eram os mais ausentes, mesmo quando estavam por perto. O violinista parecia sempre preocupado e desatento, como se algo no mundo externo o afligisse. Quanto a Solfieri, seus comentários irônicos e ácidos e seu ar sorumbático continuavam me irritando. Ademais, algo nele me afligia e inquietava, alimentando minha desconfiança.

Mesmo Vitória tinha seus momentos de solidão e tristeza, além de suas próprias obsessões. Uma delas era a lenda das Bruxas do Guayba. Ela singrava ao encontro dessas criaturas, reais ou imaginárias, como se fosse ao encontro de uma família perdida.

Certa tardinha, a flagrei no extremo leste da ilha, perto do Poço Iniciático, dentro de uma surrada canoa de madeira apodrecida. Na ponta dos braços magros e morenos, ela segurava o remo e se afastava da margem.

"Para onde está indo?", gritei.

"Tentar encontrar as Damas do Nevoeiro", gritou, já se afastando em direção ao breu do pântano.

Essas explorações noturnas nos preocupavam, pois, nas manhãs seguintes, ela voltava desalentada e confusa, com sua pele cravada de picadas de mosquitos.

"Não há nada nessas ilhas, exceto mato, lama e gambás", falou certa vez, enquanto eu cobria suas costas com um velho cobertor.

E se, por um lado, a busca pelas bruxas a desanimava, por outro, Vitória se fortalecia de outro modo. Como eu, ela ficava horas na biblioteca, desenvolvendo sua leitura e seu aprendizado, tão ecléticos quanto os meus. Foram nessas tardes que sua inicial desconfiança comigo foi arrefecendo. Hoje, ela me via mais amigo & menos como um concorrente ao afeito de Bento. Sua escrita demorou a chegar, por mais que Bento, mesmo ainda acamado, a auxiliasse com paciência e doçura. Já Trolho a acompanhava sempre. Foi na presença dele que eu a vi sorrir pela primeira vez. Mas nada tornava Vitória mais forte e segura de si do que os espíritos da ilha com os quais parecia conversar. Uma tarde, ao passear pelo Bosque Dionisíaco, a encontrei num animado e solitário debate. "Georgina enviou a você um beijo", falou ela. Quando perguntei sobre o que conversam, ela apenas me lançou um "conversa de meninas."

Quanto a mim, era com alegria que via Bento se recuperar dos soffrimentos e retornar o ânimo. E não apenas isso. Ontem à noite, ele levantou o cobertor e convidou-me ao seu aconchego de doente. Foi um sono confortador e casto, como de irmãos.

Na manhã seguinte, porém, fui acordado por poderosos trovões. Deixei o quarto e dirigi-me às janelas do frontão da mansão. Carregadas e proféticas nuvens de tempestade avançavam em nossa direção, vindas do leste. Vindas da mesma direção da Ilha do Forte da Pólvora.

Ilha do Forte da Pólvora,
21 de agosto de 1896

Gravação de Reunião de Cúpula da Ordem Positivista

[VOZ FEMININA]
Boa noite, caros senhores, e Grão-Ancião Aristarco.

Eu trabalho para a Ordem Positivista Nacional há oito anos, desde que fui alistada pelos Sscientistas Arquitetos. Desde então, tenho batalhado pela manutenção e segurança do nosso lar. Hoje, venho relatar aos senhores os resultados de minhas investigações sobre o ataque terrorista ocorrido na madrugada do dia 23 de março de 1896.

Nos últimos meses, fui designada a investigar a identidade do grupo anarquista responsável por tal ação hedionda. A partir deste momento, relatarei aos digníssimos Arquitetos os resultados de minhas pesquisas. Farei isso utilizando um projector tecnostático para mostrar aos senhores photos, plantas e outros documentos.

[SOM DE PICTOGRAMA SENDO ALOCADO EM PROJECTOR TECNOSTÁTICO]

Primeiramente, apresentarei a biographia dos integrantes do grupo anárquico que nos atacou. Alguns deles, pessoas de renome e posição em nossa sociedade, como o médico Antoine Louison, a escritora Beatriz de Almeida & Souza, o sscientista Benignus de Zaluar, o músico Giovanni Felippeto e os aventureiros Bento Alves e Sergio Pompeu, este recém-chegado à capital.

132.

Inquieta com a origem de Pompeu e querendo saber onde teve início seu vínculo suspeito com Alves, vasculhei os históricos escolares paulistanos e cariocas. A resposta não demorou: ambos estudaram no colégio Ateneu, um educandário incendiado em 1891. Cheguei a pensar que o sinistro tivesse relação com os criminosos, mas Alves foi expulso meses antes...

[SOM DE ENGASGO E TOSSE]

O senhor está bem, Grão-Ancião?

[VOZ MASCULINA]
Sim, agente Takeda. Continue.

[VOZ FEMININA]
Além dos dois elementos citados, há a jovem meliante que esteve sob nosso poder, Vitória Acauã, cuja origem é uma incógnita e cujas habilidades mentais e telecinéticas ainda desconhecemos em sua totalidade. Do que sabemos de seu poder, ele seria útil à Ordem e ao seu programa de aprimoramento bélico.

[SOM DE PICTOGRAMA SENDO TROCADO NO PROJECTOR]

Agora, detalharei a história da última peça que faltava à minha investigação: a localização exata do quartel-general inimigo. Para meu assombro, ele está mais perto do que imaginávamos, senhores. Falo da vizinha Ilha do Desencanto, localizada aqui, numa região pouco acessível do pântano do Guayba. A enseada foi adquirida pela família Magalhães em 1869, sendo sua proprietária até o final dos anos 1880. Como veremos, a biografia de seu primeiro dono já denunciava práticas satanistas e diabólicas, o que levou o próprio Alfredo Magalhães à loucura e à morte no Asilo São Pedro para Lunáticos Perigosos. Após seu abandono por anos, o arquipélago selvagem foi adquirido, através de obscuros processos de compra e venda, por ninguém menos que Revocato Porto Alegre, um nome que muitos de nós reconhecemos como um pérfido traidor, mancomunado com os anarquistas.

[SOM DE PICTOGRAMA SENDO TROCADO NO PROJECTOR]

A base desta importante descoberta é o documento 5745.965, uma carta escrita por Alfredo Magalhães a dois suspeitos, um italiano chamado Luigi Manini e um brasileiro naturalizado português chamado António Augusto Carvalho Monteiro. Nela, o brasileiro detalha seus planos quanto à arquitetura mística da ilha. A carta foi adquirida por um de nossos espiões, que a copiou numa madrugada em Sintra e dedicou dois meses à decifração de seu conteúdo. A linguagem enigmática usada remete à língua criada por John Dee, o mago particular da Rainha Elizabete, para seus colóquios com anjos e demônios. A versão traduzida foi copiada e será entregue aos senhores pelo robótico B217, junto de outros documentos que constituem o Dossiê Parthenon Místico.

[SOM DE PASSOS ROBÓTICOS]
[SOM DE PICTOGRAMA SENDO TROCADO NO PROJECTOR]

Nas semanas à frente, me dedicarei ao estudo desta inquietante e demoníaca geografia e ao consequente plano de ataque que apresentarei aos senhores. Com ele, levaremos justiça a esses inimigos da Ordem e do Avanço de nossa nação.

[SOM DE GRITOS E APLAUSOS]

Porto Alegre dos Amantes,
17 de novembro de 1870.

Caros Luigi e António

É com alegria saudosa que escrevo a vocês essa carta cifrada & selada, usando o código que criamos ainda em Coimbra, quando nossas noites eram dedicadas aos enigmas femininos e herméticos, inexperientes que éramos nas duas searas.

Seguindo uma conversa que nunca abandonou-me — que tivemos numa madrugada ao pé da estátua de Dom João III, banhados que estávamos pela chuva, pelo vinho e pelos debates místicos — venho detalhar a vocês um projeto ao qual dedicarei minha vida nos próximos anos.

Trata-se da construção de uma quinta — ou sítio, como dizemos em Brasil — cuja topographia será engenhada a partir dos preceitos da magia, do esoterismo e dos segredos occultos. Encontrei o lugar ideal para tal empreendimento artystico & místico nas margens da cidade que escolhi para viver com minha filha, Georgina, depois do passamento de minha esposa. Trata-se de uma pequena ilhota em formato de flecha fincada no pântano do Guayba, um arquipélago lamacento ignorado pelos nativos — que temem velhas histórias de bruxas e phantasmas — e pelo poder local, que só deseja o lucro fácil e o retorno rápido.

Ao contrário, trata-se de um território de complicado acesso e nada aprazível aos esforços arquitetônicos. Eis aí, justamente, seu grande valor. Adquiri a ilhota num leilão público e depois de explorá-lo duas vezes, deitei sobre o papel noturno o delírio dos meus planos futuros.

O desenho básico do lugar compreenderá uma mansão de dois pavimentos, além de um porão e um sótão. A planta baixa ainda é uma questão em aberto — simbólica e literal. Quero testar nela a precisão dos tratados de Giordano Bruno quanto à natureza das construções imaginativas e a materialização physica de portentos etéreos e mentais. O desafio é produzir um lugar cuja arquitetura seja cambiante como a vida, movediça igual ao cosmos e insólita a ponto de refletir os sonhos & desejos de seus habitantes.

Quanto ao porão, eis o primeiro enigma no que concerne à topographia da própria ilha. Nas primeiras escavações que empreendi, na companhia do arquiteto e amigo Alexandrus de Souza, ele também um mestre maçom e um irmão Rosacruz, demos de cara com um pórtico antigo e talvez milenar que ainda não conseguimos ultrapassar. Apesar de não conhecermos ainda seu interior ou sequer cogitar sua divinal ou infernal origem, decidimos que a casa e o projeto serão erigidos ao redor desta cripta, tanto como prova de nossa humildade ante a mistérios não resolvidos como de nosso respeito pela natureza selvagem que a circunda. Sendo ela a única divindade que conhecemos e respeitamos, não a queremos adulterar, macular ou afrontar.

Para não me alongar, deixe-me dividir com vocês algumas outras ideias. Como parte do nosso misticismo está baseado no reconhecimento das energias solares e diurnas, prevejo nas extremidades da ilha dois mirantes, um dedicado ao amanhecer e outro ao crepúsculo. Entrecruzando esses dois construtos pétreos, projetaremos duas composições naturais, que provisoriamente — ou não — estou chamando de Jardim Apolíneo e de Bosque Dionisíaco. Enquanto o primeiro proporá um jardim simétrico e racional, o segundo homenageará o caos ctônico, o uno primordial de onde todos saímos e para onde voltaremos. Essas construções — Mirante do Anoitecer, Mansão, Jardim, Bosque e Mirante da Aurora — constituirão a coluna vertebral da ilha, cortando-a de leste a oeste.

A essa coluna, adicionaremos os membros esquerdo e direito. A seção lateral norte receberá uma estufa, uma capela e um cemitério. Já a seção lateral sul, um labirinto, uma torre e um lago artificial. No lago homenagearei os mistérios; no labyrinto, os espectros. Quanto à torre, pretendo recriar nos degraus externos o Paraíso de Dante e nos internos — que levarão aos ínferos — os círculos do seu Inferno.

Falando em suas profundezas, à frente do terreno onde a mansão será construída e próxima da câmara subterrânea supracitada — há um grande carvalho. Usando-o como ponto de partida, pretendo construir uma das grandes maravilhas de todo esse projeto: Túneis subterrâneos que, partindo do carvalho, darão acesso a dez átrios infernais cujos conjuntos triangulares levarão ao último. Deste, será possível ascender através de um poço que será construído ao lado do mirante da aurora. Tenho certeza que vocês dois, hábeis estudiosos dos magos judeus cabalistas, reconhecerão o padrão: Trata-se de uma ínfera árvore da vida que permitirá aos exploradores arcanos uma jornada pelos reinos etéreos e internos da magia.

Assim, a descida no Carvalho onírico, partindo do entardecer, levará a Malkuth e deste a uma série de átrios subterrâneos — simbólicos sefiroths das profundezas — que resultará, tendo o viajante sucesso, na ascensão ao Kether. Seu destino será o amanhecer, do sol e da alma. Chamarei esse vórtice e seus degraus de Poço Iniciático. Esses túneis tanto desviarão do enigma subterrâneo quanto perpassarão a casa, o Jardim e o Bosque, numa simbologia também apropriada à jornada magika empreendida por todo estudioso arcano, uma aventura mental potencializada aqui por uma geografia material.

Outras construções mais chãs e ordinárias — se é que algo nessa ilha poderá receber tais epítetos — seguir-se-ão a essas, como uma oficina de trabalho, duas torres guardiãs próximas ao porto de acesso e um heliporto para futuras jornadas de balão. Georgina, se vocês me permitem um momento de banal reminiscência, sorri como nunca quando vê um balão ou um dirigível. Ela é a única riqueza que me restou e é a ela que desejo dedicar todo esse empreendimento, bem como a amizade de Alexandrus e o bem-estar de seu filho Leôncio, de quem sou padrinho.

Num mundo que muda a cada dia, mês e ano, trazendo portentos e eventos de incrível e terrível inovação tecnológica, algo precisa ser feito para impedir que, com o progresso dos tempos, percamos a vida e seus verdadeiros tesouros, tanto os perdidos quanto os reencontrados. Espero que a "Ilha dos Encantos", nome provisório de meu empreendimento, possa significar justamente isso: Uma barricada contra as cruéis agruras da vida, a tola ambição dos homens e a inevitável dissolução dos sonhos.

É com essa lembrança & intento que me despeço de vocês, queridos Luigi e António. Espero que essa missiva — e os ousados (para não dizer alucinados) planos contidos nela — encontre vocês como os levo em minha memória: apaixonados, curiosos e entregues ao mundo e aos seus segredos.

Com affeto de amigo & lealdade de irmão,

Sempre Seu,

Alfredo Magalhães

Ilha do Forte da Pólvora,
26 de agosto de 1896

Do diário de
Aristarco Argolo dos Ramos

Como dizia meu pai, "limoeiro que torto nasce, merece a foice".
Levei dias para absorver a informação apresentada pela ~~japa~~ oriental.
Neste último mês, enquanto cumpria com minhas obrigações de Grão-Ancião e supervisionava a ofensiva aos revoltosos, tentava entender como dois de meus alunos haviam se transmutado em anarquistas invertidos!
Os factos e as photos não mentiam. O atlético Bento Alves não me causou surpresa, pois soube-o podre desde o início, e por isso o expulsei do Ateneu. Quanto ao Pompeu, foi triste a surpresa e calamitosa a constatação. Lembrava-o infante, chegando aos meus cuidados para ser formado homem. Mas agora o reencontrava ali, contaminado por execráveis ideias libertárias! Não que eu lembrasse de todos os meus alunos, mas tão somente dos mais ~~chamativos~~ prestativos ou então dos mais ~~libertinos~~ cretinos.
Para acalmar meu espírito ~~inculto~~ astuto, tenho andado pela agradável paisagem da Ilha da Pólvora. Quando aqui chegaram, os mestres positivistas arrancaram o arvoredo inútil e exterminaram as pestes animais. Também esterilizaram o solo para que nada mais crescesse. Com isso, tínhamos um solo adequado à ~~feiura~~ feitura do nosso centro de operações, este monumento à sciência, à moralidade e à higiene.

Foi neste microcosmo de ferro, cimento e pedra que eu cheguei há alguns anos, depois de percorrer o Brasil com minhas palestras motivacionais e organizar os livros didácticos que têm formado a nossa nação. Sim, esse era e continua sendo o meu trabalho: a evolução intelectiva dos ~~machos~~ seres humanos!

Visitando os nossos ~~potros~~ portos aquático e aéreo, vislumbro a fachada grega do nosso templo. Enquanto caminho, tenho o prazer de não diferenciar homens de robóticos, uma vez que meus oficiais foram treinados a partir deles. E quem não mostra em seus trajes e gestos essa rigidez militar, quem não evidencia em seu discurso tal ~~torpeza~~ limpeza moral, quem não cumpre com suas ~~mazelas~~ metas diárias, ou não me agrada por qualquer outra razão, enfio no Buraco!

Parece abrupto e violento? Mas não é. Ao contrário. Seguindo o exemplo do Deus Arquiteto, eu bato porque amo, eu disciplino porque gosto, eu mato porque o mundo precisa de um patriarca que dê exemplo, como Abraão, nosso antepassado.

E também, como dizia meu avô, "matagal ruim precisa de fogo, não água", ou ainda, "De pássaro fujão se decepam as asas!"

Como veem, sou um cabedal de ~~poder~~ saber e piedade, colhidos de dois pilares de ~~maldade~~ verdade: o Velho Testamento e os Manuais ~~Pornográphicos~~ Práticos.

Quanto ao Buraco, é como chamo o exemplar "Centro de Disciplinamento". Foi para lá que Bento Alves foi levado por Mascher quando foi flagrado por Takeda enfiando ~~a fuça~~ o nariz em nossos assuntos. E foi de lá que ele ~~escafedeu~~ escapou. Desde então, redobramos as defesas para que nenhum dos ~~condenados~~ prisioneiros escape. O Centro é um dos nossos prédios mais antigos, uma torre de pedra que sobe trinta metros ao céu e cinquenta ao ~~bucho miolo~~ antro da terra, dividido em três seções.

Na primeira, acima da superfície, ficam os indisciplinados, suspensos por correntes, para servirem de exemplo, alguns até ~~engaiolados~~ enjaulados. Estes são os que respondem por infrações leves, como alimentar-se fora do horário, jogar papel fora do lixo ou estar com a farda ~~cagada~~ amassada.

Na segunda ~~prisão~~ seção, os que tentaram fugir, dormiram no posto ou falaram com qualquer autoridade sem pedir permissão. A pena é maior, ficando esses alocados em estacas metálicas, sem dormir ou ~~ir ao banheiro~~ deixar seu lugar por cinco dias. Ou mais. Eles são alimentados ali e fazem o resto ali também. ~~O cheiro de mijo, merda e vômito, misturado a suor, lamúria e hálito podre, não é dos mais agradáveis, mas os que sobrevivem, voltam ao mundo melhorados.~~

Quanto aos reincidentes, recebem a pena capital no fosso da terceira seção. Lá, engrenagens metálicas ~~moem trituram~~ reciclam suas carnes e ossos, produzindo um líquido pastoso que é convertido em combustível para nossos transportes mechânicos ou em alimento para a fornalha do subsolo, originando assim a energia para o funcionamento do Forte. Como meu tutor dizia, "desperdício é malefício!".

O restante da ~~fritura~~ tritura é jogado no Guayba através de um duto que reúne os nossos dejetos. A prefeitura de Porto Alegre, em especial os defensores de outra ideia absurda chamada ambientalismo, tem reclamado. Mas não damos atenção. A natureza nos foi dada pelo Demiurgo e fazemos dela o que bem quisermos. É assim que o progresso é conquistado.

Depois de visitar essa dependência e averiguar se todos estavam sendo bem ~~torturados~~ tratados, segui ao Centro de Inteligência Militar, onde fica o meu gabinete.

Em meu distinto lugar de trabalho, a primeira coisa que vejo sempre é o meu retrato, de autoria do pintor Basílio de Andrade Neto~~, que seguiu exatamente minhas instruções. Era isso ou não seria pago.~~ Na pintura realista, vejo um homem ereto e altissonante, olhar firme e devoto, postura impecável e asseada. Dizem que um pintor não representa o visível. Sim, é assim que eu sou, por fora e por dentro: grandioso, pusilânime e ~~detestável~~ admirável.

De cada lado do retrato que fica atrás de minha mesa de mogno, partem as prateleiras de livros que reúnem minhas obras, homem de sciência e intelecto que sou.

Obviamente, não dediquei minha vida à ficção, uma vez que fugir da realidade por meio de estórias falsas é o que enfraquece o corpo e o espírito, já dizia Platão em sua *República*. Eu, grego no espírito, recuso os ficcionistas como as pestes que infestam os campos verdes e vastos do Brasil, ao promoverem paixões, aventuras e ~~sexo~~ amores. ~~Tudo balbúrdia abjeta para chamar a atenção de fêmeas desocupadas.~~ "Como o mundo dá piruetas", dizia minha avó. E que piruetas!

Quanto a mim, dediquei-me a outro gênero textual, este sim mais útil à nação, mais poético à alma, mais belo ao espírito: os Livros Didácticos e as Cartilhas Dominicais! São graças a eles que minha voz tem ~~zunido~~ soado aos ouvidos de cada estudante do Brasil. Por meio deles, aprendem uma língua única e deixam para trás a nojeira dos sotaques, expressões de calão e manias regionais. Por meio de suas páginas, os saberes antigos fazem do molenga de hoje o adulto ~~servil~~ varonil do amanhã.

Suspiro diante desses tomos, de orgulho e também de cansaço, confesso. Há ainda tanto por fazer pelas crianças e jovens deste país! "Amordaçar os ardores excessivos da mocidade", como eu ~~gritava~~ proclamava nas reuniões de pais e mestres, e "prevenir a corrupção da carne decaída".

Para tanto, se faz necessário espiar escadarias, fiscalizar affeições, vigiar conversas, confiscar bilhetinhos, condenar rebeldias e alquebrar revoltosos. Em resumo, ser amoroso, ser violento, ser mestre e guardião, essa é a minha ~~aflição~~ missão.

Minha escrita acaba de ser interrompida pelo meu robótico de segurança, E564, que veio me notificar das ~~pífias~~ heroicas tarefas que precisam de supervisão. A obra cívica de um Grão-Ancião nunca termina.

Neste caso, atender uma ligação do intendente da República sobre meu pedido de reforços federais e liberação de ordem de ataque. Um absurdo a burocracia deste país quando o assunto é justiça e correção moral!

O que meus inimigos estariam ~~tretando~~ tramando enquanto isso? O que aquele bando de desocupados dos infernos estariam fazendo? Eu ~~só~~ nem queria saber.

Ao seguir meu fiel segurança mechânico, só um conjunto de expressões épicas e homéricas me vinha à mente: Morte! Destruição! ~~Tesão!~~ Anniquillação!

É isso que acontece com quem desafia o ~~diretor escolar~~ Grão-Ancião da Ordem Positivista Nacional!

OBS.: enviar para revisão ~~estatal~~ gramatical e omissão dos períodos ~~adulterados cancelados~~ alterados como mandei.

Ilha do Desencanto,
22 de agosto de 1896

Do noitário
de Sergio Pompeu

Nas semanas à frente, no lugar de um ofensiva violenta, daríamos resposta à Ordem Positivista publicando um panfleto que exporia os experimentos sórdidos realizados pela filial gaúcha. Para tanto, porém, teríamos muito trabalho pela frente.

A ação daquele dia seria transportar o carregamento de papel que havia chegado, por intermédio de um comprador de fachada, das docas da cidade até o Sobrado Louison, onde o panfleto seria impresso, num estúdio improvisado no porão do doutor.

Aquela dinâmica era nova, visto que uma tiragem inteira do último número foi arruinada no transporte da ilha à cidade. Tal decisão também levava em conta sua distribuição, sendo a localização central do sobrado perfeita para nossos planos.

Naquela manhã, Vitória e Trolho ficaram na mansão. Quanto a Benignus, estava aprimorando mais uma de suas engenhocas. Já Solfieri havia dias não aparecia na ilha, o que me deixava inquieto e, ao mesmo tempo, aliviado. Nossa antipatia mútua só aumentava.

Assim, Giovanni, Bento e eu deixamos a enseada no meio da manhã, num barulhento barco a vapor. No porto, nos esperava uma carruagem simples, puxada por cavalos e guiada por um cocheiro experiente em contrabandos. Vestíamos macacões de trabalho e quepes de funcionários de uma empresa falsa.

Desta vez, o disfarce fora elaborado com mais cuidado. Ajudei Giovanni com a maquiagem que imitava fuligem e suor. O violinista, por seu turno, parecia demais preocupado. Com suas mãos novamente escondidas por luvas, olhava de um lado a outro, temendo qualquer ameaça.

Depois do carregamento, seguimos as margens da cidade, indo do Mercado Público até a Usina Photoeléctrica. Durante o trajeto, Giovanni acompanhou o motorista na cabine de madeira, enquanto eu ia atrás, escorado nos fardos de papel, com meu braço enlaçando Bento, para ofensa de muitos transeuntes.

Ao chegarmos ao sobrado, que ficava de frente para o Bosque da Perdição, demorei-me observando o casarão belíssimo. Na frente dele, duas esfinges de pedra vigiavam o portão e protegiam os moradores e seus muitos segredos.

Tiramos da carruagem os fardos de papel e os depositamos na lateral da casa, para que Louison e Beatriz mais tarde os levassem à improvisada tipographia, nos subterrâneos.

Fingindo uma simples transação commercial, deixamos o casarão, em direção oposta à qual viemos. O plano era retornar à Ilha, onde iríamos começar a esboçar, ainda naquela noite, o cronograma de criação, impressão e distribuição do panfleto anárquico.

Ao deixarmos a casa de Louison, sentei-me na carroceria, pronto para ver um pouco mais de Porto Alegre. Bento agora ia junto do cocheiro e de Giovanni. Ao desviar a vista das árvores frondosas e altas da Perdição, chamou minha atenção o fato da casa de Louison ficar próxima do Quartel-Militar Republicano. Diante dele, soldados e robóticos armados faziam a guarda, não havendo diferença entre os seres de carne e sangue e os de ferro e óleo. Foi quando observei passar por eles, em direção ao interior do quartel, uma inconfundível silhueta que reconheci de imediato como a de Solfieri.

Ao refletir por alguns segundos, percebi o que havia acabado de descobrir. Minhas suspeitas agora se confirmaram. Baseado no que via, ou Solfieri sempre fora um agente infiltrado entre nós ou estava nos vendendo às forças da lei.

Sem arriscar nosso disfarce, deixei passar o quartel-militar. Pus-me então em pé na carroceria e sussurrei no ouvido de Bento que precisava investigar algo muito importante. Ele não entendeu do que se tratava e fez signal para que o cocheiro encostasse. Insisti que confiasse no que eu precisava fazer. Giovanni assentiu e piscou para Bento, estendendo-me um cartão.

"Quando resolver o que precisa resolver, procure esse barco, nas docas do Porto Geral. O capitão é de confiança e te levará à ilha. Ele é um dos poucos que sabe como chegar lá e como desviar das proteções mechânicas ideadas por Benignus."

Beijei Bento nos lábios, pulei da carroceria e retornei pelo caminho que viemos, atalhando pelo arvoredo da Perdição. Com o quepe de trabalhador enfiado na cabeça e tentando não ser visto, sentei-me num banco distante, que ficava a uns vinte metros da entrada do quartel.

Solfieri não demorou a deixar o prédio. Com tranquilidade, atravessou a rua em direção ao bosque. Eu vigiei seu trajeto e, depois de instantes, comecei a segui-lo, mantendo boa distância. Depois de passar pela frente da casa de Louison e atravessar a Avenida da Azenha, ele adentrou na Cidade de Baixo, localidade boêmia construída ao redor de uma importante Olaria cujos tijolos estavam presentes não apenas em boa parte dos prédios daquela cidade como também do estado.

Solfieri dobrou à esquerda em uma rua chamada Silva & Lima e seguiu até um soturno botequim de aspecto medieval chamado Taberna. Sorri da redundância e entrei no recinto, vendo que Solfieri havia se demorado conversando com uma das atendentes.

Eu permaneci no pórtico de entrada, escondido atrás do meu disfarce. Para todos os efeitos, estava decidindo onde sentar. Solfieri olhou para um canto ocupado e dirigiu-se a ele. Ao ser notado, os clientes, três broncos e uma marafona, colocaram-se em pé e esvaziaram a mesa. Pelo visto, o biltre tinha certa fama no lugar. Mas por quê? Como um rapazola tuberculoso poderia produzir tanto respeito?

Sentou-se, abriu sua caderneta e começou a tomar notas. Minutos depois, afoito como estava e ignorando meu disfarce, fui até ele.

Para minha surpresa, porém, o canalha me encarou e sorriu.

"Sois tão bom em perseguições quanto um robótico em um necrotério."

"O que estava fazendo naquele quartel?", exigi, ignorando o seu gracejo.

"Sabereis em minutos", devolveu. "Mas antes disso, tomai o vinho, observai a noite e deliciai-vos com o vai e vem dos lazarentos."

No mesmo instante veio a decrépita atendente e depositou sobre a rústica mesa duas taças.

"Obrigado, meu amor", disse o mancebo à velhota acenando para alguém que chegava.

Atrás de mim, entravam no boteco os dois policiais que tinham me perseguido quando cheguei em Porto Alegre dos Amantes.

Em que sorte de emboscada vil e nojenta eu havia caído?!

Porto Alegre dos Amantes,
22 de agosto de 1896

Dos apontamentos
de Solfieri de Azevedo.

E não é que o loirinho tem colhões?
    Não só me seguiu rua afora, como veio até meu pardieiro favorito.
    Eu sou cliente antigo da Taberna. A dona, Josefina, é um dos meus casos mais ilustres. Ao menos em Porto Alegre dos Amantes.
    Segundo ela, sou uma celebridade local: entre marafonas e bebuns, o juvenil tuberculoso que vem e vai e não muda nada. Há décadas.
    Quando estou a fim de me divertir — e não há nada mais divertido do que lendas de horror em cenários como esse — não escolho outro lugar.
    Depois dessa noite, porém, não sei mais. Se eu não tomar cuidado, este refinado bueiro estará morto para mim.
    Já dei a Josefina as minhas instruções. A querida servirá minha mesa duas vezes esta noite. Ela sempre me agradece, pois está em dívida comigo. Estamos falando de um favor antigo, feito quando a pobre precisava não só de seu cliente, como de um verdadeiro amigo. Eu não tenho amigos. Na verdade já desgracei todos os imbecis que tiveram a pachorra de se considerarem como tais. Mas às vezes, eu até me esforço.
    A bela Josefina que o diga. Por isso ela vai me ajudar num embuste que envolve mentiras e vinho. Estais preparados?
    Queria vos contar mais, mas o loirinho resolveu me afrontar.
    Acho que não fiz mal em solicitar veneno.

Porto Alegre dos Amantes,
22 de agosto de 1896

Anotação do Oficial Peixoto feita em Papel de Açougue

Acabei de chegar em casa e preciso anotar tudo, tudinho, para não esquecer.

Amanhã, preciso fazer meu relatório e as informações precisam estar lá. Vou escriturar como me lembro para não dar galho. Depois corrijo, ou então pago alguém.

A partir de amanhã, terei dinheiro. Serei herói e ganharei posto e medalha. Que calor que tá aqui. Deve ser porque corri para chegar logo.

Vamos lá então. Tudo começou no quartel. Estava lá trabalhando enquanto o boçal do Alvarenga roncava num canto. Foi quando o Antunes veio me dar um bilhetinho. Perguntei ao cretino se lá era homem de ficar trocando bilhetes com macho e ele riu, dizendo que não era dele. Dobradinho feito lista de cozinha, o papel mofado dizia: (Guardei aqui no bolso para não perder, pois isso aqui vai virar prova e evidência)

Aos Investigadores Peixoto & Alvarenga
Quereis saber a verdade sobre Giovanni e o engomadinho que vos
fez de idiotas um mês atrás? Então, me encontreis na Taberna da
Cidade de Baixo em alguns minutos.
Um Amigo Anônimo

Eu puxei o panaca do Alvarenga para me acompanhar e fomos ao botequim. Eu conhecia o lugar. Foi lá que eu levei a Filomena a primeira vez que saímos. Ela não gostou muito. Reclamou do cheiro, dos clientes e dos quitutes. Eu deveria saber que aquela mulher me daria trabalho. Deu no que deu. Voltando à história.

Chegamos lá e de pronto vi de quem se tratava: eram os dois anarquistas que estávamos investigando. Um era cliente do boteco, o outro era o afrescalhado que perseguimos na capital semanas antes. O primeiro era só sorriso. O segundo era só susto. Parecia branco feito um phantasma. O tuberculoso ficou em pé e nos atendeu:

"Boa noite, cavalheiros!"

Depois de estender a mão ressequida, nos convidou a sentar.

"Josefina! Mais bebida!"

Como bebida dada não se recusa, aceitei o vinagre. O Alvarenga também.

"O que diabos significa isso?!", vociferei, jogando o bilhetinho sobre a mesa. O loirinho pegou e leu, olhando com raiva para o amiguinho. Pelo visto, o traíra foi traído.

"Ora, senhores, significa que vós ganhareis um presente nesta noite", disse o tal do Solfieri. "Meu amigo aqui e eu decidimos trair nossa confraria e, para tanto, queremos dinheiro e a retirada das acusações. Parece bom demais? Pois bem, vou provar."

O magrela retirou do bolso do casaco quatro photogramas e os deitou na mesa. Neles reconheci dois meliantes, mas foi só. Enquanto olhava para as figuras, vi que algo ocorria embaixo da mesa. Pelo visto o sem cor estava com o loirinho na ponta da faca.

"Desculpai-me, mas meu amigo aqui está um pouco nervoso", disse o líder da dupla. "É simples, Sergio", falou ele pro parceiro de crimes. "Acabou. Eles nos pegaram. Não há escapatória. Ou nós saímos vivos dessa mixórdia ou vos estriparei aqui mesmo!"

Aqueles dois se odiavam. E eu achando que eram amigos.

"Muito bem. Isso mesmo. Apenas escutai. Escutai e aprendei. De volta aos negócios, senhores. Este é Dr. Benignus, um velho gagá que tem pretensões scientíficas. É ele que está preparando a bomba que explodirá o Palácio do Governo."

"Bomba?! Que bomba?", falou Alvarenga. "Ninguém me falou nada de bomba!"

Eu contive o covarde do Alvarenga e ordenei silêncio.

"Vós não sabeis da missa metade, senhores", continuou Solfieri. "Mas ficai tranquilos. Vou contar-vos tudo. Apenas prestai atenção. Este daqui é o Giovanni, um italiano expert em dinamites. Ele é o que vai instalar o mechanismo explosivo."

Foi quando ouvi o nome que queria ouvir. Esse caso vai dar pano pra cortina!

"Já essa indiazinha é uma menina de rua que recolhemos para causar distração. Ela é que vai fazer o berreiro, abrir a matraca, para afastar a guarda privada do governador. O nome dela não importa. Eu nem sei o nome dela. Sabeis?"

Eu prestava atenção em tudo. Nem tossia. Falando em tossir, deixa eu limpar a garganta. Mas que tá quente aqui. Porca magrela da vida! Preciso comprar um condicionar robótico. Agora terei dinheiro. Espere pra ver. Voltando à minha narrativa!

"Este aqui é a força bruta. Seu nome é Bento Alves e é com ele que precisais tomar cuidado. No último ataque terrorista ele matou três e aleijou cinco. Sem dúvida, é o Sansão do grupo. Por isso vos trouxe o loirinho aqui, que é a Dalila do sujeito".

Eu ri na cara dos dois. Eram um bando de sodomitas, isso sim!

"Então, senhores, como podeis ver, daremos todos eles de bandeja", arrematou o doente. "Mas para isso, me digam: de quem vocês estão atrás?"

Eu fiquei na dúvida se entregava ou não meu jogo. Mas já que estava ali...

"Giovanni. Mas gostei da possibilidade de ganharmos outros delinquentes de lambuja. Imagina, Alvarenga, começamos perseguindo um facínora vingativo e desmantelamos toda uma rede anarquista".

O grandalhão olhou para mim e riu. Herculâneo Torres iria gostar das notícias. Ele já tinha mandado arrancar as mãos do infeliz que castrara seu filho. Mas não satisfeito, agora queria saber no que mais o biltre estava metido. Por isso nos contratou.

"Mas garantis que sairemos incólumes dessa?", perguntou Solfieri.

"O que é 'incólume'?", retorquiu Alvarenga.

"Fica quieto, estrupício. Incólume é alguém que ganhou muito dinheiro". Sim, era isso que eles queriam, dinheiro.

"Sim. Garantimos", atravessei, enganando os idiotas. Quando fechássemos o acordo, iria soltar os cachorros da lei nos dois e na gangue inteira.

"Então, senhores, negócio fechado! Josefina! Traga vinho aos senhores."

Depois de a mulher servir outras duas taças de vinho, bebi até o fim.

"E como faremos nossa negociata?", perguntei, pedindo mais vinho.

Eu preciso pegar água. Esse calor está me matando. Voltando ao registro...

"Amanhã à noite, nesta mesa, entregar-vos-ei os planos do ataque e as plantas do QG dos bandidos. Enquanto isso, o loirinho aqui trará Bento e Giovanni para beberem num estabelecimento que só informarei aos senhores depois do nosso encontro. Desse modo, em dois dias, sereis heróis e nós, livres viajantes rumando ao Chuí."

Depois de outros detalhes acertados, propostas trocadas e algumas maledicências, puxei o Alvarenga e deixamos a Taberna sabendo que estávamos feitos na vida.

Eu dispensei o idiota pau pra toda obra e me vim pra casa. Na verdade, uma dúvida que me dói agora é se eu deveria dividir com esse encosto o truco da noite. Acho que vou dar um fim nele, isso sim. Daí posso ficar com todo calor só pra mim!

Que que eu tô escrevendo aqui? Louvor, idiota, louvor! Está um inferno aqui. Já frouxei a gravata e tirei a camisa e não paro de suar aos litros. Te concentra, homem!

Preciso registrar isso aqui para não esquecer nada pro relatório de amanhã.

Ah, se minha velha mãe soubesse ou então a Filomena, antes de me deixar, que eu um dia chegaria tão longe. Já me via capitão, chefe e talvez comissário! Quem sabe depois não iria disputar a prefeitura? Que vereador que nada... seria a prefeitura...

Esse calor está me fazendo passar mal. Não só isso, acho que esse vinho avinagrou. Está azeda essa bagaça! Deus, preciso cortar essas palavras de calão. Não caem bem no relatório... o calor, deve ser o calor...

Estou com dificuldade de organizar os pensamentos... sim... os pensamentos...

Eu preciso... relatório... mais vinho... minha mãe... a Filomena...

Nossa... que veneno foi esse de vinho da porra...

Vou dormir... sim dormir um pouco... para descansar...

Amanhã termino as minhas memórias...

Por hora... só quero... morrer...

Devo... estar... ficando... louco...

ENÉIAS TAVARES
PARTHENON MÍSTICO

ILHA DO DESENCANTO,
22 DE AGOSTO DE 1896

Do noitário
de Sergio Pompeu

"Você está louco?! Você acabou de entregar nossos nomes a esses dois?!", berrei eu para qualquer um escutar.

De súbito percebi que muitos me olhavam perplexos diante da minha coragem.

"Sabeis que ninguém nunca falou assim comigo e saiu vivo, não é mesmo? Então, silêncio. Preciso pensar, menino".

Eu queria pular por sobre a mesa e sufocá-lo ali mesmo. Mas minhas raras e intensas energias assassinas foram interrompidas por Josefina. Ela veio recolher as taças dos policiais mas decidiu sentar-se também. De súbito, o adolescente a beijou nos lábios e agradeceu.

"Eu é que te agradeço, querido", disse ela, depois de lhe devolver o beijo. Revoltou-me a cena, uma vez que aquela mulher poderia ser sua mãe.

"Fiz o que fiz pelos velhos tempos", disse ele, num tom de rara delicadeza.

"Mesmo que os velhos tempos não cheguem pra ti?", respondeu ela, antes de sair.

"O que você acabou de fazer?!", exigi mais uma vez. "E que conversa foi aquela sobre uma bomba no Palácio do Governo?".

Ele me estudou meditativo por alguns instantes e depois de mais um gole, falou:

"Vós realmente não compreendestes nada? Pensei que fosseis mais inteligente, Sergio. Primeiro, eu não estava *informando-os*. Ao contrário, estava testando o quanto eles sabiam e também a razão da perseguição que vós e Giovanni soffreram."

Sentia-me um mero aluno, pouco sabendo dos ardis nos quais Solfieri era mestre e doutor.

"Eles estavam atrás de Giovanni, não do Parthenon", conclui em voz alta.

"Sim. E estão trabalhando a mando de um respeitável político de nossa metrópole. Há dois anos, o filho desse senador desgraçou uma jovem que era muito querida por Giovanni, Leonor. Ele tentou seduzi-la, e como não conseguiu, espalhou pela cidade mentiras a seu respeito. Em resumo, ela nunca mais conseguiu entrada em qualquer commercio, fábrica ou casa de família. Numa noite solitária e triste, a pobre tirou sua própria vida. Giovanni se vingou, castrando o herdeiro dos Torres. O velho Herculano colocou então uma recompensa..."

"Por sua cabeça?", interrompi eu.

"Por suas mãos", falou ele.

Eu fitei os olhos escuros de Solfieri, conectando os pontos funestos daquela trágica história.

"Giovanni ficou meses vivendo a falta de sua amiga e do único prazer que tinha nesse mundo, a música. Benignus trabalhou dia e noite nas mãos que hoje ele usa. Eu desejei fazer o mesmo com Torres, claro, mas a pedido de Giovanni, desisti. Segundo ele, a vingança de ambos estava paga e de nada adiantaria dar continuidade àquele lodaçal de sangue. Mesmo assim, nosso amigo tem sido perseguido por sujeitos como esses que acabamos de dispensar."

Eu detestei minha tolice, ainda não esquecendo minha irritação.

"Sim! E agora colocarão no seu relatório o nome de Benignus e Bento, além do de Vitória...", respondi, ainda não vendo o panorama geral daquele encontro.

"Eu precisava saber se essa perseguição teria qualquer relação com os trabalhos pregressos de Bento ou com o resgate de Vitória. E não, eles não colocarão nada em qualquer relatório nenhum. O vinho que tomaram conosco foi a última coisa que ingeriram na vida. Josefina, que me devia um favor pelos supracitados 'velhos tempos', providenciou que uma dose de arsênio caísse na bebida deles, uma dose perfeita que eles começarão a sentir em uma ou duas horas."

"Você os envenenou?!", disse.

"Sim, envenenei-os! E não tenho pendores morais por sujeitos de tal cepa. Eles trabalham por ouro, ignorando a lei que professam defender. Então, tomeis cuidado com vossas ilusões. Somos heróis até certo ponto. Do resto, somos todos bastardos."

"Fale por si", respondi, furioso ainda.

"Qualquer idiota pode fazer o que é certo ou errado, mas poucos têm a fibra moral para fazer o que é necessário", disse e arrematou o seu copo de vinho.

Depois de instantes, pedi mais vinho e, depois de me acalmar, lhe perguntei o que mais havia descoberto, após tirar o gorro fedorento e libertar meus cabelos.

"Algo me enfezou. Esses biltres não tinham vínculo algum com a Ordem Positivista. Das duas uma, Sergio, ou eles não vincularam o resgate de Vitória a nós, o que suspeito improvável, ou estão preparando um ataque tão eficiente que nos esmagará como moscas."

Ficamos em silêncio, imersos nas nossas reflexões e cogitações, até que Josefina veio e mais uma vez encheu nossas taças.

"Que favor ela te devia?" perguntei, retirando-o de seu torpor.

"Há uns dez anos, o cafetão de Josefina começou a espancá-la. Isso porque ela não era mais jovem e já não rendia como antes, sem se dar conta que a razão da pouca clientela eram seus hematomas. Quando ela tentou liberar-se do alcaide, ele ameaçou rasgar o seu rosto."

"E o que aconteceu?", perguntei, enquanto ele tomava um gole.

"Apiedado, decidi intervir, fornecendo-lhe os meios para dar fim ao biltre. Veneno de rato. Um adequado licor para a perfeita criatura. Dias depois, partes do machão começaram a aparecer em pontos diversos da cidade. Ela caprichou."

No olhar de Solfieri, li outras dezenas de sórdidas estórias como aquela. Aquela cidade poderia tirar o melhor ou o pior de nós.

"Cidade bonita, não? Porto Alegre dos Miseráveis, isso sim", falou, por fim.

Deixamos a taberna e tomamos uma carruagem até o porto, abaixo de uma fina chuva que chegava. Lá, contatamos o barqueiro que Giovanni havia indicado.

Ao esbarrarmos em nosso destino, pulamos no deque e despedimos o barqueiro. Quando chegamos perto da capela, Solfieri desejou-me boa noite e seguiu em direção à construção. Descobrira onde ele passava a noite quando não o encontrava na mansão.

Ao dar as costas ao prédio, uma estranha informação me assaltou.

Há uns dez anos, o cafetão de Josefina...

Dei meia-volta e busquei o ombro de Solfieri.

"Como assim, há dez anos?!", inquiri. "Você não é mais velho que eu! Como pode esperar que acredite que há dez anos você era amante de Josefina?"

O maldito encarou meus olhos e nos seus brilhava a pura insanidade. Sua voz feria os pingos de chuva e em sua resposta temi encontrar uma incrível verdade.

"Vim ao mundo em 1836 e desperdicei a juventude com vícios e orgias. Não satisfeito, derramei sangue, conversei com demônios, bebi uma poção indígena que me tornou imortal e, depois, enfeiticei um anel para fugir da Senhora Morte. Desde então, busquei phantasmas e transmutei-me em um, venci monstros sem saber que me tornara um deles, ajudei pessoas para depois arruiná-las. Garanto: meu caso com Josefina é o que menos deve preocupá-lo!"

Depois de o escutar, dei dois passos atrás.

"Você só pode estar brincando", disse por fim.

"Pareço estar?", respondeu, desaparecendo no interior da capela.

Naquela noite chuvosa, o maldito tentaria encontrar descanso entre velas e vitrais, sob a guarda de anjos e diabos. Suspeitei que seria uma busca em vão.

Para ele e para mim.

· PARTE III ·

Murais Historiográficos
& Panfletos Anárquicos

Na qual os heróis descobrem crimes sem fim
E abusos atrozes que não se lê no pasquim,
Além de espalhar o seu vil almanaque,
Expondo a corja de sscientistas de araque.

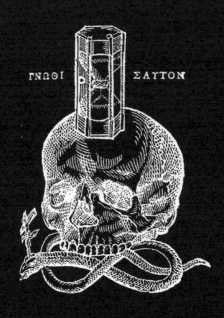

ENÉIAS TAVARES
PARTHENON MÍSTICO

ILHA DO DESENCANTO,
27 DE AGOSTO DE 1896

Dos apontamentos
de Solfieri de Azevedo

Me encontro entre a Cruz Invertida e a Espada do Diabo.

Noite após noite, tenho espiado meus passos malditos, sentindo-me perseguido e vigiado. Antes fossem espiões positivistas ou então larápios disfarçados de agentes da lei.

Sobre os dois biltres que perseguiram Giovanni e Sergio há dois meses, estava enganado. Em vez de serem enviados positivistas, estavam a serviço de Herculâneo Torres pra vingar a castração do filho.

Sentis pena? Isso porque não fazeis ideia de quem era o patife e do que ele fez para prejudicar a protegida de Giovanni. Meu amigo teve sua vingança e eu, diversão.

Adoro ver a cafajestagem pagar por seus crimes. Não que eu seja santo, não me entendais mal. Se eu pagasse pelos meus excessos, a eternidade seria pouco.

Todavia, eu tenho me comportado, o que me faz acreditar num tipo de redenção ou qualquer coisa que o valha.

Informei a Giovanni sobre o ocorrido e sua reação não foi das melhores.

Ambos detestávamos o Torres e adoraríamos fazê-lo cantar alguns de seus sórdidos segredos, mas outras urgências nos esperavam.

A primeira que tive de dar conta foi ajudar Louison a sumir com a carta/relatório/palavrório que o Peixoto deixou antes de morrer.

Na próxima vez, usarei venenos de atuação mais potente.

Agora, seguirei meu curso.

A noite me aguarda e não desejo dormir.

Escrevo isso num pardieiro abjeto nos confins do Menino Diabo.

O mancebo sifilítico que vem me servir aguardente faz jus ao nome do bairro.

Será que alguém por aqui deseja ouvir uma estória?

Preciso desesperadamente meter medo em alguém para me distrair.

Ilha do Desencanto,
10 de setembro de 1896

Do noitário
de Sergio Pompeu

"O que você criaria, caso tivesse tempo e recursos ilimitados?"

A pergunta veio de Louison, no meio do gabinete comum da Mansão, entre os demais integrantes do Parthenon.

"O que você construiria caso possuísse todas as ferramentas ao seu dispor?"

A pergunta não era fácil, e fiquei ali, tentando formular alguma resposta.

"Estamos tão acostumados às limitações impostas pela família, pelo commércio, pela sociedade e pela religião," continuou ele, "que perdemos a capacidade de apenas fazer aquilo que desejamos fazer. Pois bem, nosso impresso visa modificar isso, dando aos leitores a oportunidade de alterar muitos de seus hábitos e crenças".

Discutíamos o próximo número do almanaque do Parthenon Místico. Estava apreciando fazer parte de tudo aquilo, apesar de não saber como poderia contribuir. Mas esse sentimento de deslocamento foi amenizado por não ser o único a participar de um projecto como aquele pela primeira vez. Bento e Vitória viviam o mesmo.

"Eu sei que tais ideias", começou Giovanni, "parecem ingênuas, mas não se enganem. É preciso primeiro partir desses chavões, para só então criarmos algo propositivo, que possa de fato alterar as percepções das pessoas que vamos alcançar".

"Qual a tiragem desse impresso?", perguntou Bento.

"Algo em torno de mil exemplares, impressos nos dois lados de uma única folha de papel-jornal", respondeu Louison. "Trata-se de uma impressão simples, que realizaremos em conjunto no porão de minha casa. Beatriz e eu montaremos um pequeno estúdio de tipographia e será lá que, por duas semanas, trabalharemos."

"Será uma tarefa desafiadora", adicionou Beatriz, "mas exequível com os recursos que temos e com o auxílio de vocês três. Mas a razão do encontro desta noite é discutirmos o que precede a impressão: a escolha do seu conteúdo. Todos estão de acordo de priorizarmos os crimes da Ordem Positivista?"

O olhar de Beatriz, que segurava entre os dedos finos um copo de conhaque, vagou até encontrar Vitória. De todos nós, ela fora a principal víctima até agora e a que mais soffreria ao reavivar o ocorrido.

Benignus levantou-se do sofá e ajoelhou-se diante dela.

"Minha querida, você concorda com isso? Se concordar, precisaremos de sua ajuda e também da ajuda de Bento. Precisaremos de quaisquer informações que se lembre, não apenas do que fizeram consigo como também das táticas e técnicas utilizadas por eles.

Os olhos de Vitória compunham no rosto magro um véu de ódio que nenhum de nós compreenderia, exceto Bento, que havia testemunhado seu soffrimento.

"Eu quero ajudar", respondeu ela. "Quero impedir que outros sofram o mesmo que eu. Lembrar é ainda difícil, mas darei meu máximo."

"Será uma honra para mim, doutor", disse Bento. Eu assenti.

A partir da concordância geral, dividimos tarefas e começamos a trabalhar na composição dos textos. O panfleto seria impresso numa folha de papel que poderia ser dobrada, escondida ou destruída com facilidade em face de qualquer perigo, fosse ele policial, positivista ou familiar.

A primeira página apresentaria uma manchete chocante seguida de reportagens dedicadas a detalhar os experimentos monstruosos da Ordem Positivista. Para tanto, passamos a pesquisar, anotar e photographar jornais e semanárias que nos auxiliassem a desvendar as raízes perversas da Ordem. Estávamos correndo contra o tempo, pois o ataque dos positivistas poderia ocorrer em breve. Ainda não sabíamos como eles agiriam, mas o fariam logo.

Nos dias seguintes, desocupamos a sala de jantar da Mansão e transformamos aquele cômodo em redação temporária. Embora fôssemos imprimir o panfleto no sobrado de Louison, os conteúdos seriam compostos ali, por uma questão de segurança.

Numa das paredes do salão, um dos poucos a ganhar iluminação eléctrica, photographias, mapas, diagramas, cartas, recibos e outras dezenas de anotações foram dispostos num grande mural, com linhas avermelhadas que conectavam agentes da ordem e filiações criminosas. Por sua vez, linhas azuis posicionavam as víctimas em uma intrincada linha temporal, que começava a centímetros do tabuão e ia bem acima das nossas cabeças.

Na medida em que o trabalho de pesquisa e escrita continuava, íamos adicionando mais informações e nomes de víctimas e desaparecidos.

Louison ficou responsável pelos noitários de Revocato, que continham informações precisas de como a Ordem operava. O resultado daquela leitura eram listas de víctimas anônymas, experimentos desumanos e dezenas de atrocidades. Além dos escritos de Revocato, havia ainda outros documentos.

Alguns foram roubados por ele, quando ainda agia como agente duplo, ou adquiridos dos registros públicos por Beatriz e Louison. Ainda outros foram retirados dos latões de lixo do Asilo São Pedro e de outras instituições que possuíam vínculo com a Ordem Positivista e que, diariamente, se desfaziam de papéis comprometedores. Quem revirava o lixo era Trolho, disfarçado de robótico recolhedor de descartes.

Era um baú de Pandora do qual retirávamos as vozes silenciadas das víctimas, as estórias de suas vidas e das violências que tinham soffrido.

Eram dias longos, cansativos e emocionalmente destrutivos.

Ilha do Desencanto,
12 de setembro de 1896

Diɛtado por Vitória Acauã
ao Secretário Robótico B215

Deixa eu respirar fundo e me concentrar.

Relembrar essas coisas não vai ser fácil, Trolho, mas conto contigo, tá?

Eu tinha feito de São Paulo minha casa momentânea, isso até conseguir um pouco de dinheiro para singrar ao sul do país, como a rainha do ignoto tinha vaticinado.

Mas livre como sempre fui, estranhei aquela cidade sem fim e sem árvores. Nela, espíritos e magias eram coisas raras, pois a magia que eu conheço depende da terra e dos seus elementos. Lá eu vivi de ler a sorte das pessoas. Certo dia, um homem bem-vestido e cheio de palavras difíceis me procurou dizendo querer saber seu futuro. Pagou-me bem mais do que eu havia cobrado, o que deveria ter me feito suspeitar. Nada vi na palma do sujeito, o que era estranho. Mas sabe, Trolho, eu ainda era muito tola e inexperiente. Não era a Vitória que você tá vendo aqui na sua frente, toda inteligente e decidida.

O engomado disse que era um estudioso sscientífico, um homem de ideias e de pesquisas e disse que meus dons eram valiosos. Ele se fez de meu amigo e eu confiei nele. Numa tarde, ele me disse que precisava de minha ajuda para ajudar uma amiga, que soffria de uma rara doença e queria contatar um familiar falecido. Querendo fazer o bem, aceitei entrar na carruagem dele, como nunca fazia com ninguém. Mas era para ajudar outra pessoa, entende? Mal sentei no estofado do carro, meu corpo foi envolto por cintos e cordas.

O homem disse-me que teríamos uma longa viagem mas que eu não veria nada. Sem demorar, ele cravou em meu braço uma seringa. A última coisa que vi foi minha trouxinha de roupa e meus amuletos sendo jogados pela janela da carruagem. Depois daquilo, escuridão.

Acordei dias depois amarrada, com meu corpo coberto de instrumentos médicos que cheiravam a álcool e meus olhos ardendo com as luminárias eléctricas colocadas sobre mim. Pensei tratar-se de um hospital.

"Não", disse-me o homem, vestindo não mais a roupa social e sim um vestido branco, "tu não estás num hospital. Este é um laboratório positivista."

Naquele dia, descobri a diferença entre os dois. Num, pessoas são curadas. Noutro, vidas são testadas, estudadas e dissecadas. E foi isso o que ele e os outros fizeram comigo. Eles estavam em busca do meu poder. Queriam saber qual a fonte daquela habilidade mediúnica. "Uma raça decaída não pode conter tal poder", dissera um deles. "Precisamos descobrir sua fonte, entendê-la e então insuflá-la em nossos soldados, homens de bem que o usarão em nosso favor."

Enquanto eu gritava e chorava, Trolho, eles anotavam, photografavam, registravam e debatiam as reações da "criatura indígena." Eles me machucaram muito, viu? Não gosto nem de lembrar. Pelo menos contra minha virtude não fizeram nada. Era outro tipo de perfídia o que alegrava o coração daqueles homens de sciência. Quando não era vista pelos olhos distantes e gélidos dos sscientistas, eram os glóbulos avermelhados dos enfermeiros robóticos que vinham, para administrar sedativos ou recolher amostras de sangue. Eu tinha certeza que iria morrer logo. E morri.

Numa noite, meu corpinho seco e ferido parou. Tão logo isso aconteceu, vi-me livre para flutuar e deixar o lugar. Ao ascender, contemplei pela primeira vez os espíritos que voavam ao redor do meu corpo. Vi que eram sofredores como eu, espíritos de outras cobaias que tinham perdido sua vida naquele lugar e que estavam presas àquela claridade, como meu corpo estava aos cintos de couro ou ao aço da maca.

Deixando meu corpo para trás, flutuei em direção ao teto e ultrapassei seus limites de aço e concreto para encontrar apenas terra ressequida, ossos esfarelados e raízes de árvores mortas. Eu não podia acreditar! Estávamos enterrados!

O laboratório fora construído abaixo da superfície e não havia escapatória, nem para as víctimas aprisionadas nem para aqueles pobres espíritos. Tive ganas de gritar, mas fui arrastada para baixo, para o laboratório, para a maca, para o corpo ferido e judiado, agora ressuscitado por aguilhoadas eléctricas dadas pelos robóticos.

Meu soffrimento e minha vida ainda não haviam chegado ao fim. Devido à minha quase morte, os médicos decidiram que iriam ainda mais fundo em seus experimentos. Machucada como estava, ignorei a luta e a vida, entregando-me aos sonhos de menina livre, no topo de árvores altas, em meio a uma floresta que só poderia ser próxima ao Amazonas. Em meus ouvidos, o barulho do rio potente e vivo e várias outras lembranças.

O cheiro das flores unido à umidade da terra molhada.

Os raios de sol ardendo por entre a escuridão do matagal alto.

O pêssego estourando nos lábios e seu suco escorrendo na boca.

Eu era aquilo tudo, aquele montão de vida e prazer que se tem livre na mata.

Mas aquilo não passava de um sonho, Trolho. Um sonho triste, produzido no ar metálico do laboratório fechado. A morte, caso tivesse sorte, viria em breve.

E aquele foi meu último desejo antes de perder a consciência.

Quando abri os olhos novamente, não foi para a luz dos holofotes, e sim para uma explosão de fagulhas misturadas à poeira da destruição!

Eu estava sendo levada por um homem estranho, que parecia até um alienígena marciano, daqueles dos livros que o Seu Benignus lê. Ele vestia um macacão rústico e enfrentava os robôs militares só com as mãos.

Em seus braços, perdi a consciência, não sem antes agradecer ao estranho por me libertar das amarras da maca. Ao menos, morreria com meus braços livres.

Quando ressuscitei, dias mais tarde, dolorida e descrente, numa cama macia, cheirosa e quentinha, eu estava na Mansão dos Encantos. Só então soube que eu fora trazida para a capital do Rio Grande sulista. A rainha, quando profetizou que eu viria ao Sul, estava certa.

Ao meu lado, velando meu sono e minha saúde, estava o Bento Alves e também um doutor bem chique. Eles me contaram que eu fui presa num laboratório da Ordem Positivista e que o Parthenon Místico havia me resgatado, graças a um agente infiltrado, Sr. Revocato Porto Alegre, que dera sua vida por mim.

Tá, o resto você já sabe, Trolho.

Não estou chorando não, viu? É um cisco. Só um cisco.

Vem, chega de história por hoje.

Encerrar gravação.

Ilha do Desencanto,
13 de setembro de 1896

Dos apontamentos
de Solfieri de Azevedo

Há algo de podre nessa esbórnia.
 A Ordem parece ter motivos & meios para nos destruir.
 Mas até agora, puro silêncio. De nossa parte, verão.
 Estamos empenhados na criação do novo número de nosso almanaque.
 O mancebo loiro é o mais aplicado à tarefa. Não para um segundo quieto e fica lá, revirando caixas, recortando notas, separando photos, estudando mapas, tudo conectado numa maçaroca de fios vermelhos, azuis & verdes.
 Eu era mais de envenenarmos os tanques de água da Pólvora e substituirmos os botijões de óleo por vinagre. Seria lindo ver os soldadinhos vomitando sangue e os robóticos em curto.
 Mas eu entendo o argumento de Beatriz e dos outros. Precisamos ser melhores que isso e mostrar às pessoas o que está acontecendo naquela sucursal do inferno.
 Fui obrigado a concordar, pois pela experiência que tenho nessa vida de cusco, vilania verdadeira não morre fácil e igual a matagal daninho, eles sempre voltam. Então, é no território das ideias que precisamos enfrentar os perversos.

Vitória acabou de gravar as memórias de sua captura a Trolho. Nelas, tivemos uma ideia aproximada da perfídia positivista. Ao ouvi-las, pergunto-me se a jovem morena não seria como eu, uma das raras pessoas a ter sido forjada para a vida e seus terrores, recusando-se a desistir, negando-se a morrer. Algo nela me comove e atrai, dissolvendo defesas e outras coisas. Querem uma prova?

Hoje é uma sexta-feira treze. Na última vez dessas, afundei-me numa depravação envolvendo licores, correntes e bodes. Na anterior... vós não teríeis estômago para isso!

Já agora estou aqui, ao lado de Vitória, anotando essas coisas, enquanto ela e Bento recortam notícias para colar no mural de Sergio.

Eu não estou preparado para esse nível de depravação!

Mas a verdade... a grande verdade... é que eu gosto dessas pessoas.

E às vezes, quando estou com elas, quase esqueço a voz odienta que sussurra meu nome, dizendo que está vindo me pegar.

Para terminar hamletianamente, como comecei, há tempos que alguém não me fazia esquecer das simples e duras tristezas de simplesmente ser.

Dossiê sobre a
Ordem Positivista Gaúcha

ANOTAÇÃO NÚMERO 7, DE AUTORIA DE REVOCATO PORTO ALEGRE.

O Paciente 254 era do sexo masculino, contava sete anos de idade, era filho de uma família rica do bairro Menino Diabo e possuía, aparentemente, o poder da telecinese, ou seja, levantar ou mexer objetos usando sua mente.
    Por não conseguir controlar esse dom, produzia fenômenos estranhos, mas de modo algum perigosos. Em sua casa, quadros viravam, copos caíam e livros apareciam jogados ao chão, com suas páginas virando sozinhas. Essas e outras ocorrências inexplicáveis fizeram seus pais procurarem por ajuda médica.
    Os sscientistas da Ordem souberam do caso e rapidamente "acolheram" o paciente para tratamento. Depois de uma série de testes physicos e psicológicos, executaram a lobotomia, devolvendo à família apenas a carcaça do que um dia fora seu filho. A família, não tendo nem interesse nem paciência em lidar com a criança, o internou em regime vitalício no Asilo São Pedro.
    Atualmente — escrevo essa nota no dia 27 de julho de 1895 — o asilo conta com 183 pacientes em estado similar, todos atendidos por médicos ou pesquisadores ligados à Ordem Positivista.

Ilha do Desencanto,
20 de setembro de 1896

Do noitário
de Sergio Pompeu

À medida que os dias passavam, nos afogávamos em mais e mais horrores.

Diante dos nossos olhos, estavam víctimas inocentes da ignorância social, do preconceito, do medo infundado ou da vergonha pública ou familiar, que foram relegadas a cobaias positivistas ou então a meros dados de laudos, memorandos e óbitos.

Quanto à identidade dos perpetradores desses crimes, havia uma hierarquia militar que coibia a menção a seus nomes. Assim, o que tínhamos, ao menos nos documentos oficiais, eram alcunhas como Vigilante, Cientista e Ancião, seguidos de um identificador numérico.

Assim, um dos desafios ao ler aqueles papéis era o de mapear experimentos e encontrar as pessoas reais em meio a um oceano de impessoalidade. Adicionei à pilha de registros uma cópia da carta que Bento havia me enviado e na qual detalhava a disposição geográfica do Templo Positivista que ficava próximo à casa de Louison.

Agora que chegávamos ao fim das notícias que comporiam a primeira página de nosso panfleto, passamos a discutir a segunda. Essa promoveria as artes, as sciências, a educação e as causas sociais libertárias. Além disso, Beatriz escreveria uma história curta policial, bem ao seu gosto, Bento listaria utensílios para se levar em jornadas exploratórias, Benignus ensinaria a construção de um Catalizador Ectomático — fosse isso o que fosse —, Vitória dictaria a Trolho sugestões para se invocar um espírito familiar, ao passo que eu e Louison indicaríamos livros insólitos.

Os textos seriam diagramados ao redor de uma ilustração anatômica de Louison que mostraria um coração humano, em resposta ao materialismo maligno da Ordem Positivista na primeira página — ilustrado pela imagem de um cérebro mecanizado. Era sentimento pulsante em oposição à frieza racionalista.

E assim os dias e as semanas passavam, enquanto fechávamos esses conteúdos e nos preparávamos para a impressão e distribuição do panfleto. Em meio a isso, Vitória e eu aprendíamos a conviver e aceitar nossos diferentes papéis no coração de Bento. Às vezes adormecíamos os três no Gabinete da Mansão, sobre o tapete oriental em frente à lareira, enrolados num pesado cobertor de lã e impassíveis ao bater do relógio.

O nosso compasso era outro, sendo marcado pelo pulsar dos nossos corações. Éramos senhores das nossas sinas e amantes das nossas vontades.

Dossiê sobre a
Ordem Positivista Gaúcha

ANOTAÇÃO NÚMERO 73, DE AUTORIA DE REVOCATO PORTO ALEGRE.

Há aproximadamente três anos, uma adolescente de família desconhecida — a identificação não foi possível, pois todos os documentos relacionados ao caso ou não apresentavam o nome da paciente ou estavam censurados com tinta preta — fora internada por sua própria família como histérica, no Hospital Santa Casa.

Conhecida nas redondezas como "namoradeira", passou a mostrar claros signais de gravidez. O pai ordenou um aborto, que teve efeitos terríveis na saúde da menina, e depois a internou como doente mental, desejando silenciá-la.

Durante o tratamento, porém, a paciente começou a evidenciar a habilidade de ler os pensamentos dos médicos e enfermeiros. Depois de soffrer abusos sucessivos, como tantas outras internas no mesmo período, foi entregue à Ordem.

Não sabemos quais foram os experimentos ou testes que ela sofreu em suas instalações, mas a cópia do documento enviado à família, nos faz imaginar.

VIEMOSPORMEIODESTEMEMORANDOHOSPITALAR
TRAZER AO SEU CONHECIMENTO QUE A PACIENTE
███████████████████████████ FINDOU COM SUA
VIDA ABRINDO OS PULSOS NO DIA ANTERIOR À SUA
TRIGÉSIMA OITAVA SESSÃO DE ELECTROTERAPIA.
OS MÉDICOS LAMENTAM O CASO, GARANTINDO QUE
QUATRO DEZENAS DESSE MODERNO TRATAMENTO
A TERIAM CURADO DOS SURTOS PSICOSSOMÁTICOS,
DASPULSÕESMASTURBATÓRIASEDASALUCINAÇÕES
ACUSATÓRIASCONTRAAEQUIPEMÉDICA.

ORDEMPOSITIVISTANACIONAL
BATALHANDOPELAORDEMEPELOPROGRESSODOBRASIL

Eu fui chamado para executar a necropsia. Para a minha surpresa, o cérebro da menina havia sido retirado após o óbito. Quando questionei o médico responsável pelo procedimento, ele me indicou o memorando do Pesquisador Chefe para Assuntos Médicos e Científicos.

Ao interpelar Mascher, o supracitado "pesquisador", ele me soterrou com uma ladainha sobre a importância de se medir o cérebro de doentes como esses para calcular sua insanidade, bem como seus delírios.

Eu, que me envergonho da Frenologia e da Eugenia, duas pseudociências nascidas neste século, segurei-me para não atentar contra ele.

Quando a família ordenou a incineração do corpo, fui o único a estar presente.

Porto Alegre dos Amantes,
02 de outubro de 1896

Do noitário
de Sergio Pompeu

"Essas bocarras africanas são assustadoras", disse Vitória.

Estávamos parados num dos corredores do sobrado de Louison, fitando sua coleção de máscaras ritualísticas. Achei sua casa condizente com tudo o que vira dele.

Eram livros que se avolumavam em cada espaço, máscaras estranhas, algumas assustadoras, que das alturas observavam mudas nosso movimento, estatuetas exóticas que se enfileiravam como batalhões, e muitas telas e quadros, que concorriam com retorcidos castiçais, onde velas queimavam, ao lado da iluminação electrostática.

Por oito dias, moramos com Louison e Beatriz — apesar dela ter sua própria casa, num arranjo marital que me pareceu aprazível a ambos. Fazíamos as refeições na pequena cozinha e nos amontoávamos no escritório no final de cada dia, estranhando e ao mesmo tempo apreciando aquele diminuto aconchego, acostumados como estávamos aos espaçosos cômodos da mansão.

Era durante a madrugada que nos entregávamos ao trabalho.

Depois da meia-noite, quando a vizinhança aquietava, descíamos ao porão da casa, onde meses antes Bento havia cavado um buraco e se jogado no duto de água que o levaria ao laboratório da Ordem Positivista, para os braços de um robótico militar que quase o matara. No ponto exato em que a desventura teve início, um pesado alçapão de ferro fundido servia de memorial àquela noite tão importante a cada um de nós. Agora, Vitória e eu, ela resgatada por Bento e eu, por sua carta, devolvíamos nossa gratidão.

O cenário era sombrio e claustrofóbico, pesado pela umidade do ar e pela ausência de janelas. Mas esse desalento era contornado pela iluminação eléctrica que Benignus havia providenciado, visto que um trabalho daquela natureza exigia não apenas atenção como claridade.

Vez ou outra, Louison e Beatriz sumiam ou Bento e eu nos ausentávamos, uma vez que tal sorte de atividade noturna sempre excitava nos amantes outros desejos e prazeres. Vitória, agora mais vivaz e confiante, não mais escondia sua paixão por Solfieri, que continuava reticente, porém mais sympático a ela e a todos. Quanto aos demais, aproveitavam as pausas para trocar estórias e discutir ideias.

Se o trabalho de pesquisa & escrita fora uma atividade intelectual, a tarefa de impressão era em quase todos os passos um afazer corporal. Para tanto, vestíamos pesados macacões, sempre sujos de poeira, fuligem ou tinta, com os dedos encardidos e machucados pela severidade do trabalho.

Apesar de outras tecnologias de impressão já estarem disponíveis nesses dias, havia o consenso de que o Parthenon utilizaria um meio tradicional para criar seu periódico. Assim, de um lado da casa de impressão subterrânea, ficavam os tipos móveis, minúsculas letras metálicas que seriam organizadas e reunidas ao contrário, formando palavras e frases dispostas em pesadas chapas metálicas. Essas resultariam nas matrizes de impressão.

No centro dessas chapas, havia um espaço vazio onde posteriormente seria impressa a gravura, depois da impressão de texto. Para a matriz de imagem, era feito primeiro um desenho simples. Depois de finalizá-lo em papel, Louison, fazendo as vezes de qualquer mestre gravurista, pendurava-o numa moldura que ficaria diante dele. Abaixo, havia um chapa recoberta com verniz antiácido. Com a máxima atenção, Louison ia desenhando com um afiado buril sobre a superfície da chapa, produzindo ranhuras que recriavam o desenho original. Depois, a chapa era mergulhada em ácido sulfúrico, que corroía as ranhuras e aprofundava o desenho.

Com isso, havia para cada página do panfleto duas matrizes de impressão. Uma de texto em relevo, com as letras tipográficas saltando da chapa. Outra de imagem em entalho, com as linhas do desenho entranhadas no interior da superfície metálica. Na primeira, a aplicação de tinta era mais simples, feita com um rolo. Na segunda, a tinta era passada com uma espátula de borracha, forçando-a a penetrar nas ranhuras. Depois, um pano limpava a superfície, deixando apenas a tinta que havia adentrado nos vãos e que resultaria na impressão. Essa era feita em duas prensas, ambas alocadas no centro do estúdio.

Depois das matrizes serem entintadas por Louison e Beatriz, a de texto era instalada na primeira prensa e a de imagem na segunda. A impressão de texto ficava aos cuidados de Giovanni e Benignus, enquanto a de imagem aos de Bento e Solfieri.

Quem recolhia o papel da primeira prensa e levava à segunda era Vitória, uma das poucas ali a ter as mãos limpas, para não manchar o papel. Quem, porém, ajustava o papel à segunda prensa, para a impressão de imagem encaixar no espaço em branco deixado na impressão de texto, era Trolho, cuja precisão mechânica era mais do que adequada àquela tarefa.

Quanto a mim, fiquei responsável por recolher o papel, depois da segunda impressão, e pendurá-lo para secar. Depois, recolher as folhas impressas e organizar em maços de cinquenta exemplares, que seriam então presos por uma fita de tecido.

A impressão da primeira página nos consumiu uma semana inteira. Depois disso, com as páginas devidamente secas, estava na hora de produzir a segunda, e todo o trabalho recomeçava. Depois de um total de treze dias de trabalho, havíamos imprimido mil duzentos e treze exemplares do panfleto, e começávamos a organizar sua distribuição, que ocorreria duas semanas depois.

Numa das últimas noites de trabalho, atentei para uma moldura que Louison havia trazido ao estúdio de impressão. Era uma página bem pequena, impressa de forma artesanal. Ela apresentava um título singular, emparedado entre duas figuras humanas: "Uma Visão Memorável". Na porção inferior, uma águia levava em seu bico uma furiosa serpente.

O texto era sobre uma "Casa de Impressão no Inferno" e o narrador de tal jornada pelas chamas diabólicas descrevia a sua arquitetura singular, formada de seis átrios sendo cada um deles habitado por uma criatura mítica: dragões, leões, serpentes, águias, formas disformes e homens. Todos dedicados à produção de um "conhecimento que seria passado de geração a geração".

"É uma bela metáfora, não?", perguntou Louison, notando o meu interesse na gravura finalizada em aquarela.

"Sim, é. Quem fez isso?", perguntei.

"Um visionário inglês chamado William Blake. Segundo ele, o ácido corrói e destrói para revelar a verdade escondida atrás da vã superfície. Acho que é isso que tentamos fazer com o Parthenon Místico, Sergio. Destruir conceitos petrificados, corroer visões distorcidas, alquebrar certezas moralistas, mesmo que, para isso, tenhamos de usar o ácido e o fogo alquímico, para só então alcançar a pedra filosofal, o conhecimento ancestral, a resposta a todas as perguntas."

"E qual seria ela?", indaguei interessado, enquanto desviava a atenção dos olhos da serpente blakeana em direção ao sombrio olhar do meu interlocutor.

"Eu não faço a mínima ideia", respondeu-me sorrindo. "A paixão está na busca por ela, não em encontrá-la. Mas suspeito que ela esteja aqui, neste porão escuro que fede a tinta, ferro, terra e suor. Eu suspeito que ela esteja nos olhos dos amigos que amamos, nos lábios dos amantes que desejamos. O que mais se pode buscar além disso?", concluiu, voltando à tarefa de cortar as bordas do papel impresso.

Eu olhei para eles. Meus amigos, meus irmãos, não de sangue, mas na vida.

Ignorando tais sentimentalismos, voltei ao trabalho. Tínhamos fardos de impressos para levar à superfície e espalhar pelo mundo.

Sorrindo, aquietei a mente e me uni aos outros no cumprimento daquela tarefa.

Porto Alegre dos Amantes,
06 de outubro de 1896

Do noitário
de Antoine Louison

É bom estar no sobrado, na companhia das pessoas que amo, sobretudo ela.

Beatriz raramente passa suas noites comigo aqui. Ela tem seu estúdio no Histórico Centro, desde que era Dante e escandalizou a cidade com seus livros de mystério sombrio. Ela conquistou um lar somente dela, quando esta cidade e suas famílias condenavam seu sexo e sua cor. Eu amo visitá-la, desvendando em sua casa os gostos e escolhas que formam sua personalidade.

Mas nesses dias de perigos & conspirações, em que avançamos madrugadas adentro na tarefa de imprimir o almanaque anárquico, ela, assim como os demais, tem passado suas noites sob o meu teto. Anfitrião como gosto de ser, tenho me dedicado a servir meus amigos.

Na noite passada terminamos nossa principal tarefa. O almanaque está impresso e estamos agora planejando sua distribuição, que deve ocorrer em breve. Fomos dormir ao amanhecer, esgotados e felizes. Quanto a mim e Beatriz, nos demoramos a abraçar Morpheus, dedicados que estávamos ao abraço um do outro.

Agora, o meio-dia se aproxima e antes de descer para as tarefas que nos aguardam, decido revisitar meu abandonado noitário. Na correria dos dias e na urgência das horas, as narrativas textuais estão em suspenso. Ao menos as minhas.

Diante de mim, Beatriz dorme, sussurrando palavras que não reconheço. Estaria tendo bons ou maus sonhos? Deixo a reflexão para lá, enquanto me perco pelas sinuosidades do lençol tocando sua pele.

O corpo de Beatriz é uma terra ignota na qual me aventuro com dedicação e anseio. Seu sexo é um reino, no qual me escondo, me deleito, me sacio, fonte transbordante de poderosos ímpetos, o mesmo ardor que amei naquele primeiro encontro no Chalé da Praça Quinze.

Em seus olhos, contemplo rubis incandescentes, construtos de raro fulgor e mais preciosa potência, obsidianas de coragem e força em tempos de covardia e fragilidade.

Aqui, devo interromper o fluxo dos meus pensamentos, uma vez que raramente consigo manter minha objetividade quando o assunto é a visão de Beatriz.

Ela acaba de acordar, repreendendo-me com seus olhos escuros e semiadormecidos por não estar ao lado dela.

Meu corpo acorda ao convite dela.

Enquanto a tinta seca e os impressos aguardam, nos dedicamos como devotos leitores às letras & signos que formam a conjuntura do nosso desejo.

Dossiê sobre a
Ordem Positivista Gaúcha

ANOTAÇÃO NÚMERO 351, DE AUTORIA DE REVOCATO PORTO ALEGRE.

Pai Raimundo tinha duas paixões: receber espíritos e dançar em rodas de samba. Figura importante da religião Iorubá, era amado por muitos.

Por problemas decorrentes de uma infecção no fígado, Raimundo, que gostava de aguardente e já não era mais jovem, foi internado no Hospital Geral da Federação, depois de esperar nove dias no corredor.

Misteriosamente, ele desapareceu na noite anterior à sua cirurgia, que seria administrada por Henriques Pontes, médico e scientista afiliado à Ordem Positivista.

Seus parentes e amigos pressionaram os médicos e a direção do hospital, mas não tiveram resposta. Pesquisando esse tipo de ocorrência, descobri que em toda a capital havia muitos casos como aquele: pessoas idosas ou adoentadas.

Nos arquivos da Ordem, encontrei uma remissão a um paciente cuja descrição e chegada às instalações positivistas conferia com o caso de Raimundo.

Segundo o relatório, tratava-se de um lunático que soffria de uma deformação cerebral que o fazia "produzir personalidades" e "falar em línguas estrangeiras". Para Raimundo, que nunca tinha ido à escola, isso seria, no mínimo, improvável.

Quando inquiri os responsáveis por seu caso e solicitei o restante do arquivo, fui chamado à sala do Grão-Ancião, que me advertiu a não procurar demais e a investir meu tempo em ações mais construtivas, visando a manufatura robótica ou então o aperfeiçoamento de soldados.

"Ademais, doutor Porto Alegre, quem liga para um preto velho que frequentava terreiros de chão batido, botecos encardidos e depravadas rinhas de samba?"

"Ninguém", respondi automaticamente.

Naquela noite, o sono não veio. Na verdade, desde que passei a integrar a Ordem Positivista e a ver o que lá acontece, nunca mais tive uma noite de descanso.

*Ilha do Desencanto,
10 de outubro de 1896*

Do noitário
de Sergio Pompeu

"Esta noite será longa," anunciou Bento, ao meu lado.

Foi com expectativa que deixamos a casa de Louison naquela madrugada.

Havíamos optado pela distribuição do almanaque numa quinta-feira, um dia com menos patrulhas policiais, festejos noturnos e entregas de jornais.

Usaríamos a carruagem mechanizada que Giovanni pilotou quando foi me buscar na estação ferroviária. Benignus havia reformado o motor da monstruosidade, deixando-o mais silencioso e menos fumarento.

Vestíamos roupas escuras e máscaras simples, que escondiam apenas a região ao redor dos olhos, não os narizes e lábios. Isso porque poderíamos precisar de rápida comunicação, sobretudo em caso de qualquer eventualidade.

Éramos heróis sombrios de algum semanário barato de crime e mystério. Beatriz e Bento se divertiam. Ela por suspeitar que pularíamos para uma de suas estórias. Ele, por amar o perigo em qualquer situação, ainda mais na calada da madrugada.

Quanto ao resto de nós, quem não estava atento, como Louison, Solfieri e Giovanni, estava nervoso, como era o caso de Vitória e o meu. Quanto a Benignus, havia silenciado seu nervosismo com cinco doses de Paraty. Em vista disso, Giovanni decidiu assumir a direção da carruagem, tarefa que caberia ao velho scientista.

Nosso estratagema seria distribuir seiscentos exemplares da nossa epístola subversiva à frente de casas, escolas e hospitais, e o restante em caixas postais de professores, escritores e livres-pensadores, além de políticos, sscientistas, commerciantes e clérigos.

Faríamos as entregas em bicicletas um tanto singulares. Com um electromotor adaptado aos pedais e às correias, com elas não precisaríamos pedalar. Benignus, antes de apagar, não parava de se pavonear de suas "motocletas". Além de poupar nossas energias, o dispositivo quadruplicaria a nossa velocidade.

Assim, enfrentando o breu noturno e nossos próprios temores, na incrível velocidade de quarenta quilômetros por hora, cortamos as ruas e avenidas de Porto Alegre dos Amantes, como profetas malditos portadores de más novidades!

Quanto ao itinerário, começamos na Zona Leste, próximo ao Aerocampo Salgado Neto e iríamos em direção à Zona Sul, chegando às proximidades da Praia das Feias. Depois, retornaríamos ao centro e espalharíamos o impresso pelo Menino Diabo, pela Cidade de Baixo e pelo Histórico Centro, num percurso que deveria ser realizado até as três horas da manhã.

Com esse trajeto cumprido, nos dividimos em pares para as entregas em endereços específicos, cada dupla responsável por uma região, o que deveria ser feito até o amanhecer. Nenhum detalhe da operação deveria ser alterado.

Apreciando a velocidade e o vento noturno, visitamos casas, colégios, prédios públicos ou privados, inclusive praças e ruas, deixando em cada porta, caixa postal ou janela um exemplar do nosso almanaque.

De vez em quanto, bêbados jogados nos observavam, não crendo se o que viam resultava da bebida, do horário ou do sobrenatural. Estavam enganados: éramos feitos de carne, pano e machinário moderno, e estávamos espalhando o que seria o horror de policiais corruptos, professores bitolados, padres dogmáticos e pais exagerados.

Solfieri e eu realizamos nossas entregas em tempo, voltando ao ponto de encontro antes das seis horas da manhã. Quando lá chegamos, o silêncio da madrugada que findava era cortado apenas pelo barulho dos pássaros que cantavam e, de vez em quando, pelo ronco de Benignus.

Na tensão da espera, conversei com Solfieri sobre o que tínhamos acabado de empreender. Felizmente, os outros não demoraram a chegar. Colocamos as motocletas na carroceria da carruagem e nos amontoamos onde havia lugar. Fazendo o motor da geringonça funcionar, Giovanni partiu da cidade, transmutando rodas em boias infláveis e flutuando em direção à Ilha.

Enquanto olhava para os meus amigos, pensava no que havia discutido com Solfieri minutos antes. Havia o perigo de pregarmos para convertidos, de entregarmos o impresso e ele ser desprezado, ignorado ou pior, deturpado.

Havia também o risco do texto findar nas mãos de educadores e pedagogos que, diante da afronta aos seus métodos, tornariam suas pedagogias ainda mais severas, inibidoras e destrutivas.

Por fim, tínhamos também consciência de que poderíamos soar como profetas clamando no deserto e, como o próprio Batista, de perdermos nossas cabeças.

Mas não estávamos preocupados com qualquer um desses perigos. E vou dizer a você o porquê. Entre todas as possibilidades frustrantes e desanimadoras, havia também a possibilidade daquele folheto anárquico chegar às mãos de jovens ou infantes, ou mesmo adultos que houvessem esquecido seus sonhos e ambições.

Nesse caso, aquele simples pedaço de papel poderia incendiar um combustível esfriado ou germinar uma ideia antes abandonada. Para seus leitores, o Almanaque do Parthenon Místico poderia mudar preceitos, clarear vistas temporariamente nubladas ou destruir cadeias mentais. E por essa possibilidade, todos os riscos e perigos não significavam nada!

Foi com tal pensamento em mente e com os corações palpitantes de gratidão, que voltamos para a Mansão dos Encantos, para comemorar o triumpho da noite.

Ilha do Forte da Pólvora,
15 de outubro de 1896

Do Diário
de Campo de Nioko Takeda

Escrevo essas palavras em uma folha à parte do meu diário de campo. O objetivo desta entrada é deitar sobre o papel algumas dúvidas sobre as ações que tenho empreendido no intuito de investigar a organização criminosa conhecida como Parthenon Místico. Tais dúvidas precisam ser anuladas e obviamente encontrarei aqui as razões para tanto, afinal minha confiança na Ordem é total e irrestrita, apesar de alguns indícios demonstrarem o oposto.

Primeiro, quanto ao atentado terrorista ocorrido em março último. Minhas perguntas sobre ele, desde o início, não foram respondidas. Nas chapas photográphicas, identifiquei uma maca e cinturões de contenção. O relatório oficial menciona que experimentos tecnológicos e médicos eram feitos nas instalações positivistas da Cidade de Baixo, nos subterrâneos do Templo Central. "Com que tipo de cobaias?", questionei o Dr. Mascher à época. "Animais, obviamente," foi sua resposta. Será? Destruir por destruir parece-me aquém de uma equipe tão bem treinada. A maca vazia, os canos médicos pendentes, os cintos de contenção, os tubos de ensaio e os potes de conservação, tudo isso me leva a crer que desconheço o cenário completo.

O que me traz ao segundo ponto de minha análise ainda inconclusa. No curso de minhas investigações, esperava encontrar crimes ignóbeis e bruxarias abomináveis, mas o que encontrei foi um grupo dedicado a combater a injustiça e a defender populações desfavorecidas. E então, veio a publicação de seu almanaque. É claro que continha mentiras, mas não sei até que ponto tratava-se de ingenuidade ou perfídia. E se fosse tudo culpa de Revocato, que havia insuflado o seu próprio ódio naquelas pessoas? Não deveria ser uma hipótese a ser ignorada, não é mesmo? Quais crimes cometeram aqueles inimigos? Qual a razão do ódio que acometia o Grão-Ancião? Notei que ele se intensificou depois de ele ser informado que dois dos anarquistas haviam estudado na escola que um dia estivera sob sua direção. Diante do fato, era compreensível sua mágoa, mas será mesmo que a punição planejada estava à altura daqueles crimes e suspeitas?

Há ainda um terceiro elemento. Desde minha apresentação à cúpula dos mestres positivistas, quando o trabalho de meses foi resumido a três horas de photos, diagramas e mapas, tenho ficado à sombra de Mascher, limitada às suas aprovações quando não às suas provocações. O dia do ataque se aproxima. Depois de uma série de crimes e ultrajes, que culminaram na publicação do seu Almanaque há dois dias, os integrantes do Parthenon Místico terão nossa resposta. Raivoso como nunca o vi, Aristarco ordenou com máxima urgência a destruição completa dos anarquistas. Se dependesse de mim, eles seriam presos um a um e trazidos para interrogatório. Era isso que deveríamos fazer: levar justiça aos criminosos. Mas, segundo Aristarco, ou melhor, o Grão-Ancião Aristarco, não haveria esperança ou salvação para a ameaça que nossos inimigos representavam. Engoli sua ordem, por mais que ela fosse incoerente. Com minha opinião ignorada, fui incumbida de preparar um ataque aéreo, uma ofensiva militar que bombardeasse a enseada, uma atitude que, além de arriscada, pareceu-me exagerada.

Deveríamos nos preocupar com a opinião pública em caso de um ataque com bombas, disse eu, pensando que aquele argumento pudesse demover o Grão-Ancião. A solução veio de Mascher: as mídias da capital noticiariam uma série de experimentos militares que objetivavam salvaguardar a população de eventuais invasões estrangeiras. Ilógico, novamente. Mas não me cabia a palavra. Apenas a ação. Diante dela, calei minhas objeções e agora me dedico a concretizar ordens dadas e claras: Reduzir à poeira a confraria anárquica e a ilha que serve de centro de suas operações.

Ilha do Desencanto,
17 de outubro de 1896

Do noitário
de Sergio Pompeu

"Por essa não esperávamos!", falou Benignus, me jogando a *Hora Zero* do dia.

Peguei o jornal temendo que as notícias não fossem das melhores. Tal não fora minha surpresa ao ler a manchete que bradava: "Denúncia contra a Ordem Positivista é investigada pela Procuradoria Pública".

As semanas seguintes à entrega do nosso panfleto foram perpassadas de alegrias e temeridades. O governador fez um pronunciamento condenando nosso almanaque e o intitulando de "anarquismo covarde". Já o chefe de polícia disse que medidas seriam tomadas para encontrar os editores de tal "virulência impressa" e os levar à justiça, uma vez que as "mentiras perpetradas contra a Ordem eram inadmissíveis".

A *Hora Zero* havia nos dado a capa e uma longa reportagem, deixando dúbia, porém, sua posição a respeito do que expusemos, apesar de alertar que ficariam atentos às "pretensas denúncias". Por sua vez, o *Correio da Elite* não economizou páginas ao condenar as "calúnias abjetas", "invencionice popular", "falsidades atrozes" e "populismo estudantil", entre outras expressões que nos faziam rir alto à mesa do jantar.

Por fim, o semanário nacional *Olhe!* publicou uma nota de meia página — esmagada entre fofocas hilárias, manobras políticas disfarçadas de denúncias exclusivas e propagandas mal redigidas (seu principal meio de sustento) — sobre o que chamou de "escândalo sulista". Não apontou a Ordem Positivista Nacional e sim sua filial gaúcha como suspeita. Por fim, usou seu bordão, "Estamos de Olho!", para encerrar a matéria.

Mas o que mais nos agradou não foi a reação jornalística, que quase sempre se resume a muita fumaça para pouca fornalha, e sim o que víamos acontecer dia após dia.

Pequenos grupos começaram a se reunir para discutir nossas denúncias e também dividir relatos. Organizações familiares passaram a trocar depoimentos e redigiram um abaixo-assinado em nome das dezenas de desaparecimentos conectados à Ordem. Três escolas anunciaram que para o próximo ano substituiriam seus manuais pedagógicos — muitos deles de autoria positivista — por edições neutras ou laicas.

Além disso, a própria Ordem emitiu um pronunciamento para responder às "acusações mentirosas" e informar que daria o troco. Eu, além de colecionar essas notícias, passei a organizar um livro registro de cada uma das nossas ações na produção do almanaque.

Certa tarde, ao término de uma reunião com os mais antigos integrantes do Parthenon Místico, que já incluía Bento e Vitória, Louison veio me procurar.

"Tomamos uma decisão e queríamos informar-te dela", falou com rara seriedade. "Para que você venha a integrar o Parthenon Místico, terá de passar por um ritual de iniciação, um teste de espírito, caráter e resistência mental e physica, uma jornada em direção aos seus monstros e também ao passado. Estás disposto?"

Eu fechei o livro e olhei para ele com atenção.

"Do que se trata esse ritual, esse teste?"

"Cada iniciação é única e singular, preparada por nós de acordo com cada candidato. Mas obviamente ela envolve uma confiança absoluta em nossas decisões. Estás disposto a se colocar em possível perigo para atender aos nossos critérios?"

"Sim, sem dúvida", respondi.

"Então, comece a se preparar. Seu ritual foi marcado para daqui a duas semanas, no último dia de outubro, no dia dos mortos e das bruxas."

"E como devo fazer isso? Como devo me preparar?

"Continue em seu caminho", falou. "Descubra livros. Abrace prazeres. Absorva os sabores e as essências do mundo que lhe cerca. Seja amigável com seus amados e severo com os injustos. Mas não fuja do passado. Nunca. Nada pode ser mais perigoso. E registre-o. Para você."

Naquela noite, fiquei parado no frontão da mansão, encostado em uma de suas colunas, fitando a escuridão e escutando a música das criaturas noturnas. Minha atenção foi desviada por uma respiração forte e ritmada.

Ao meu lado, estava Beatriz, com um copo de conhaque e uma cigarrilha perfumada. A gravata dela frouxa, enfiada no colete.

"Nessa altura, deve estar pensando por onde começar", falou ela, perspicaz.

"Exatamente. Eu quero escrever minha história, registrá-la para vocês, para Bento, para mim. Mas não quero matar ninguém de tédio. Minha vida foi bem banal."

"Todas as vidas são únicas e incomparáveis, Sergio, e peculiares do seu próprio modo. Comece por sua lembrança mais forte, aquela que moldou sua vida como nenhuma outra. E então acabe com ela, vire-a de ponta cabeça, desnude-a até ela não significar mais nada..."

"É por isso que você se tornou escritora? Para anatomizar seus demônios?"

"Lógico. Por qual outra razão nos dedicaríamos à escrita? Encare seus monstros, saia debaixo da cama e mostre aos seus amigos íntimos — seus leitores — do que você mais tem medo. E se for preciso fazer isso através da autobiografia, que assim seja."

Ela colocou a mão no meu ombro e entrou no casarão.

Motivado por aquela conversa entrei e fui direto ao meu quarto. Foi lá, sozinho, que passei a escrever as memórias do período que estive no Ateneu, fazendo eco aos esforços autobiográficos de Bento. Com tinta violeta a manchar o papel não pautado, registrei o que me lembrava desde a memória inicial das palavras de meu pai, "Vais encontrar o mundo", até os episódios que envolviam o cruel diretor, que mais deformava do que educava seus alunos. Revivi a piscina sangrenta, cheia de cacos de vidro, as traições diárias, os perigos constantes, os amores juvenis. Escrevi tudo num estylo quase ilegível de defasada poesia juvenil.

Lá estava minha estória com Bento, bem como seu dúbio término. Detalhei o episódio com o jardineiro assassino, o amante de Ângela, e minhas outras amizades, em especial com Egbert, minha paixão depois de Bento. Os larápios Malheiro e Barbalho, aqueles puxa-sacos, além de Jorge, o filho rebelde do diretor.

Não tive coragem, porém, de contar tudo o que aconteceu. Minha cisão com Bento, por exemplo, ao pé da escadaria, recebeu versão textual muito aquém do vivido. No ato final, desviei da destruição do Ateneu recorrendo à lembrança da esposa de Aristarco, Ema, a quem nunca encontrei. Tratava-se de um covarde subterfúgio literário, na tentativa de produzir um final terno numa estória de pouca ternura.

Ao escrever a última frase daquelas "Crônicas de saudade", um longo e maçante período, como tantos outros do volume, soube de imediato que Bento precisava lê-lo. Diante dos seus olhos, queria exorcizar o "funeral eterno das horas".

Dias depois, após terminar sua leitura, veio me procurar no Coreto das Ilusões, construção de pedra que ficava à frente da mansão. Havia adotado aquele lugar como meu, cuidando das flores que o circundavam e da limpeza. Estava lá, jogado no banco com um dos romances de Wilhelm Meister aberto sobre o peito e uma edição dos poemas póstumos de Werther ao lado. Ele sentou-se no chão do coreto, como adorava fazer. Trazia *O Ateneu* entre os dedos. Aquele era o título que eu escolhera.

"O que achou?", perguntei, detestando o suspense.

"Pra ser sincero, achei-o chato", disse sorrindo. "Mas verdadeiro, com uma prosa singular e tortuosa. Foram anos difíceis. Nota-se isso em cada frase."

Eu puxei o caderno, rindo de sua crítica. Depois de também sorrir, continuou:

"Falo sério. Eu acho que tu poderias amenizar um pouco o tom para os leitores de primeira viagem. Não queremos enfadá-los em sua primeira leitura, queremos?"

"Tem razão, Bento", respondi. "Mas não acho que poderia reescrevê-lo. É o que senti. É o que vivi. É como me lembro de tudo o que aconteceu."

"Eu entendo, meu querido. Vou deixar-te com teus botões. Estarei no quarto, caso queiras discutir comigo o que de fato aconteceu abaixo da escadaria", falou ele.

Eu adorava a escuridão dos seus olhos, o nariz grande e bem desenhado, esculpido no rosto como se feito de pedra, acima dos lábios carnudos que afinavam somente um pouco quando ele sorria aquele vasto sorriso que era só seu. Abaixo dele, a cicatriz entalhada no canto direito do queixo anguloso.

"Eu não sei se quero discutir aquilo com você. Quero antes terminar o que começamos", disse-lhe, fitando sua imensa silhueta contra o sol que se punha.

"Eu pensei que já tínhamos terminado", respondeu.

"Meu querido... nós mal começamos."

Rimos alto, felizes como estávamos.

Naquela noite, revivemos com ardor o ocorrido na escadaria do Ateneu. Mas diferente daquele dia, nada ou ninguém nos interrompeu.

Porto Alegre dos Amantes,
18 de outubro de 1896

Pronunciamento do Doutor Sigmund Mascher Cientista-Chefe da Ordem Positivista Gaúcha

Bom dia, moradores de Porto Alegre!

Deixei minha função scientífica nas instalações da Ilha da Pólvora para responder aos senhores pais, mães, trabalhadores e donas de casa desta cidade, sobre as acusações das quais nós, da Ordem Positivista Gaúcha, temos sido víctimas.

Primeiro, é tudo mentira!

As estorietas sobre experimentos humanos, sacrifício animal e machinários de tortura disfarçados de engrenagens de pesquisa, além da má administração da coisa pública, tudo não passa de invencionice de miseráveis larápios e vagabundos sórdidos, que sem ter o que fazer, dedicam seu tempo à literatura, à filosofia e à anarquia.

Cuidem de seus filhos, senhores! E não deixem livros por perto!

Especialmente volumes que promovam a rebeldia contra a autoridade, a autonomia de pensamento e a libidinagem, quando não, a inominadas barbaridades!

Se você suspeita que em sua casa viva um jovem ou uma moça que apresente tais tendências, a Ordem Positivista terá prazer em examiná--los, diagnosticá-los e tratá-los. Tudo isso a módicos preços e porque desejamos garantir a segurança de todos!

Quanto às mentiras publicadas naquele panfleto nada higiênico, naquela latrina textual, naquela cloaca impressa, não tenho mais nada a dizer.

Agora, vamos à verdade!

A meta da Ordem Positivista é manter a paz, administrar a moralidade, assegurar o conforto das famílias de bem e promover o Progresso da Nação!

Se tiverem qualquer dúvida, estamos abrindo nossas instalações para visitações guiadas, desde que previamente agendadas, para mostrar aos senhores e às senhoras, o bem-estar que estamos produzindo. Porém, obviamente, isso não será necessário!

Ciente da sua compreensão, despeço-me!

SIGMUND MASCHER
DOUTOR EM FRENOLOGIA, EUGENIA E CULINÁRIA

*Notas do Jornal Hora Zero,
seguido da publicação
do pronunciamento
do Doutor Mascher*

NOTA UM
Depois desse pronunciamento, Mascher se recusou a responder perguntas.

NOTA DOIS
Até onde se sabe, apenas duas pessoas solicitaram a ofertada visita guiada pela Ilha do Forte da Pólvora. Um jornalista do *Correio da Elite* e uma parente que tinha esperança de encontrar um ente querido em suas instalações, uma vez que seu tratamento psicológico havia sido assumido pela Ordem Positivista.

Inexplicavelmente, a barcaça que os levava afundou e seus corpos, até o presente momento, não foram encontrados. Quanto aos três agentes positivistas e o robótico que estavam no mesmo barco, passam bem.

NOTA TRÊS
O Intendente-Geral teve o prazer de testemunhar os talentos gastronômicos do Doutor Mascher, num jantar especial no último julho. O cardápio foi constituído de Rim de Girafa, Coração de Cavalo e Cérebro de Cabrito, todos cuidadosamente preparados e servidos com o acompanhamento de licor de Cambuci e torta de bolacha Maria.

NOTA QUATRO

Nosso editorial acha por bem aconselhar os leitores & leitoras aos seguintes procedimentos:

A) Mantenha-se longe da Ilha do Forte da Pólvora.

B) Não agende visita guiada à sede da Ordem Positivista.

C) Não investigue familiares desaparecidos.

D) Não questione os talentos culinários do Dr. Mascher. Obs. Dada a sua infecção intestinal após o jantar servido pelo supracitado doutor, o Intendente-Geral o inquiriu sobre a qualidade das carnes servidas. O Intendente, que passava bem, amanheceu morto. Investigação em curso.

E) Se você possui qualquer exemplar do impresso "Extraordinário Almanaque do Parthenon Místico", destrua-o, pois ele contém perigosas instruções anárquicas e pode colocá-lo em sérios problemas, tendo de responder publicamente acerca de seus hábitos de leitura e práticas noturnas.

F) Por fim, se tiver qualquer informação sobre qualquer procedimento da Ordem Positivista realizado em qualquer data, fique quieto.

ILHA DO DESENCANTO,
31 DE OUTUBRO DE 1896

Do noitário
de Sergio Pompeu

RITUAL DE INICIAÇÃO À SOCIEDADE SECRETA PARTHENON MÍSTICO

NOTA DO EDITOR

As páginas que descrevem os eventos desta noite foram arrancadas do noitário do autor, guardadas em um grosso envelope selado e escondidas em algum lugar nas instalações da Ilha do Desencanto. Se um dia uma exploradora ou um aventureiro vir a encontrar tais páginas — ou outras que descrevam os rituais iniciáticos de qualquer integrante do Parthenon Místico — que tenha a decência de torná-las públicas, para saciar a curiosidade dos leitores desta narrativa, bem como para que esses possam continuar com sua formação anarquista, estética & occultista.

Porto Alegre dos Amantes,
1º de novembro de 1896

Dos apontamentos
de Solfieri de Azevedo.

O ritual iniciático de Sergio foi memorável.

É preciso vos confessar, o mancebo tem fibra.

Suportar aquela escuridão toda, naqueles túneis nojentos e úmidos, sem vela ou faca alguma, não é pra qualquer um.

Falando em rituais, tenho algo a dizer. Eu entendo que há um drama em cada um deles e também entendo que muito do que ocorre é puro delírio da mente.

No meu caso, porém, foi diferente.

Voltei da Itália numa noite fria de 1849. Estava metido numa camisa de força, que foi a única coisa decente que poderiam fazer comigo. Fugi do hospício, atentei contra minha irmã e fui deserdado por meu pai. Depois disso, numa taverna maldita, vi meus amigos morrerem e a Dama dos Reinos Sombrios dizer que voltaria por mim. Após dias de febre e letargia, decidi enganá-la e fugir do seu abraço.

Para tanto, estudei tomos de demonologia, cartographias arcanas, infernálias medievais e malignos manuscritos, até encontrar um meio de enganar a Morte. De um velho cacique roubei um elixir indígena que me garantiu imortalidade. De uma pitonisa africana aprendi a conjurar um campo astral de proteção que tornou-me invisível aos poderes da dama sombria, desde que não findasse em ponta de lâmina, em água revolta ou em fogo devasso, e que portasse sempre comigo este anel e seus mágicos rubis.

Desde então, dediquei-me a atos de perfídia e malícia, a ações de corrupção e abuso, arruinando virgens e fazendo troça de poderes infernais ou divinos. Hoje busco remissão, mas há pouco disso para um bastardo incestuoso, assassino cruel, vilão contumaz, pilantra enganador e vil corruptor como eu.

O problema é o seguinte: eu tenho visto a maldita!

Tenho encontrado a Dama dos Reinos Sombrios!

Não a toda hora, mas a vejo aqui ou ali, enquanto a fina membrana da existência parece se romper. Meu feitiço de proteção astral continua intacto. Permaneço invisível aos olhares da odienta. Mesmo assim, ela está por perto.

Ou seja, depois de décadas, corro perigo.

E se eu estou embretado, Louison, Giovanni e os demais, também estão.

O vento bagunça meu cabelo empoeirado, trazendo não apenas seu costumeiro frescor. Há nele também o prenúncio de horror e morte. Basta escutar sua voz sussurrando no ouvido, martelando momento a momento a mesma palavra maldita.

Fuja.

• PARTE IV •

Oráculos Trágicos
& Segredos Bombásticos

Na qual bruxas cegas revelam o futuro,
(Ai, meu Zeus, que destino obscuro!)
E um Sergio duplicado se olha no espelho,
Recebendo do vórtice um audaz conselho!

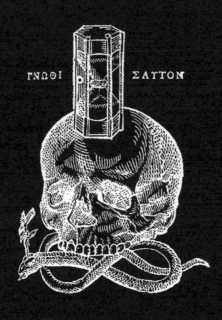

Ilha do Desencanto,
07 de novembro de 1896

Do noitário
de Sergio Pompeu

O novembro chegou pesado, como se prenunciasse um verão infernal.

Um evento estranho e inquietante, que anoto aqui em meu noitário, na insônia da espera, comprova isso. Antes dele, porém, algumas atualizações.

Depois de meu ritual de iniciação na noite das bruxas, evento que fui instruído a registrar, porém a não deixar disponível entre as páginas deste noitário, continuei com meus estudos. Além disso, estamos todos envolvidos na observação da Ilha da Pólvora.

Também nos dedicamos à nossa própria proteção. Benignus e Bento ficaram com essa tarefa. Novos sensores de movimento foram instalados e os bolsões de movimentação sísmica foram mais uma vez checados, sendo que a potência deles, tanto na parte oeste quanto leste — que eram as mais desprotegidas — foi triplicada. O mesmo aconteceu aos bolsões de ar subaquáticos, que mantinham qualquer embarcação não identificada bem longe da ilha. Em caso de ataque, os invasores teriam de enfrentar ondas violentas que poderiam atrasar ou afundar — literalmente! — seu progresso.

Solfieri aparecia raramente e, quando o fazia, conversava mais com Vitória. Giovanni estava empreendendo mais algumas investigações, o que também o deixava afastado da ilha, exceto quando vinha para passar as noitinhas conosco. Nessas ocasiões, raros momentos de distração, ele nos brindava com algumas peças musicais de seu violino. Eram peças lindas, porém sombrias, quase tristes, que ele fazia nascer do contato de seus dedos mechânicos com o instrumento e o arco.

Já Louison e Beatriz seguiam com seus compromissos profissionais, sobretudo para não despertarem suspeitas: ele atendendo no seu consultório e no ambulatório do Menino Diabo e ela negociando com seu editor o próximo livro. Mas por baixo dos panos e das vistas, continuavam pressionando tanto o governo quanto a mídia a seguirem em suas investigações contra a Ordem.

Mas em nossos encontros comunais, todos tínhamos aquele olhar apreensivo, restando a Trolho registrar os impasses que vez ou outra acometiam nossas conversas. Mesmo ele, desprovido de sentimentos e aflições, parecia disperso, apenas respondia ao que perguntávamos e pouco ou nada falava sem ser convidado.

A razão daquele descompasso era evidente: temíamos por nossas vidas e não fazíamos ideia do que os ventos terríveis dos dias seguintes trariam.

O que nos traz a essa noite e sua enervante vigília.

Estávamos no chão da sala, em mais uma de nossas reuniões, quando Vitória despencou sobre o tabuão. Tentamos despertá-la, mas sem sucesso. Em segundos, porém, seus olhos abriram revelando glóbulos brancos assustadores.

Em transe, ela começou a sussurrar um discurso incompreensível, gritando no interior da mansão palavras terríveis. Depois de instantes daquilo, ela voltou a si. Alerta, disse que precisava nos deixar, que precisava partir, que precisava encontrar as Bruxas, que elas a estavam chamando.

"Vitória, vamos com você...", disse eu, também me colocando em pé.

"Você não entende, Sergio. Elas estão chamando por mim. Apenas por mim."

Seu olhar vagava pelos quadros da sala, como se continuasse escutando vozes, mas apenas em sua cabeça.

"Querida, é perigoso visitar o pântano nesse horário...", disse Beatriz, sendo ignorada pela pequena indígena.

Sem podermos reagir, ela saiu correndo, apenas gritando que as velhas estavam exigindo sua presença e que tinham um terrível oráculo a lhe revelar.

E agora aqui estamos, respondendo ao irritante tiquetaquear do relógio e aos clamores dos ventos. Na esperança de que nossa querida Vitória volte logo.

Ilha do Desencanto,
08 de novembro de 1896

Ditado por Vitória Acauã ao Secretário Robótico B215

[RESPIRAÇÃO APRESSADA]

[VOZ FEMININA]
Trolho, venha comigo! Rápido! Eu preciso contar tudo, antes que esqueça!
    Deixei a ilha e a mansão porque elas me chamaram, as velhas, as bruxas.
    Com elas gritando na minha cabeça, corri no escuro até o Mirante da Aurora e cheguei à margem lamacenta da ilha. No interior da canoa, joguei o pelego e a luminária. Empurrei ela até que se soltasse.
    "Venha, Vitória, venha nos conhecer!", era o que elas diziam sem parar.
    As bruxas do Guayba tinham muitos nomes. Para uns, eram as Fúrias do Pântano. Para outros, as Cartomantes do Lodo. Ou as Cantoras de Desastres. Mas pra mim elas eram as "Damas do Nevoeiro". Enquanto remava, avançava no interior do pantanal, com a luminária pendurada na ponta do barco. Os terrenos do pântano iam passando e eu ia indo, acima das águas lamacentas.
    Quando olhei pros lados, em meio ao verde, vi que os espíritos do pântano começaram a surgir, com suas imagens rotas replicando os corpos que jaziam abaixo, naquele cemitério de águas. O que gelaria a alma de qualquer um, comigo só dava pena.

Continuei a viagem, remando de um lado e de outro. Perseguiam minha barcaça os vaga-lumes e sua luz esverdeada, fazendo par ao brilho amarelado da luminária.

Depois de horas, achei que o fracasso de minhas últimas buscas iria se repetir. Já estava me preparando para enrolar meu corpo no pala e deitar no soalho da barcaça, quando comecei a ouvir uma cantiga.

Repousei o remo e levantei a luminária. Percebi que não havia mais riachos entre as ilhas, apenas um vazio aquoso, sobre o qual pairava uma névoa. E a cantilena continuava e aumentava, com uma voz sendo seguida de outra.

Diante de mim, surgiu uma única ilha, sobre a qual figurava no espaço vazio um casebre de madeira, coberto de palha. Ao lado dela, uma ressequida árvore assombrava com seus múltiplos braços e dedos vazios. A barcaça seguiu em linha reta até estacar num banco de terra. Eu pulei, afundando até o joelho na lama. Puxei o barco até mais próximo de mim, tendo certeza de que ele ficaria firme.

Agora, o que era um alarido distante se transmutou em ladainha medonha, composta de três vozes diferentes. Todas de mulheres.

Quando entrei no casebre, a primeira coisa que vi foi o fogo no centro da oca e, ao redor dele, as três figuras que cantavam, numa cena bizarra. Até pra mim.

A primeira era uma anciã ressequida, com a pele da face toda enrugada. No meio dela, uma boca esgaçada, um nariz entroncado e olhos brancos de onde escorria uma pústula amarelada. Da cabeça careca despencavam chumaços brancos. Aquela era a Bruxa do Dia.

A segunda, a Bruxa da Noite, era uma mulher madura e mais conservada, mas também fedida. Tinha uma boca torta e com meia dúzia de dentes. Já os olhos, um era cinza e o outro, castanho. Os dois se projetavam para fora das órbitas.

A última delas era jovem e forte, menos feia mas também não bonita. Tinha a pele cheia de feridas também. Uma nojeira. Mas os fartos cabelos escuros eram bonitos, mesmo caindo ao redor do nariz comprido. Estava diante da Bruxa da Madrugada.

As três vestiam simples tecidos ao redor do corpo, cuja dobra revelava respectivamente tetas caídas, turgidas e firmes. Grilei os olhos e os pares de glóbulos esbugalhados me olharam de volta. A cantilena ruidosa findou.

Elas voltaram a atenção ao caldeirão fervente.

"Escama de peixe podre e dentição de bebê abortado são bons para a compleição da pele", resmungou Dia, mexendo o caldeirão com um osso comprido.

"Cabelo ressequido de bruxa e raiz de cicuta noturna são perfeitos para ventres secos que não têm mais função", falou Noite, sorrindo enquanto espalhava sobre o caldo fervente uma poeira que não identifiquei.

"Mas o que ajudará a nossa visitante", disse Madrugada, "são as misturas que preparávamos para bruxas guerreiras, quando as mulheres dominavam o mundo e havia mais pão e festas e menos guerra e covas. Você escutou a Terra contar esse segredo, Pássaro Maldito?", perguntou.

Me aproximei delas, sem ter ainda voz para lhes responder. Apenas assenti e aceitei um pequeno banco, que me foi empurrado por Noite.

"Sim, isso mesmo, fique confortável, para beber a poção da terra. Nós sabemos degustá-la, não é? Já os machos não sabem é de nada," completou.

Nas paredes do barraco caíam feixes de ervas e plantas amarradas por finos tecidos. Sobre prateleiras de madeira velha, pedaços secos de aves, peixes e outros animais pequenos. No chão, além do caldeirão e da fogueira, tecidos e mais tecidos, alguns mais grosseiros, outros coloridos e belos. Eram suas camas.

"São presentes daquelas que vêm nos pedir presentes", disse Noite.

"Não mais!", replicou Dia, "Ninguém vem aqui há anos. Mas nós resistimos."

"Que poção é essa?", falei, tentando ignorar o fedor do lugar.

"Vou responder a sua pergunta, Pássaro Maldito", continuou Madrugada.

Deixou um unguento cair sobre o caldeirão e de lá subiu uma fumaça pestilenta.

Eu perdi a visão em meio ao breu vaporento e fedido e quando consegui afastar a névoa, Madrugada surgiu atrás de mim, sussurando a fórmula no meu ouvido.

"Dentes caninos de lobo selvagem. Bucho de cabra jovem, ainda não tocado por bodes. Goela de monstro tentacular, nascido nas profundezas de mares distantes. Coração de águia sacrificada. Língua de judeu blasfemo e olho de cristão corrupto. Um galho de roseira com espinhos que tiraram sangue de virgem. Focinho de lobo guará. Dedo de criança dada à luz em bueiro ou mão esquerda de mãe assassina. Prefiro a segunda. Por fim, cerejas colhidas em eclipse lunar, banhadas em sangue canino e apodrecidas em pele de cobra."

Agora, ela se afastava de mim e voltava ao caldeirão. Noite alcançou a Dia um pote de lata e Madrugada serviu nele um bocado do caldeirão.

"Beba, Acauã, e terás uma advertência para o futuro dos que vivem no casarão."

Eu aceitei o preparo e colei meus lábios no metal frio. O sopão quente e fedorento queimou minha língua e garganta.

"Os homens temem essas velhas abjetas e barbadas", proclamou Dia.

"Ou as parteiras e aborteiras que dão um jeito em seus problemas", falou Noite.

"Ou as jovens que sabem amar e que gostam disso", disse Madrugada.

E seguiram naquela ordem, uma completando a fala da outra.

"Se os homens estão apreensivos quanto ao fim do mundo e às desgraças futuras, voltem seus olhos, não ao caldeirão fervente e aos seus ingredientes e sim, para dentro de seus cérebros perversos e ambiciosos, nos quais se revolvem aranhas, escorpiões, cobras e outras pestilências. Não temam a nós e as nossas poções. Temam a lataria fria, o aço afiado, a engrenagem que devora carne e bebe sangue."

Suas vozes musicadas foram então substituídas por gritos.

"Cuidado, Vitória! Cuidado, aventureiros arcanos! Cuidado com os navios do ar! Cuidado com os homens! Eles conhecem encantos de morte e fórmulas de destruição! São eles que acossam a terra e imundam as águas! São eles! Cuidado com o fogo que os homens trazem do céu! Fuja da ilha, fujam do lodo, pois a velha mansão cairá!"

Eram três monstruosidades humanas e animalescas, que gritavam abraçadas, como se fossem uma só entidade. Meu corpo despencou, não sendo capaz de suportar aquela visão, com o cenário horrendo sendo substituído pela escuridão. No puro breu, porém, senti os braços das três velhas me abraçar e me esquentar.

Quando acordei era dia, com o sol da manhã iluminando meu rosto e os urubus voando em círculos, na expectativa de um almoço. Eu estava na ilhota, mas não havia mais casebre nem árvore ressequida, apenas o solo movediço do pântano.

A metros de mim, a canoa flutuava. Demorei ainda duas horas naquele início de dia para me localizar em meio à charqueada e encontrar o caminho de volta.

O caminho em direção a vocês. Ao chegar aqui, ordenei a Trolho que me seguisse até o gabinete, para eu contar o que eu vi e ouvi. E foi isso o que aconteceu.

[RESPIRAÇÃO OFEGANTE]

Encerrar gravação.

ENÉIAS TAVARES
PARTHENON MÍSTICO

*ILHA DO DESENCANTO,
08 DE NOVEMBRO DE 1896*

Do noitário
de Sergio Pompeu

Depois de passarmos a madrugada inteira à espera de Vitória, ela escancarou a porta da mansão naquela manhã cinzenta e fria.

Estava em estado de choque e corria pela sala, dictando a Trolho o que havia ocorrido. O decorrer da narrativa foi assustador, com ela assumindo as vozes das bruxas malditas, como se estivesse possuída por elas.

"Querida", falou Benignus, "temos proteções, mechânicas e mágicas, e nada pode nos atacar aqui. Isso deve ser lorota dessas velhas cegas e mancas".

"As bruxas nunca mentem, Seu Benignus", replicou Vitória, tomando fôlego, "não sobre desgraças. Sobre sortes e fortunas, quase sempre. Sobre desgraças, nunca".

"Mas e quanto a essas proteções? Estamos a salvo, não estamos?", falei.

Benignus nada disse. Bento lembrou de sua jornada às entranhas do laboratório e do seu arsenal e Giovanni de nossa missão para photografar o Forte.

"Eles têm uma dúzia de dirigíveis potentes e certamente suas conexões com a polícia republicana lhe garantem uma infinidade de outras armas", arrematou ele.

Era a primeira vez que eu via todos os integrantes do Parthenon amedrontados, sendo o mais nervoso Giovanni. Onde fora parar sua firmeza e determinação?

"Estamos falando de morte! E da destruição de tudo o que construímos!"

"Então, devemos seguir a orientação das bruxas e deixar nosso lar, Giovanni? É isso que estás propondo?", perguntou Louison, refletindo sobre o relato de Vitória.

"Não sei!", gritou o violinista, agora em pé, andando de um lado para o outro. "Mas não devemos mais desconsiderar essa ameaça!"

"Infelizmente, Giovanni tem razão", disse Benignus. "As invenções tecnológicas avançam velozmente quando o objetivo é a guerra. Nossa tecnologia é admirável, mas estamos falando de bombas electrostáticas, autômatos bélicos e dirigíveis de destruição".

"Então é por isso que estou vendo a Dama com tanta frequência...", interrompeu Solfieri, pensando em voz alta, diante da alta janela que dava ao Carvalho dos Sonhos.

"A Dama Sombria?", questionou Louison. "Há quanto tempo tu a estás vendo?"

A seriedade com que Louison tratou do assunto fez-me acreditar na loucura que Solfieri me confessara semanas antes.

"Desde que Bento resgatou Vitória", confessou. "Algo de ruim está prestes a acontecer, eu posso sentir. Quanto a contar-vos sobre ela, de que adiantaria?"

Benignus interrompeu o silêncio, postando-se no centro da sala e teorizando.

"Suspeito que algum evento tenha dado início a um distúrbio physico--temporal. De vez em quando, conflitos de grande impacto alteram o tecido da realidade. Penso que o resgate de Vitória ou então alguma outra coisa alterou o espectro linear do destino, produzindo um desvio, uma alteração nas linhas cronológicas do nosso futuro."

"Mas como é possível?!", confessou Beatriz. "Estamos investigando a Ordem Positivista, e até agora não há nenhuma evidência de nenhum contra-ataque. Quem quer que esteja trabalhando com eles não deixou nenhum rastro até agora."

"Suspeito que tenha deixado", respondeu Giovanni, depois de um longo suspiro que captou nossa atenção. Após nos mirar nervosamente, continuou: "Depois de semanas sem resultado algum, tive uma ideia. Tomei uma carruagem e fui ao arquivo municipal. Havia um jeito de saber quão próximos os positivistas estavam. Solicitei o registro das últimas consultas aos mapas cartográficos do Pântano e da nossa ilha. O nome que Bento nos revelou estava lá: Takeda."

"Não satisfeito, telegraphei seu nome e descrição a dois dos meus contatos nas forças federais. No meio da madrugada, o rádiophone tocou. Era um dos agentes de Porto Alegre, que me deu uma informação breve: Nioko

Takeda, uma agente positivista que nos últimos meses solicitou uma série de informações sobre... e ele leu a lista de nomes... Alfredo Magalhães, Revocato Porto Alegre, Antoine Louison, Dante, Beatriz, Benignus e Solfieri. Em resumo: Ela sabe onde moramos e ela sabe quem somos." Giovanni jogou-se sobre um sofá, esgotado. "Eu vim contar tudo isso. Mas quando cheguei, Vitória contava o que viu. Vocês não entendem?! Precisamos sair daqui! Agora!"

Vitória suspirou, vendo nos relatos de Solfieri e Giovanni a confirmação de sua narrativa. Seu desalento foi interrompido por outro suspiro, agora de Louison.

"Assim como nós estudamos a Ordem, eles também nos estudaram. E mesmo que Revocato tenha sido leal até o último momento, devemos suspeitar que eles extraíram dele outras informações sobre nós e, talvez, sobre a ilha."

As peças do quebra-cabeça se uniam mais e mais.

"Eu gostaria de sugerir um plano de fuga," disse Giovanni. "Acho que devemos deixar a ilha o mais rápido possível. Estamos expostos aqui, e desprotegidos!"

"Giovanni", disse Louison, com a costumeira sobriedade, "eu entendo sua posição. O que apresentas é lógico e deve ser cogitado. Por outro lado, esta ilha é tudo o que temos, é tudo no que acreditamos. Ela comporta não apenas nossas vidas, como também as vidas dos que nos antecederam. Não podemos deixar tudo isso para trás."

"Estamos falando de toda a ilha ir pelos ares, Antoine!"

"Responda-me uma coisa, Giovanni", falou Beatriz com voz tranquila, porém séria. "Que vida levaremos depois de uma escapada como essa? De fugitivos? Proscritos? Criminosos? Se abandonarmos a mansão e a ilha, a Ordem vencerá. Tu sabes disso, Giovanni. Não, eu me recuso a fugir desse ataque."

"Mesmo que isso signifique a morte de todos nós?!", disse Giovanni.

"Eu falo apenas por mim agora", respondeu ela. "Eu não deixarei esta ilha. Não vou fugir do confronto com esses inimigos. Não posso. Eu nunca fugi e não começarei a fugir agora. Mas tu és livre para partir, assim como qualquer outro."

"Isso é loucura!", replicou Giovanni.

"Sim, é, meu amigo," disse Louison. "Assim como foi loucura desde o início, quando criamos o Parthenon. Você se lembra daquela noite melhor do que qualquer um de nós. Não se trata da nossa vida ou desta mansão em meio à charqueada. Antes, se trata de um symbolo para o que defendemos aqui. Um symbolo da justiça contra a opressão."

"O que faremos então?", perguntei eu.

"O que sempre fizemos", respondeu Beatriz. "Vamos nos organizar, nos proteger, pensar num contra-ataque. Mas de forma alguma podemos revelar a eles que temos sciência de sua espiã ou de sua ofensiva."

"Para tanto", disse Louison, tomando a liderança, "precisamos nos organizar e estabelecer tarefas. Teremos horas difíceis pela frente".

Todos assentiram, exceto Giovanni. Ele estava no meio da sala, com as mãos de ferro fechadas e apoiadas na cintura. Depois de tensos instantes, ele levantou seu rosto para o quadro de Georgina, que parecia nos fitar de sua prisão de linhas e cores. Após respirar fundo, ele disse:

"Não tenho nada lá fora. Familiares ou amigos, qualquer futuro ou passado, exceto o que divido com vocês. Mesmo discordando, ficarei aqui, ao lado de vocês."

Louison se aproximou dele e o abraçou, sendo seguido por Beatriz e Benignus.

No decorrer daquele dia, fizemos o que podíamos, fortalecendo cada uma das defesas da ilha e planejando o que faríamos no dia seguinte.

Enquanto isso, Louison contataria um dos seus amigos no Palácio do Governo, para saber se a autoridade local possuía qualquer informação sobre um ataque positivista. Por sua vez, Giovanni e Solfieri consultariam seus contatos e informantes na capital a respeito de qualquer mobilização preocupante no Forte da Pólvora. Na ilha, Benignus desceria aos subterrâneos cabalísticos com Trolho para averiguar pontos onde poderíamos nos esconder. Beatriz e Vitória explorariam juntas o pântano a leste, para traçarem prováveis pontos de fuga. Eu e Bento checaríamos o porto e o nosso balão.

Indiferente do que pudesse acontecer, iríamos lutar com tudo o que tínhamos para proteger nosso lar. Mas apesar do que estávamos executando, sabíamos que o inimigo que havíamos afrontado possuía recursos e armas dos quais carecíamos.

Naquela noite, fomos para a cama cerceados por aquele ar sombrio, e cada um de nós demorou a dormir, temendo a vigília desperta ou os pesadelos por vir.

Ilha do Forte da Pólvora,
08 de novembro de 1896

Do diário de campo de Nioko Takeda

A escuridão e o silêncio, antes amigos, agora se tornam névoas de medo e ressentimento. Com minha opinião calada, dediquei-me ao plano de ataque contra o Parthenon Místico. A ideia terrível surgiu de minhas investigações. O que um dia não passavam de delírios e sonhos de seus moradores, seria agora usado para sepultá-los. Falo da própria geografia da ilha e dos elementos cabalísticos que aludem à hipotética "árvore da vida".

A origem da expressão está no Gênesis bíblico, capítulo dois, quando o Deus Arquiteto proibiu os homens de comerem de uma árvore que levaria à imortalidade. Essa árvore contrastaria com a "árvore do conhecimento do bem e do mal" que levaria à morte. No decorrer da estória, essa fábula religiosa foi pervertida em metáfora esotérica por judeus espanhóis. Essa suposta árvore da vida conteria dez *sefirotes*, ou safiras, joias que indicariam um elaborado trajeto de elevação espiritual. Se sobrevoarmos a Ilha do Desencanto, a visibilidade é prejudicada pela densa mata do arquipélago. Mesmo assim, nas extremidades oeste e leste, temos dois pontos simétricos, estando a mansão entre eles. Se girarmos essa imagem em noventa graus, transformando o oeste em norte e o leste em sul, e se posicionarmos a configuração cabalista sobre ela, alocando os sefirotes Malkuth no extremo sul e Kether sobre o extremo norte, teremos a seguinte conjuração:

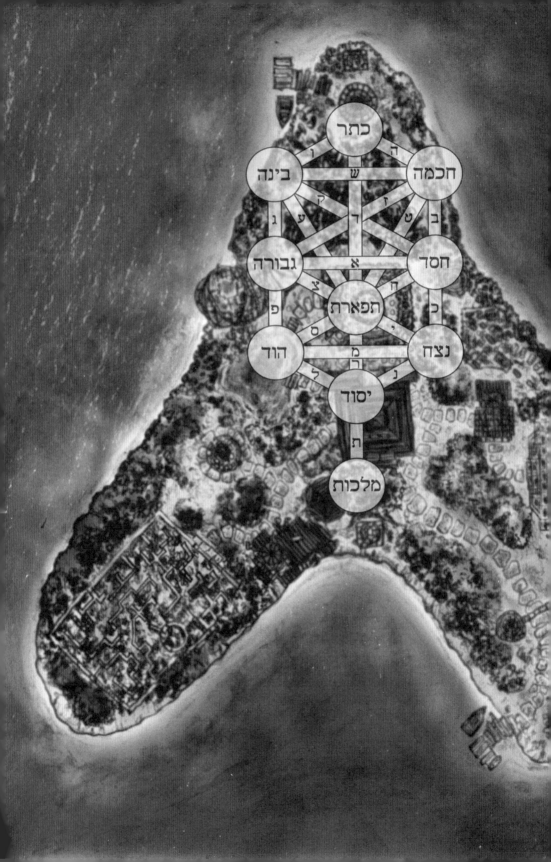

Sim, a geografia desta ilha foi ideada por Magalhães, seu fundador, para reproduzir, em seus prédios, um perverso e insano sistema arcano de conhecimento que deve ter por uso práticas ritualistas hediondas. Além disso, descobrir tal disposição forneceu a ideia para um ataque impiedoso e definitivo, usando modernos dirigíveis aéreos. Com eles, avançaremos sobre a ilha e empreenderemos uma dupla ofensiva. Os primeiros dirigíveis atacarão o ponto oeste e os últimos, o ponto leste, enquanto as naves intermediárias objetivarão a casa onde os anarquistas vivem. O último dirigível, que será pilotado por mim, lançará um explosivo no poço, a possível entrada para os túneis supracitados, intensificando o raio de explosão por toda a extensão deles. Com essa ação conjunta, tanto a superfície quanto os subterrâneos da ilha estarão, de uma vez por todas, condenados. Em resumo, do Cedro da Vida criaremos um Carvalho de Morte!

Triste chegarmos a isso, trazendo a guerra às águas do Guayba, mas apenas daremos fim ao que eles começaram. Agora, só nos resta abater esses foragidos como meros animais!

Ao reler esta frase, me pergunto que sorte de ódio seria esse? Haveria aqui dentro algo ainda não maculado pelo exercício da morte e da destruição? Como em outras batalhas, silencio as dúvidas. Calo esses ímpetos. E me concentro. É isso que esperam de mim.

É isso que espero de mim?

Ilha do Desencanto,
09 de novembro de 1896

Do noitário
de Sergio Pompeu

No meio da madrugada, minha insomnia foi interrompida por uma voz chamando meu nome, uma voz que veio de longe e foi aumentando.

Delicadamente, retirei o braço de Bento do meu ombro e deixei o quarto na ponta dos pés, tentando não acordar Vitória, que naquela noite arrastara seu colchão até nosso quarto.

Quando deixei o corredor dos quartos e cheguei à escadaria que descia para o térreo da mansão, vi a presença imaterial de uma jovem criança phantasma, parada no pórtico de entrada da mansão. Georgina estava molhada de uma chuva que não caía e, em seus olhos, lágrimas misturavam-se às gotículas da tempestade inexistente.

Fui em sua direção e ajoelhei-me à sua frente.

"As bruxas, elas estão certas, tudo será destruído", afirmou. "Por favor, impeça que isso aconteça. Por favor, Sergio, esta é minha casa."

Eu tentei abraçá-la, mas meu toque apenas passou por seu rosto espectral.

"Como, minha querida? Como posso impedir o que quer que seja?"

"Lá embaixo", falou a aparição, apontando a porta que levava ao porão da mansão. "Você sabe o que tem lá embaixo?"

"Não, eu não sei. Só sei que é prohibido descermos. Benignus disse que..."

"Não importa o que Benignus ou o que qualquer pessoa falou. Você precisa ir lá embaixo", disse ela, fitando meus olhos com irrefreável firmeza. Dos seus, ascendiam lágrimas etéreas, dando à sua figura um ar igualmente triste e terrível. "Eu vi o que está no porão. Meu pai me mostrou, há muito tempo. É lá que está nossa única chance."

Eu não sabia o que lhe dizer, temendo trair a confiança de Benignus.

"Em tempos sombrios de morte e destruição, desrespeitar promessas feitas em dias de paz e felicidade é mais do que necessário. Vá, ele está esperando por você."

"Quem está me esperando? De quem está falando?", perguntei.

"Você saberá. Vá logo. Vocês não terão muito tempo", falou por fim.

Cogitando tratar-se de um sonho ou de um pesadelo, levantei-me, ignorando as instruções de Benignus, e segui o conselho da menina morta. Dirigi-me à porta que dava acesso ao porão e, para a minha surpresa, ela não estava trancada.

Olhei uma última vez para Georgina e desci a escadaria, levando comigo uma vela, que retirei de um dos castiçais. Depois de minutos em que a descida não era interrompida, vi-me pairando numa escuridão de degraus, não vendo de onde eu viera, não vendo para onde ia. Resoluto, continuei descendo até alcançar o chão pétreo.

Era um porão adega imenso, repleto de garrafas de vinho das mais variadas sortes, safras, origens. Não era possível ver suas paredes, apenas os móveis que guardavam as garrafas por anos ou décadas. Olhei para os lados à procura da misteriosa pessoa que deveria encontrar, mas apenas vi escuridão e breu, pontuados por garrafas que pairavam no etéreo. Avancei a esmo, tentando encontrar o que quer que fosse.

Depois de várias passadas, vi uma alta parede e ao seu pé um pórtico belíssimo feito de metal incrustado de safiras multicoloridas. A pesada porta amadeirada que estava ali possuía uma inscrição que não pertencia a qualquer língua moderna. Ignorando a advertência anônima e incompreensível, abri-a e o que vi do outro lado encheu minha vista de assombro e fascínio.

Era um espaço cósmico e escuro, no qual não se notava diferença entre o chão e o teto. No meio do breu estelar, havia um ponto convexo de luzes e brilhos, um vórtice em que planetas, estrelas e galáxias, e também cidades, casas e pequenos cômodos se entrelaçavam, como os feixes de um diamante multifacetado. Era o próprio universo que se postava diante de mim.

E, através dele, vi formar-se a silhueta de uma distante figura humana.

Calmamente, ela veio em minha direção, aumentando em detalhes nos quais vislumbrei roupas que não me eram estranhas. Ao aproximar-se pouco a pouco, foi se definindo a altura daquela imagem de homem e também os cabelos loiros e compridos. Sentindo-me atraído àquela aproximação, fui em direção a ela. Quando vi, estava colado no vórtice, o que me fez estacar.

A figura que viera dele fez o mesmo, como uma imitação. No espelho convexo daquela visão, mal pude crer no que estava diante de mim.

Na imagem especular, reconheci a face e a figura de Sergio Pompeu!

"Você!", sussurrei, a tempo de o irmão gêmeo repetir minha exclamação.

"O que está acontecendo?", produzimos em uníssono.

Mas havia uma diferença assustadora entre nós dois.

As roupas do meu duplo estavam rasgadas e sujas, de terra e de sangue. Seu cabelo, desgrenhado. Sua face, marcada de feridas e lágrimas, ressecadas e renovadas.

"Agora, eu estou lembrando", disse ele, interrompendo o eco medonho de nossas vozes. "Agora estou recordando de algo que não tinha acontecido até este momento."

Suas palavras não faziam sentido.

"O que aconteceu?!", supliquei, temendo a resposta, enquanto olhava os olhos margeados de soffrimentos.

"Eles estão mortos, Sergio. Todos, menos Benignus e eu. E tudo está destruído lá em cima", falou meu duplo, com as palavras a despencar da boca esfolada.

Não acreditando no que escutava de mim e já sentindo as lágrimas chegarem desesperadamente, supliquei que me contasse.

E foi assim que comecei a escutar dos meus próprios lábios a terrível narrativa de como o Parthenon Místico foi anniquilado pela Ordem Positivista Nacional.

Deste lado do espelho, flutuando num oceano de estrelas, pranteei ao ouvir o relato da morte dos meus amigos e da destruição de todos os nossos sonhos.

Ilha do Desencanto, do outro lado do espelho.
Manhã de 11 de novembro de 1896

Do noitário
de Sergio Pompeu

O horror teve início quando acordei de um pesadelo com Bento.

Em sua face, olhos sangrentos fitavam-me e de suas narinas vertia o mesmo rio escarlate. Saltei da cama, não escondendo nem dele nem de Vitória meu susto.

"Calma", falou Bento, "todos tivemos noites turbulentas."

Eu tentei abrir meus olhos e focar sua imagem.

"Está amanhecendo e precisamos nos organizar", continuou Bento. "Solfieri está de guarda no Mirante Crepuscular e Giovanni, no da Aurora. Precisamos..."

O som feroz de tiros e explosões cortou sua voz.

Corremos aos janelões do frontão e avistamos ao longe oito pontos que voavam em nossa direção. Entre nós, através dos galhos do Carvalho dos Sonhos, vi os escombros do mirante e Solfieri se levantando das pedras.

"Estamos sendo atacados!", gritei enquanto descia a escadaria.

Quando cheguei à sala da mansão, lá encontrei Benignus, Louison e Beatriz, que já estavam em pé. Antes que qualquer um de nós dissesse alguma coisa, Solfieri estourou a porta da frente, parecendo ignorar seus ferimentos e o braço que sangrava.

"São oito dirigíveis armados," disse Solfieri, tomando ar.

"Detecto... ameaça se aproximando... a quinhentos metros... senhores e senhoras", nos informou Trolho, vindo de fora da mansão.

"Precisamos deixar a ilha. Agora! Precisamos fugir! Vamos usar o balão ou a barcaça!", gritou Giovanni, que chegara dos fundos da casa.

Bento e Vitória desceram, a tempo de ouvir Giovanni.

"Trolho, comigo!", bradou Beatriz, correndo para uma das despensas.

"Sergio, leve Vitória para a Fonte dos Arcanos", gritou Louison. "Na lateral dela, entre o fauno e a sereia, há uma pedra irregular no formato octogonal. Aperte-a com força. Quando o túnel para o subterrâneo se abrir, se escodam lá!"

"Eu ficarei aqui, com eles, e ajudarei a proteger a mansão!", disse Bento.

"Como vocês farão isso?!", berrei.

"Com essas armas!", disse Beatriz segurando uma espingarda e jogando para Louison outro fuzil. Atrás dela, Trolho vinha carregando outras armas.

"Abaixo de cada dirigível, há caixas blindadas que serão jogadas sobre a ilha, certamente bombas!", gritou Benignus olhando pela janela com uma luneta.

"Estão vendo?! Não temos tempo!", suplicou Giovanni.

"Se precisas ir, vai, Giovanni! Quem mais optar pela fuga, este é o momento!", falou Beatriz.

Giovanni tentou reagir, mas desistiu, vendo que a resolução de todos era a permanência na ilha. Em segundos, o italiano não estava mais lá, desaparecendo de onde tinha vindo.

"Sergio, para os túneis!", ordenou Louison, não havendo espaço para discussão.

Vitória e eu obedecemos, apesar de nosso intento ser a luta. Enquanto deixávamos a casa, consegui ver as últimas ordens dadas por Louison.

Ele e Beatriz protegeriam a mansão, enquanto Solfieri retornaria aos escombros do Mirante Crepuscular com Benignus, que fora ao Centro Tecnológico buscar alguma arma. Enquanto isso, Bento correu ao balão.

Quando saímos, o sol abrasador já despontava. Em segundos, os primeiros mísseis chegaram e destruíram as Torres Guardiãs e o porto, deixando nossas duas embarcações à deriva. Eu corri com Vitória ao meu lado, pela lateral da casa, enquanto via Benignus entregar duas engenhocas circulares a Solfieri. Acima de nós, o balão pilotado por Bento alçou voo numa velocidade incrível.

"Bento!", gritou Benignus. "Embaixo do banco lateral, há armas de longa distância. Use-as!"

Bento, nas alturas, assentiu. Quando nossos olhares se tocaram, qualquer palavra tornou-se desnecessária. Ao meu lado, Vitória mantinha-se firme.

Desviando seu olhar de nós, Bento mirou os dirigíveis inimigos, que agora estavam a uns trezentos metros da ilha. Disparou uma das espingardas e atingiu o balão lateral de uma das naves, o que a desestabilizou. Segundos depois, outro balão lateral explodiu, fazendo com que a nave abandonasse sua rota. Em segundos, a gôndola inteira despencou no Guayba. Quando ela tocou as águas, boiou e acionou sua hélice marítima, dando meia volta e retornando a sua origem.

Antes disso, porém, um projétil foi lançado em direção ao balão de Bento!

Mas ele, vendo o futuro de seu dirigível, pulou nas águas antes de sua nave desfazer-se sob o impacto do explosivo.

Meu olhar foi desviado por Solfieri. Ao chegar nos escombros do mirante jogou para cima o primeiro disco metálico do qual partiram hélices que impulsionaram o artefato para os céus. Solfieri fez isso com um segundo disco, que também voou.

Aquelas pequeninas armas eram o que tínhamos contra as naves positivistas?

Solfieri controlava os discos voadores a partir de um pequeno painel com duas manoplas. O primeiro helimóvel foi despedaçado pelos fuzis inimigos. O segundo, porém, chegou ao destino, desviando dos tiros e destroçando outro dirigível, que ao cair repetiu a mesma estratégia da barcaça anterior.

A contrarresposta veio em seguida, com outro míssil atingindo o Mirante Crepuscular e jogando o corpo de Solfieri sobre os galhos retorcidos do Carvalho. Vitória gritou por ele, mas eu a segurei, pois precisávamos sair dali. Um segundo míssil do mesmo dirigível despedaçou a estufa.

Dos olhos de Vitória nasceu um ódio insano e feroz. Ela estacou e revirou os glóbulos, pronunciando maldições num obscuro dialeto indígena.

Ela apontou os braços pequenos e magros em direção à nave que vinha à nossa frente, com as palmas das mãos abertas.

O primeiro dirigível explodiu em segundos, matando sua tripulação e quebrando contra a outra nave que vinha atrás. Esta também despencou e por fim explodiu quando atingiu o Guayba, tingindo suas águas escuras de óleo, metal e sangue.

Em seguida, Vitória despencou, com seus ouvidos e narinas sangrando. Eu a peguei em meus braços e segui em direção à fonte.

Ao contornar a mansão e chegar ao Jardim, vi Bento correndo em nossa direção. Mesmo ensopado das águas e com pouco fôlego por ter nadado até ali, não havia nele qualquer signal de fraqueza.

"Solfieri, no Carvalho dos Sonhos!", gritei a ele, com Vitória em meus braços. Ela abriu os olhos feridos, de onde lágrimas de sangue escorriam.

"As bruxas estavam certas... vamos todos morrer..."

"Não, não vamos", falei, tentando acreditar naquela mentira.

Enquanto isso, escutei Louison e Beatriz lacrarem as janelas da mansão e empilharem móveis para proteger as entradas, na esperança de que isso fosse ajudar.

Ao chegar à Fonte dos Arcanos, descansei o corpo de Vitória ao lado da água e busquei o dispositivo que Louison havia indicado. O mechanismo fez com que a fonte pétrea fosse reposicionada, revelando uma escadaria em direção às entranhas da terra.

Agora, os quatro dirigíveis restantes estavam a metros de nós.

Do meio do arvoredo, Benignus e Trolho saíram com dois trabucos.

"Morram seus filhos da mula!", gritou o velho.

"Sim... filhos da... mula!", ecoou Trolho, antes de mirar os dirigíveis.

Um deles foi atingido, e começou a recuar para a lateral da ilha, não sem antes deixar cair a caixa blindada da qual Benignus havia nos alertado. Acima dela pequenos paraquedas foram acionados, fazendo-a decair e por fim repousar, entre o carvalho e o frontão da mansão, pendurada por um de seus galhos a poucos metros do chão.

O segundo dirigível, que havia guinado na direção oposta, jogou o seu compartimento maldito entre o Centro Tecnológico e o Labyrinto Espectral. Um terceiro dirigível descarregou sua entrega no meio do Jardim Apolíneo. Por fim, o último dirigível cruzou por nós em direção ao extremo leste da ilha.

Naquele momento, Bento chegou trazendo Solfieri, que tinha uma das pernas despedaçada e a cabeça ensanguentada. Mas não só isso: no braço direito, não havia mais sua mão, apenas um toco de osso, recoberto de pele, músculos e cetim queimado.

Bento iria levá-lo aos túneis, onde pretendíamos... nos refugiar...

Foi quando compreendi.

O plano era nos anniquillar completamente.

Se aquelas caixas contivessem explosivos, não era apenas a superfície da ilha que eles desejavam destruir, mas também os túneis, que eram nossa última esperança.

E iriam concretizar isso jogando a última das caixas no Poço Iniciático! Num ímpeto, soube que eu teria de impedir aquilo.

Despedi-me de Bento e disse que o amava. Estarrecido ele continuou seu trajeto e desapareceu no interior da terra com Solfieri e Vitória, que continuava inconsciente.

Corri ao Bosque Dionisíaco, não sem antes gritar a Benignus e a Trolho, que agora chegavam ao Jardim Apolíneo, que mirassem naquele último dirigível.

Eu cruzei as árvores selvagens do bosque sabendo-me a última esperança dos meus amigos e ignorando qualquer medo ou dúvida. O dirigível foi atingido por um dos tiros de Benignus ou Trolho, mas isso não impediu que a carga fosse descarregada.

Eu corri ainda mais rápido, na tentativa de não deixar que ela atingisse o interior do poço.

Foi quando vi a caixa assassina repousar na borda de pedra, errando seu alvo.

Quando finalmente consegui deixar o bosque, primeiro vi a embarcação de Giovanni singrar para longe da ilha. Ignorei sua covardia e me pus a correr novamente para tentar afastar o explosivo.

Mas acima de mim, o dirigível mudou o seu curso, ficando acima do poço. Da nave, içada por um fio elástico a uma velocidade assombrosa, desceu uma mulher magra vestida de preto, que pousou agilmente na borda do poço.

Eu parei diante dela e gesticulei por piedade.

Ignorando meu desespero, ela chutou a caixa maldita para o interior do poço. Meu olhar encontrou o dela e por um breve instante compreendemos a tragédia daquilo. De meus lábios partiram uma última súplica.

Sua resposta foi um frio e triste "Não passamos de meras engrenagens de um mecanismo maior." Ela levou o comunicador aos lábios e disse a frase que nos condenaria: "A carga foi entregue, Grão-Ancião Aristarco."

Em segundos, o corpo de Takeda foi içado de volta ao dirigível.

Sua missão, estava cumprida.

Sem tempo, dei meia-volta e corri ao bosque, caindo e levantando, fraco e sangrando, atormentado pela visão da caixa metálica.

Quando passei pelo jardim, vi Louison e Beatriz deixarem a mansão e entre nós a caixa repousada entre os simétricos arbustos do jardim.

Mirando a fonte, não vi nem Bento nem Vitória nem Solfieri.

Ao ver Benignus e Trolho na lateral da casa, reuni o máximo de fôlego que ainda restava para avisá-los do que tinha visto.

"Os túneis não são seguros! Eles..."

A explosão matou minhas palavras, numa bolha de destruição e fogo, jogando meu corpo contra o arvoredo do bosque, ao redor de um reino infernal de calor e pedras.

A cacofonia dos meus pensamentos deu lugar ao silêncio fervente das chamas e ao mutismo da morte. Antes de desmaiar, julguei ver entre as chamas uma sombria dama que caminhava em direção ao túnel subterrâneo abaixo da fonte.

Até que outra explosão fez a terra estremecer e o que antes eram túneis agora não passavam de rastilhos de inferno. A mansão veio abaixo.

Quanto ao resto, escuridão e silêncio.

*Ilha do Forte da Pólvora,
10 de novembro de 1896, final da manhã.*

Do diário de campo
de Nioko Takeda

O objetivo era fazer a casa e tudo naquela ilha vir abaixo, incluindo os delírios criminosos de seus ocupantes. Há minutos, deixei a Base de Comando Tático, onde temos nos dedicado ao iminente ataque. Em direção ao meu quarto, no piso limpo a cada dois dias por humanos sob contrato, vi o reflexo de um rosto que demorei a reconhecer como o meu. O robótico do Grão-Ancião tirou-me do torpor. Havia algo de errado com aquela lataria. Os modelos E564 eram autômatos de destruição bélica, usados para compor exércitos, efetuar a vanguarda e destruir o inimigo em missões suicidas. Em palavreado militar, não passavam de bucha de canhão. Mas não este exemplar. "Agente Takeda, o Grão-Ancião deseja revisar a sua pesquisa e para tanto necessita do restante do dossiê, não apenas da versão resumida que entregaste." "Os três volumes estão em meu gabinete pessoal", respondi. Deixamos para trás a Sala de Armas e o Centro Tático. Ao sairmos para o pátio externo da ilha, ignorei as aves que voavam em círculo acima de nós, indiferentes aos nossos planos estratégicos e aos nossos métodos mechanicistas. Tomamos a nossa esquerda, indo em direção ao Dormitório da Milícia.

Quando adentrei minha alcova privada, fui seguida pela criatura. A arrumação da cama e do quarto não denunciava qualquer ocupante, exceto por duas mudas de roupas, deixadas sobre a cama na pressa daquela manhã. Enquanto organizava os documentos desejados, estranhei o fato de o robótico ter concentrado a atenção naqueles panos usados. O que passaria entre os dispositivos eléctricos de sua programação? "Aqui está o arquivo solicitado", falei, ignorando a censura de seu olhar vazio. "Você não pode deixar suas roupas desorganizadas", disse-me o trambolho. "Sim, eu sei", respondi, impaciente. "Mas das minhas coisas cuido eu." O autômato deu-me as costas, não sem antes retrucar. "Se não deseja uma denúncia por desorganização do espaço público, falta de higiene e desatenção pessoal, sugiro que limpe suas... coisas."

Observei o machinário afastar-se, deixando um rastro de fumaça escura, que rapidamente desapareceu no corredor. Ao final dele, desviou do faxineiro, que cabisbaixo continuou a limpeza. Era pago para limpar, num lembrete da Ordem Positivista de que os homens e as mulheres deviam servir, ao passo que as máchinas deviam matar. Que tipo de programação serviçal eu repetia?

Ignorando as dúvidas, entrei em meu quarto e retirei as roupas de cima da cama, jogando-as em meu baú pessoal. Organizei os papéis em cima da mesa, revendo anotações, photos, diagramas e desenhos que eu não entregara ao robótico.

Essa entrada em meu diário de campo foi interrompida pelo abrir de minha porta. Agora era o robótico de Mascher que vinha perturbar minha calma. Disse-me que minha presença se fazia necessária no laboratório do scientista.

Ilha do Desencanto, do outro lado do espelho.
Manhã de 11 de novembro de 1896

Do noitário
de Sergio Pompeu

Despertei em meio ao caos e ao fogo.
    Tentei ficar em pé, mas minhas pernas não responderam.
    Cravado em meu peito, um pedaço de vidro que deveria ter me matado.
    Será que eu era um phantasma? Ora! Phantasmas não sentem dor e cada centímetro de meu corpo parecia arder, quer pelas queimaduras, quer pelos ferimentos.
    Eu retirei o pedaço de vidro. Sangue jorrou da ferida e respingou sobre as folhas queimadas das árvores do bosque.
    Tentei novamente me colocar em pé, mas não consegui.
    A fumaça e a poeira ardiam minha visão. Através delas, vi uma figura. Era Georgina, que trazia entre os dedos uma flor amarelada e apodrecida, imaterial como ela própria. Dos olhos espectrais, lágrimas despencavam. Eu tentei tocá-la, mas a dor inibia qualquer movimento.
    Ao fitar seu rosto, vi a névoa da sua aparição ser transposta por Trolho, que despedaçado e mancando, vinha em minha direção, ignorando o crepitar do fogo.
    "O senhor está vivo?", falou, olhando-me com o único olho que lhe restara. A porção direita de sua face metálica estava destruída, bem como seu lado esquerdo.

Trolho ajudou-me a levantar e, ao me apoiar nele, vi a dimensão do que havia acontecido. Ao nosso redor, o arvoredo externo do Bosque Dionisíaco queimava, fazendo par com as assimétricas labaredas que consumiam o Jardim Apolíneo.

Atrás de nós, a porção norte da ilha era um descampado cinzento. Do Lago dos Mystérios ascendia uma névoa que se misturava à fumaça das chamas. A Torre dos Mundos Celestes tornara-se um amontoado de pedras.

Foi quando lembrei da Mansão dos Encantos. As bombas posicionadas na frente e atrás dela foram o bastante para alquebrar sua estrutura, fazendo com que paredes e o teto ruíssem. E entre nós e os escombros, vi dois amantes carbonizados, um abraçado ao outro, como se seu último gesto antes da morte fosse um aproximar de lábios.

Despenquei no chão, com Trolho ao meu lado. As lágrimas chegaram. Por um instante, amaldiçoei-me por não ter morrido. Surgiu ao meu lado uma sorumbática e velha figura, frágil e ferida, que identifiquei como Benignus. Ele também chorava.

Como testemunhar o extermínio de todas as nossas esperanças? Como aceitar que nossos amigos, que a única família que tínhamos havia morrido?

"Bento e Vitória!", sussurrei, ignorando a mão de Benignus.

Eu corri em direção à poça desolada do que um dia fora uma fonte dedicada aos arcanos segredos, na esperança de que a bomba jogada no Poço Iniciático não tivesse explodido. Ao me aproximar dela, estaquei.

Aquela única bomba havia transformado a superfície da ilha num campo minado, sobretudo nas fundas fissuras nas quais os saguões cabalísticos haviam sido erigidos, e de onde agora saíam chumaços de fogo e fumaça.

Através daquelas feridas abertas, a ilha sangrava.

Avancei, descendo a escadaria pétrea, na esperança de que Bento tivesse salvado Vitória e a si próprio, como o herói que era. A escuridão fumacenta machucava meus olhos, ainda ardidos da explosão.

Na metade dela, encontrei Solfieri, que reconheci pela ausência do braço. Era uma estátua escura de fuligem e carne viva. No rosto, que um dia fora pálido, restos de cabelo queimado misturavam-se à pele derretida. Eu precisava continuar.

Mais alguns degraus inferno abaixo, eu os encontrei.

O grande corpo de Bento abraçado à pequenina menina, com os braços descarnados pelo fogo. Os lábios de ambos esgarçados de dor.

Desmoronei, não havendo paredes nas quais me apoiar.

Sufocado pela fumaça e pela terra que despencava ao redor, abracei em concha o corpo de Bento. Meus lábios machucados tocaram a nuca de Bento, como tantas vezes fiz nas madrugadas frias, ignorando os cachos queimados e a secura despedaçada de sua pele. Sussurrei um "eu te amo" sôfrego, permeado de tristeza, ao pé de sua orelha e repousei minha cabeça ao lado da dele, não querendo aceitar sua partida. Eu desejei o esquecimento e o silêncio. Mas em seu lugar, engrenagens danificadas vieram.

"Sergio", disse Trolho com sua voz robótica e neutra, "Benignus... disse que... precisamos... enterrá-los.... Que é... o que... precisa... ser feito."

"Sim, eu sei", disse, esforçando-me para deixar meu pranto.

Dei um último beijo em meu querido e pus-me em pé, ignorando as lágrimas.

"Saia, Trolho, por favor. Eu preciso fazer isso."

O autômato obedeceu. Eu respirei o ar empoeirado, tossindo em seguida. Meus pulmões ardiam. Depois de subir para a superfície para me recompor, voltei ao interior da terra para resgatar os corpos de Bento e Vitória e o que restara de Solfieri.

Benignus e Trolho trouxeram os corpos de Louison e Beatriz. A imagem daquele homem e daquela mulher que eu tanto amava terminara por me sepultar.

Arrastamos os corpos até o cemitério da ilha, onde foram enterrados os corpos de Georgina e seu pai, anos antes.

Benignus, Trolho e eu cavamos as cinco covas.

Enquanto os humanos se recompunham da tarefa, Trolho trouxe dos escombros da mansão restos dos cortinados que embelezavam suas janelas.

Naquelas mortalhas improvisadas, Benignus e eu enrolamos nossos amigos e os repousamos na terra recém-revirada. Colocamos Louison e Beatriz lado a lado.

Seguindo nossas ordens, Trolho trouxe cinco pedaços de madeira nos quais entalhamos seus nomes. Não eram marcos dignos nem covas apropriadas, mas foi o que conseguimos fazer.

Depois de finalizarmos as inscrições, Benignus e eu caímos ao lado um do outro e choramos por um bom tempo. Trolho, tomando a iniciativa, começou a cobrir os corpos, enquanto o barulho das águas fazia eco ao som das batidas da pá contra a terra e da terra contra os corpos.

Enquanto isso, ao longe, Porto Alegre dos Amantes acordava, trabalhava e funcionava, indiferente à destruição da Mansão dos Encantos e de seus moradores.

Quanto a nós, nada mais havia a ser feito.

A morte levara embora nossas vidas, deixando apenas três feridas carcaças, uma robótica e duas humanas.

*Ilha do Forte da Pólvora,
10 de novembro de 1896, final da manhã.*

Gravação do diário de trabalho de Sigmund Mascher

[VOZ MASCULINA]
Depois de deixar o Grão-Ancião Aristarco consultando os últimos detalhes do ataque que efetuaremos amanhã, retornei ao laboratório para interpelar a agente Takeda, a responsável pelo ataque aos inimigos degenerados no dia seguinte. Entre os consultores do Grão-Ancião, estava um engomadinho teórico chamado Henriques Pontes, que se mostrou reticente quanto à ofensiva.

Parcialmente, vejo-me obrigado a concordar com o sujeito. Não que eu tenha qualquer apreensão quanto à nossa posição nessa questão, ao contrário. Anarquistas, assim como negros, judeus e índios — ou qualquer outra raça impura — não merecem piedade.

Antes, o que temia era a execução do ataque sob os cuidados de outra degenerada da raça, a oriental agente supracitada. Desde que ela fora admitida em nossas fileiras, mostrava-se uma excellente soldado. Por isso perdoamos a imperfeição de seu sangue. Agora precisamos ver se ela não poria tudo a perder!

[SOM DE PORTA AUTOMÁTICA SENDO ABERTA]

[VOZ ROBÓTICA]
Doutor Mascher, a agente Takeda está aqui, como o senhor solicitou.

[VOZ MASCULINA]
Sim, mande-a entrar. Continuaremos nossa gravação mais tarde, A219, mas não interrompa esse registro. Mais tarde editamos o arquivo para a transcrição.

[VOZ FEMININA]
Agente Takeda se apresentando, doutor.

[VOZ MASCULINA]
Sobre o caso anarquista, percebi que, durante nossa reunião, você evidenciou dúvidas...

[VOZ FEMININA]
Não foram dúvidas, doutor. Eu apenas...

[VOZ MASCULINA]
Não terminei de falar. Por favor, não me interrompa. Continuando, agente Takeda. Além de suas dúvidas, expressas em seu tom de voz ao contrariar minha hipótese sobre os mechanismos de defesa da ilha, percebi que momentos depois você aludiu ao argumento humanista da "piedade". Suspeito que você tenha se deixado seduzir pelo panfleto mentiroso e fétido que eles espalharam pela cidade. Você quer responder, não? Mas ainda não terminei. Tenha calma, agente, eu já vou lhe devolver a palavra. Antes disso, porém, sou obrigado a lhe perguntar: é necessário lembrá-la do que acontece com agentes que traem nossa ordem?

[VOZ FEMININA]
Traição? Como assim, doutor, eu...

[VOZ MASCULINA]
Minha pergunta exige um simples "sim" ou "não", agente. Preciso repetir a pergunta? A senhora tem algum atraso mental?

[VOZ FEMININA]
Não, doutor, não tenho. E, não, doutor, não será necessário me lembrar o que acontece com traidores da Ordem.

[VOZ MASCULINA]
Muito bem agente, muito bem. Agora a segunda pergunta, que novamente exige "sim" ou "não". Você tem alguma dúvida sobre nosso ataque aos anarquistas?

[VOZ FEMININA]
Não, doutor.

[VOZ MASCULINA]
Muito bem, agente. Apesar de ser mulher e japonesa, você é uma ótima soldado. Não me dê motivos para mudar de opinião a seu respeito. Agora saia.

[SILÊNCIO SEGUIDO DE SUSPIRO]

[SOM DE PASSOS DEIXANDO O LABORATÓRIO E PORTA AUTOMÁTICA FECHANDO]

[VOZ MASCULINA]
Acabamos de presenciar, A219, a comprovação da limitação mental das raças inferiores. Se não fosse pela eficiência de Takeda em serviços de espionagem e em execução bélica, eu mesmo sugeriria a expulsão dela da Ordem.

Agora vou retornar à minha coleção. Em dias de tensão como esse, faz-me bem revisitar a sciência, a pesquisa e os espécimes que farão o saber frenológico avançar.

Encerrar gravação.

Ilha do Desencanto, do outro lado do espelho.
Manhã de 11 de novembro de 1896

Do noitário de Sergio Pompeu

Depois do luto, nos embrenhamos no arvoredo do bosque.

A explosão havia atingido as primeiras árvores, mas o núcleo do matagal, onde a terra não tinha sido revirada pela explosão subterrânea, permanecia intacto.

"Não podemos continuar aqui", afirmei.

Benignus não me respondeu, perdido como estava em pensamentos soturnos, tentando ignorar a desolação que nos circundava.

Em meu caso não era diferente, mas ao mesmo tempo me prendia à ideia de que éramos o que havia restado do Parthenon Místico e de que precisávamos fazer algo para preservar nossa memória ou o que quer que fosse.

Além disso, precisávamos nos vingar. Mas qual vingança estaria à altura daquilo? Vingança. A palavra parecia vazia e estúpida, aquém de tudo o que aqueles mortos significavam.

"Como você sobreviveu?", perguntei a Benignus. Dele não veio qualquer resposta.

"Descarregamos... nossas... armas no... último dos dirigíveis...", respondeu Trolho, "Depois... disso... Benignus... ordenou... que fôssemos... para a... Fonte dos Arcanos... para os túneis... Mas... algo na... programação... me... impediu...".

Trolho calou, deixando transparecer, senão tristeza, uma falha em seu sistema.

"E depois, o que ocorreu?"

"Começamos... a correr... Foi quando... calculei... danos... caso fôssemos... aos... túneis... Ao escutar... o dispositivo das... caixas... previ que... a explosão... viria em seguida... Meu... mechanismo... ordenou que... pegasse... Benignus... e o levasse... para a oficina.... Quando... ela... desabou... posicionei... meu corpo... e salvei... o mestre... Depois... retirei... os escombros... de cima... e saímos... em busca de... sobreviventes... Minha... programação... prescreveu a palavra... 'alento'... quando... vi o senhor... vivo."

"Eu também, Trolho, fiquei feliz de ver que vocês... estavam vivos..." Minha fala foi interrompida por mais uma onda de choro. Quando eu pararia de chorar? "Se pelo menos tivéssemos mais tempo... se pelo menos tivéssemos previsto que esse ataque chegaria tão rápido... se ao menos pudéssemos prever que...."

Benignus saiu de seu torpor e fitou-me com olhos vidrados!

"O que você disse? O que você disse?!", indagou.

"Se tivéssemos mais tempo..."

"Sim", respondeu ele, "mais tempo! Se tivéssemos mais tempo... se fôssemos avisados... mas para isso, teríamos de...."

Ele começou a andar de um lado para outro, gesticulando de modo insano e voltando a lembrar o scientista repleto de entusiasmo que sempre fora. Eu temi por sua sanidade, como sempre fizera, na verdade.

"Mais tempo? O que nós faríamos se tivéssemos mais tempo? Mais tempo! Mais tempo!!!", agora ele gritava e gritava, num súbito descontrole.

Fiquei em pé e tentei me aproximar dele, com Trolho também se levantando e mostrando com o movimento de sua cabeça avariada sua própria confusão.

"Mais tempo! E mais vida!", gritou e voltou a ficar parado.

Ignorando seu corpo machucado e suas dores, ele se aproximou de mim e beijou o meu rosto, abraçando-me em seguida.

"O que você faria, Sergio, se tivesse mais tempo?", perguntou. "O que você faria se pudesse voltar no tempo? Mais precisamente, o que você faria se pudesse enviar uma mensagem no tempo?"

"Do que você está falando?!", perguntei, não me permitindo ter esperança.

"Eu estou falando de um Aleph! Um Aleph!", e começou a dançar de forma insana. Depois de segundos, estacou, recuperando o ar e gemendo de dor.

"Trolho, meu caro, venha comigo. E o senhor também, senhor Sergio Pompeu! Acho que gostará de saber o que há atrás da porta trancada que levava ao porão da mansão", e começou a caminhar em direção aos escombros do casarão, passando pelas chamas do que fora o Jardim Apolíneo, que só agora começavam a arrefecer.

Eu e Trolho, sem saber o que fazer ou dizer, o seguimos.

"O que é um Aleph?", perguntei.

"Um Aleph é um portal espaço-temporal. É uma agulha que atravessa universos paralelos. É um túnel do tempo. É uma minhoca cósmica. Muitos já entraram nele, mas ninguém nunca saiu. O que me faz suspeitar de sua segurança!"

"Como é que é?!"

"Um Aleph nos permite acessos a outras realidades e às vezes a visões do passado ou do futuro. Não que isso seja sadio. O velho Magalhães, por exemplo, enlouqueceu depois de contemplá-lo. Há pouquíssimos Alephs no mundo. Um deles, fica em Buenos Aires e revelou-se a um velho cego em 1949!", disse, agora escalando o topo da pilha de escombros da mansão e revelando os fundilhos estourados das calças.

"No ano de 1949?! O senhor ficou maluco?!" Estava irritado com o contrassenso.

"Sim, 1949! Conforme Magalhães havia escrito em um de seus diários, ele teve uma conversa com o sujeito portenho, que se dizia poeta, além de tudo. Ele revelou a Magalhães que foi só depois de perder a visão que ele começou a ver o Aleph, pois não é qualquer um que o vê. Eu, por exemplo, não tenho esse talento. Trolho, venha cá." O robótico, juntando suas forças, obedeceu. "Retire esses escombros e faça-nos chegar até o marco que dava acesso ao porão", ordenou o velho.

"Mas doutor", tentei arrazoar, "os subterrâneos da ilha foram destruídos. Os túneis, os túneis foram explodidos!".

"Sergio, o porão não fazia parte dos túneis cabalísticos. Ele é mais fundo. A mansão foi construída entre os átrios de Yesod e Tiferet, sendo que a escadaria que leva ao porão os transpassa. Por isso os túneis tortuosos que você explorou em sua iniciação. Pense inversamente: a mansão foi construída sobre o Aleph e os túneis para desviarem dele!"

"Por quê?", perguntei.

"Ora, porque você não pode construir algo sobre um Aleph! Ele estava aqui antes dessa casa! Antes dessa ilha! Antes do continente! E ele estará aqui sempre, mesmo depois do fim do mundo!", falou indicando a Trolho onde o robótico deveria retirar os escombros.

Enquanto tentava compreender o que Benignus dizia, Trolho cumpria suas ordens, jogando restos de mobília, portas, tecidos, livros e restos de quadros, entre outros vestígios do que fora a Mansão dos Encantos.

"E depois que chegarmos até esse Aleph, o que fazemos?", perguntei.

Ele olhou para mim, para o céu, para a terra e para os lados, até dizer:

"Eu não sei. Mas algo acontecerá, tenho certeza!"

Trolho alcançou a entrada do porão e a despedaçou.

Eu escalei a pilha destruída e fitei a escadaria que levava às profundezas da ilha. Depois da primeira dúzia de degraus, nada se podia ver.

Trolho foi à frente e abriu o compartimento de sua fornalha, iluminando o caminho. Depois de uma longa descida — de fato, aquele cômodo era muito mais fundo que o acesso aos túneis cabalísticos — chegamos a uma antiga adega, construída com grandes pedras de alicerce. Benignus acendeu uma vela que tinha encontrado no chão e correu para pegar duas garrafas. Eu não acreditava no que estava vendo.

"Então foi para isso que nos trouxe aqui, seu bêbado!", explodi, enquanto via o velho entornar uma das garrafas.

Ele suspirou, voltou a beber e só então se desculpou. Disse que não, que aquela não era a razão de ter me trazido até ali, mas que precisava acalmar seus nervos. Só então indicou uma velha porta ao fundo do grande saguão. Diante dela, letras antigas prometiam maldições milenares. Eu a abri e avancei.

Ao cruzarmos o pórtico metálico, finalmente vi o cósmico portento!

Era brilhante e belo, mas também hipnótico em sua dança incessante de constelações e planetas.

"Você o vê?", perguntou Benignus em meu ouvido.

"Sim, eu o vejo, e é lindo!"

"Isso quer dizer que apenas você pode entrar nele. Eu sou velho demais. Já Trolho seria despedaçado. Mas você pode visitá-lo. Sim, é isso que deve fazer."

"E por que eu faria isso?", disse eu, desviando meus olhos do vórtice para ele.

"Porque você precisa. Porque é nossa última esperança. Porque talvez nem tudo esteja perdido. Porque, talvez, exista alguém do outro lado que possa conversar consigo, no futuro, no além, num universo distante, ou no passado."

Eu fitei o pobre velho tristonho e o abracei.

"Vá, meu jovem, e tome o tempo que quiser. Esperarei lá em cima, por você, pelos nossos inimigos ou então pela morte. Não há mais nada a fazer".

Benignus deu-nos as costas e começou a subir, levando as duas garrafas e a vela que tinha acendido, para iluminar seu caminho de volta.

"Mas Benignus, o que encontrarei? O que verei ao adentrar o Aleph?", perguntei.

Benignus voltou seu rosto para mim e sorriu.

"Adentrar o Aleph é ir parar onde não se espera estar, é ir para onde se quer estar ou no único lugar em que se precisa estar. É ir para o começo de tudo. Para o fim de tudo. Para aquele momento do tempo em que as coisas ainda podem dar certo. No qual você pode consertar a vida. Ou a morte. Ao menos foi isso o que o velho Magalhães escreveu. Sergio, meu querido, só um há um jeito de descobrir", e desapareceu, deixando Trolho ao meu lado.

Diante de nós, na escuridão, uma profusão de estrelas ardia.

Eu tinha dúvidas se deveria correr aquele risco. Por outro lado, Benignus estava parcialmente certo. Não havia outra direção a seguir, condenados como estávamos.

Eu sabia que aquela seria uma viagem sem volta. Neguei ao meu corpo o desejo de apenas deitar no chão de pedra e dormir pelo resto do dia, pelo resto da vida.

E com a dor voltando em golfadas, me dirigi ao vórtice cósmico.

Enquanto avançava trôpego pelo caminho, pensei nos amigos que enterrara há pouco, no amor que sentia por Bento e no homem que eu havia me tornado.

Foi assim que caminhei em direção ao fim ou ao início de todos os mundos.

E, no final daquela via estrelada, encontrei você ou a mim mesmo. Há diferença?

E agora, você sabe o que aconteceu comigo e o que está prestes a acontecer consigo e com seus amigos. Você precisa impedir isso, Sergio.

O que você fará?

O que eu farei?

Como reagir à estória que acabara de escutar?

"Meu deus! Quando isso vai acontecer? Digo, precisaremos de muitos dias, ou talvez de semanas, para montar um plano de defesa...", falei a mim mesmo.

"Temo que você não tenha tudo isso", falou meu duplo. "Agora eu lembro... deste sonho e deste momento. Para você este é o amanhecer do dia 10 de novembro, não?"

"Sim", respondi. "Como assim, não tenho esse tempo?"

Ele olhava para mim, com seus olhos feridos de lágrimas e de sangue.

"Você tem apenas um dia. A Ordem Positivista destruirá a ilha e matará seus amigos amanhã, ao amanhecer."

Ilha do Forte da Pólvora,
noite de 10 de novembro de 1896

Do diário de campo de Nioko Takeda

Apenas uma noite me separava da destruição da Ilha do Desencanto. Em noites que antecedem a batalha, o sono é substituído por excitação e medo. Mas não é apenas isso que assola minha mente. É também a incerteza, sentimento que deploro. Sabemos que na guerra não há bem ou mal. Porém, depois de hoje, questiono a nobreza que sempre associei aos mestres positivistas.

Dois foram os motivos que causaram consternação. Primeiro, o encontro com Mascher. Hoje, testemunhei não apenas seu desprezo por mim, mas a ameaça contida em suas palavras, a cegueira advinda de uma fé ou de uma ignorância cega e perversa, características que deveriam estar presentes na igreja, não no laboratório. Somada à ameaça explícita, sua argumentação racista em outros contextos me assusta, uma vez que a crença numa etnia superior, caso levada às últimas consequências, produziria holocaustos sem fim. Tratava-se de um argumento nascido no lamacento terreno do ódio e do medo, que tem a violência por adubo e a insensatez por fertilizante.

Mais tarde, tive o segundo encontro do dia, dessa vez com o Grão-Ancião, que veio verificar os dispositivos no campo de pouso. "Diga-me, agente, por que podemos confiar nesses dirigíveis?", perguntou, diante dos zepelins que flutuavam. "Porque essas barcaças aéreas são o que há de mais moderno na engenharia bélica atual, Grão-Ancião. Elas possuem balões tríplices de hélio, além de duas potentes hélices traseiras, as principais responsáveis por sua velocidade. De cada lado da nave, metralhadoras potentes garantem a proteção e também o ataque, além dos canhões traseiros que lançam arpões, fios cortantes ou redes de contenção retráteis." Aristarco não conteve sua satisfação. "E o que mais, agente?" "Içadas por cada uma das aeronaves estão caixas metálicas contendo as cargas de dinamite, além de granadas de triplo impacto. E tudo isso, na ponta de seus dedos, Grão-Ancião", disse eu, entregando ao homem o controle daquelas armas. Era um dispositivo simples, contendo dois botões, um azul e um vermelho. "Agente Takeda, explique como tal mechanismo funciona." "Com este controle portátil, Grão-Ancião, o senhor pode supervisionar a ofensiva de onde quiser. Mas penso que preferirá a sala de controle geral". "Sim, sim, certamente", disse-me enquanto dois soldados, díspares em tamanho, transportavam caixas de explosivos para um dos dirigíveis.

"Além disso", continuei, "embutido na lateral há um rádio, com direta conexão com meu comunicador. Ele será essencial, especialmente em caso de qualquer alteração na missão...". "Algo que não acontecerá em hipótese alguma", disse abruptamente, "não é mesmo, Agente Takeda?". "Com todo respeito, senhor, não sabemos, pois operações como essa são sempre passíveis de imprevistos", eu lhe disse, estudando suas reações. "Mas tudo correndo como o planejado, nossos dirigíveis vão alcançar a ilha em minutos e jogar em cinco diferentes pontos as caixas que estão sendo posicionadas nos compartimentos inferiores. Quando elas alcançarem a terra, estaremos prontos para a ofensiva final, que dependerá apenas do senhor." "E como farei isso, agente?" Eu respirei fundo antes de dar-lhe a resposta. "Como solicitado, Grão-Ancião, o senhor precisará apenas apertar três vezes esse botão, na parte superior do mechanismo. Com isso, ele acionará o cronômetro dentro das caixas blindadas, o que levará à sua explosão em dez segundos. Considerando seu efeito conjunto, toda a ilha será devastada." "Bem pensado, agente Takeda. Estou orgulhoso de você e de seus irmãos", falou, colocando a mão em meu ombro. Depois do gesto paternalista, Aristarco desviou o olhar para o dispositivo que tinha em mãos e posicionou o polegar sobre o botão escarlate. "Tanto poder em uma única mão. É uma sensação intoxicante, não?" E então ele se foi, após guardar o dispositivo no bolso interno do casaco.

Sozinha, entre aquelas armas aéreas de extermínio, no vai e vem dos soldados, serviçais e robóticos, refleti sobre o que havia visto e ouvido nas últimas horas. Dois dos homens que lideravam a Ordem naquele momento haviam deixado cair suas máscaras, deixando-me observar o que se escondia atrás de seus rostos humanos. Ao chegar ao meu quarto, tranquei a porta, corri para o banheiro e vomitei o jantar na privada. Depois disso, me demorei no banho, na illusão de que a água pudesse limpar de meu corpo a imundície do dia. Todavia, mesmo depois da higiene pessoal, havia um gosto amargo na boca. Ao escrever essas palavras e registrar tudo isso, o gosto persiste.

O que eu poderia fazer? Eu era uma militar e precisava seguir minhas ordens. Mas qual era o limite? E o preço? Haverá retorno depois do que faremos amanhã? Essas são as perguntas que encerram a entrada desta noite. Agora, na noite eterna, devo encarar meus próprios demônios.

Ilha do Desencanto, deste lado do espelho
Madrugada de 10 de novembro de 1896

Do noitário
de Sergio Pompeu

Quem era eu naquele momento? E quem era ele?

Éramos um ou figurávamos construtos diversos de universos equidistantes? Naquele momento, o desencontro de nossas imagens tornou-se evidente.

Eu não sabia se deveria correr ou desmaiar, torcendo para aquele pesadelo desperto não passar de um delírio onírico. Como impedir o desastre em apenas um dia?!

"Sergio, olhe pra mim. O que você vê?", perguntou.

Era um espelho sórdido aquele portal. Nele me encontrei duplicado de forma errônea e danosa. Ele era eu, mas não era, pois o corpo ferido e o rosto retorcido de soffrimento era uma versão horrenda de tudo aquilo que eu poderia ser.

"Vejo em você um homem, enquanto que eu não passo de um jovem sonhador."

"Sim, você está certo. Mas menos de vinte e quatro horas separam uma imagem da outra. Antes de descer aquela escadaria, eu também era um sonhador, que havia testemunhado a morte dos meus amigos e que não fora capaz de fazer qualquer coisa. Até me dar conta de algo, e isso percebi ao contar a você o que ocorreu. Sim, somos sonhadores. Mas é preciso determinação, força e esforço para fazer sonhos se materializarem. Se a Magia é fazer as coisas aparecerem do nada, pegue o conhecimento que transmiti a você e use-o para mudar o destino lá em cima. Salve seus amigos, salve sua casa, salve sua vida."

"Como?! Como impedir algo assim?! Eu não sei quase nada. Não sou um soldado, não sou um estrategista...!"

"Sergio, eu posso ajudá-lo a encontrar respostas, mas o agir depende apenas de você. Estou do outro lado do espelho e nada mais sou que a illusão de um reflexo futuro."

"Sozinho, eu não posso alterar nada do que aconteceu."

"Você não está sozinho. Nunca esteve. Lá em cima estão os seus amigos, a sua verdadeira família. A família que você escolheu. Eles o ajudarão."

"E por onde devemos começar?", perguntei desalentado.

"Sinceramente, não sei. Mas há algo que gostaria de mencionar e que só me ocorreu agora. Para evitar determinados futuros, muitas vezes não se trata de ir em direção oposta e sim de apenas tomar pequenos desvios. A vida é errar e tentar e persistir, apesar dos tombos e fracassos. Negar ou se arrepender do que se faz é tolice, pois nunca sabemos se o que sucede hoje será bom ou ruim no porvir."

"Sim, mas..."

"Por favor, deixe-me terminar. Há algo nascendo neste exato momento, no transcurso desta conversa. Ao narrar o acontecido, o que percebi é que estávamos no caminho certo. Nossa defesa funcionou até certo ponto. Eu sugeriria que vocês, neste último dia, partissem disso, do que deu certo. Giovanni, por exemplo. Quem sabe se sua fuga aparentemente covarde não permitirá outro tipo de solução ao ataque dos dirigíveis. Você entende? Quanto ao plano dos túneis, ele teria salvado a vida de todos. Foi por pouco que eu não impedi a agente positivista. Sugiro que esmiúcem essa narrativa e que vejam o que deve ser repetido e o que deve ser alterado."

"Entendo", disse eu, temendo o que estaria à minha frente.

"E comunique isso aos seus amigos lá em cima, que eles precisam lutar hoje e amanhã como se não houvesse um depois, como se não tivessem nada a perder. Aprendi isso lá, abraçado aos corpos dos meus amigos mortos. O passado é o que lembramos dele, uma narrativa em eterna mutação. O futuro é o que fazemos dele, numa sucessão interminável de erros e acertos. Agora, quanto ao presente, o presente é a única coisa que temos. O vento no rosto. O beijo na pele amada. O olhar sobre a página de um livro. Viva isso em cada momento a partir desse instante. E o que acontecer, seja o que for, será o que precisa acontecer."

Ele fechou os olhos e respirou profundamente.

"O que você fará agora?", perguntei.

Ele abriu as pálpebras inchadas e deu de ombros.

"Eu não sei. Fiz o que precisava fazer. O que virá no instante seguinte, não tenho como saber. Mas continuarei, indiferente do que eu encontre lá em cima quando deixar esse subterrâneo mágico", disse.

Agora era ele que se entregava às lágrimas.

Meu gêmeo se aproximou do portal. Ele sorriu e disse-me o que um dia meu pai dissera-me às portas do Ateneu: "Vais encontrar o mundo. Coragem para a luta."

Com apenas uma frase e um sorriso pesaroso, com os olhos escaldados de lágrimas, meu eu do futuro ensinou-me o que eu deveria deixar para trás.

Ele então deu-me as costas e desapareceu na escuridão cósmica do Aleph.

Seguindo seu exemplo, deixei o portal e encerrei atrás de mim a pesada porta férrea que dava acesso a um túnel para outros mundos, séculos, universos.

Diante dos meus olhos, a escadaria que levava à Mansão dos Encantos. Respirei fundo e ajustei minha postura, pois muito se exigiria de mim nas próximas horas.

Sem pestanejar, iniciei a subida. Os passos temerários e incertos que desceram os degraus até aquele subterrâneo foram substituídos por passadas firmes e determinadas.

Deixei várias coisas naquele averno existencial e atemporal. Uma delas foi meu ódio ao pai. Ele não significava mais nada. E deixando-o de lado, pude finalmente compreender a veracidade de suas palavras antigas.

Ao deixar aquele porão, fui encontrar o mundo, sabendo que precisaria ser forte e manter a coragem. À minha frente, a luta, a vida e a morte me esperavam.

• PARTE V •

Missões Incríveis
& Decisões Impossíveis

Na qual chegamos à atroz batalha,
Temendo quem receberá a mortalha:
Positivistas furiosos em obra assassina
Contra nossos heróis e sua trágica sina!

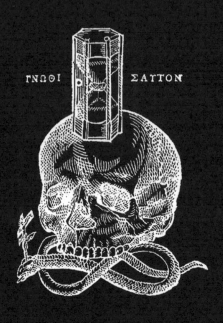

Ilha do Forte da Pólvora,
11 de novembro de 1896, 8h03min

Registro de áudio de discurso do Grão-Ancião da Ordem Positivista.

[voz masculina]
Irmãos e irmãs da Ordem Positivista.

Meu nome é Aristarco Argolo dos Ramos, vosso criado.

Venho aqui, na iminência de mais uma batalha em prol da sciência, da ordem e das pessoas de bem deste país, fazer com que eu seja compreendido.

Quando ainda era advogado, tive uma epifania. Notei que muita da fraqueza de nossa nação estava no fato de nossos homens terem recebido uma educação medíocre. Nossas escolas eram fracas, nossas universidades pífias, nossos bacharéis uma vergonha.

Em vista disso, profetizei um Império Pedagógico que iria do norte ao sul, do leste ao oeste! Foi a essa educação unificada que me dediquei, até ser-me ofertada a Direção do Colégio Ateneu, cargo aquém da minha estirpe. Por outro lado, tinha dois filhos com Ema, e esta se ressentia de minha vida de celebridade pedagoga. Ademais, meus críticos e adversários acusavam-me de ser um mero teórico.

Assim, vi dupla oportunidade no cargo que me ofereceram. Além disso, vislumbrei a criação de uma rede educativa nacional. Minha meta era então multiplicar Ateneus pelo Brasil. Infelizmente, meus planos soçobraram. Obviamente, o incêndio da escola foi responsável por essa derrota.

No ardor daquelas labaredas infernais, foi o futuro, meus irmãos, que eu vi morrer, junto de minha pedagogia amorosa e paternal!

A partir dali, o amor cristão daria lugar à severidade velho-testamentária. Abandonaria o papel de tutor cordial para abraçar a tarefa do mestre disciplinador! Ao meu lado, apenas Jorge, meu filho e herdeiro, que depois das punições physicas por suas várias transgressões, começou a se endireitar.

Quanto a Ema, minha mulher, e Amália, minha filha, desapareceram depois do incêndio. Aproveitaram meu desespero para escaparem com machos, certamente. Mas como minha mãezinha falava, "quem teme a Deus não queda, só se esfola".

Foi nesta época que a Revolução Mechânica atingiu sua Segunda Onda. Se antes o vapor havia garantido fornalhas, fábricas e trens, a segunda trouxe trabalhadores de metal e fuligem, que substituíram os escravos e os serviçais domésticos. Ali estava, meus irmãos, a solução para todos os problemas da nação e também o que faltava à missão pedagógica: formar Autômatos Humanos! E apenas uma instituição dar-me-ia subsídios para sua realização: a Ordem Positivista!

Quanto ao meu filho Jorge, transviou-se, o que me fez, como um moderno Abrãao, sacrificá-lo no altar da sciência positivista. Quando os mestres anunciaram que precisariam de cobaias humanas para suas pesquisas, de pronto o entreguei, para o bem do progresso nacional. Depois disso, galguei as mais altas patentes nas fileiras da Ordem.

Fui então designado à unidade de Porto Alegre dos Amantes, cidade em cuja nomenclatura encontramos a comprovação da permissividade que a assola.

Aqui, eu poderia concretizar meus planos. Isso até os ataques terroristas destruírem nosso laboratório e a panfletagem abjeta fazer a população bovina chiar. Mas tais revoltas já eram esperadas. É assim com quem defende o bem e o trabalho duro!

Ao nos atacar, os integrantes do Parthenon Místico usaram em sua panfletagem a vil noção de "igualdade". O que os anarquistas desejam é acabar com a hierarquia e é isso que devemos impedir de uma vez por todas. E é por isso que vão se dar mal!

Como dizia meu pai, "cabra macho mata a cobra e mostra o pau".

Eis o meu pau, senhores... quer dizer... minha arma! Este dispositivo é o que garantirá o extermínio dos patifes! Ao apertar este botão, vamos explodir tudo!

Que marquemos este dia em nossos calendários históricos!

Marchemos, soldados da Ordem Positivista, contra os anarquistas tacanhos, invertidos desprezíveis, humanistas demoníacos, igualitaristas bestiais!

É preciso acabar com todos eles!

E isso quem diz sou eu, senhores!

[SOM DE APLAUSOS E GRITOS DE COMEMORAÇÃO]

Ilha do Forte da Pólvora,
11 de novembro de 1896, 8h37min.

Do noitário
de Sergio Pompeu

Uma pedra no estômago e um tremor na mão direita.

O plano era desesperado. A meta insana previa meu aprisionamento pelas forças positivistas no início do dia em que seríamos bombardeados.

Para tanto, lá estava eu, vestido a caráter, em pé na proa de um barco alugado em direção ao Forte da Pólvora, carregando vinte quilos de dinamite, metade em uma elegante valise e a outra metade presa ao redor do tronco, num suicida cinturão explosivo.

As cargas levavam ao mesmo dispositivo, colado à palma de minha mão. Qualquer faísca, mau contato ou pressão de meus dedos suados e eu seria jogado pelos ares. Deveríamos ter pensado num plano melhor.

Altivo, deixei a barcaça, dirigindo-me ao pórtico de visitantes. Diante de mim, quatro soldados humanos e mais três pares de robóticos que se viraram em minha direção, alertados pelo medo em minha face. Eu precisava me controlar!

Meu papel ali seria confrontar o único homem que poderia impedir nossa destruição: o próprio Grão-Ancião da Ordem Positivista!

Porém, chegando ao QG inimigo, dei de cara com uma guarnição bem mais severa. A Ordem e também as autoridades de Porto Alegre estavam em estado de alerta, desde que a denúncia sobre um possível plano de ataque ao governador foi noticiado.

Alvarenga havia sido hospitalizado e, antes de juntar-se a Peixoto na morte, revelou a um dos médicos que um grupo anarquista almejava atentar contra a vida do governador. Já Peixoto, antes do óbito, havia deixado uma carta, detalhando seu encontro na Taberna. Louison, se oferecendo como médico legista do caso, conseguiu dar fim ao documento. Agora, soffríamos na pele o vazamento do embuste. Que Solfieri pensasse numa mentira mais apropriada dali a frente.

Ao ajustar a gravata diante da força federal, respirei fundo, ordenando aos meus dedos que relaxassem. Um dos robóticos veio em minha direção e inquiriu a razão da minha chegada.

"Preciso conversar com o Grão-Ancião", falei, tentando me ater ao roteiro.

"Qual a tua alcunha, senhor?", questionou-me o machinário.

Alcunha? Aquele deveria ser um dos velhos modelos, ainda programado de acordo com o antigo acordo ortográphico e com um vocabulário em desuso.

"Sergio D'Avila", respondi, usando um dos nomes falsos que havíamos criado.

"O Grão-Ancião... não atende... sem... prévio agendamento...", devolveu.

Discretamente, acionei outro dispositivo ideado por Benignus: um transmissor de Ondas Tesla que bagunçava a programação dos robóticos.

"Mas o Grão-Ancião precisa me ver, pois é um caso de vida ou morte."

"O Grão-Ancião... precisa vê-lo... morto ou... vivo", repetiu o estúpido mechânico, atraindo a atenção de um dos soldados.

"O que está sucedendo?", perguntou o militar, empunhando um fuzil.

"O Grão-Ancião... precisa vê-lo... morto ou... vivo", repetia sem parar o robô.

"O quê?!", perguntou-me o guarda.

O suor chegava agora à minha face.

"Eu... eu...", droga, eu não conseguia pensar nas palavras. "Preciso ver o líder da Ordem Positivista", disse finalmente. "Ele precisa saber de algo muito importante."

Agora o circo estava montado.

Os demais soldados e robóticos deixaram seus postos e marcharam até mim. O primeiro soldado empunhou sua arma e a apontou em minha direção.

Levantei os braços e disse que precisava mostrar algo a eles.

"Parado!", disse o soldado, certo de que eu era o pretenso terrorista.

Lentamente, levei minhas mãos ao meu casaco e o desabotoei, com muito cuidado, pois estava prestes a ser alvejado pelas armas que agora começavam a ser empunhadas e engatilhadas.

"Meu Deus, isso é dinamite! Não se mova!", gritou o líder do esquadrão.

"Ele precisa... ver o Grão-Ancião... morto... ou vivo", repetiam os demais robóticos, também avariados pela engenhoca de Benignus.

"Calem a boca, ferrosos! E quanto ao senhor, mãos ao alto!"

Eu obedeci, não sabendo o que deveria fazer. Como pude ser tão estúpido?! Não parava de ordenar calma a mim e também aos homens, que aparentavam mais horror do que eu. Pensei nos amigos que dependiam de mim e tomei coragem.

"Senhores, há uma explicação. Mas ela apenas será dada aos ouvidos de Aristarco Argolo! Se não me levarem até ele agora, eu explodo essa ilha... e todos nós!"

Nem eu reconheci a voz ameaçadora que saía dos meus lábios.

Os homens se entreolharam, apavorados.

Ficamos ali por segundos, até que um dos soldados comunicou-se pelo rádio.

Em minutos, mais soldados e mais três tropas de robóticos chegaram, circundando-me e apontando suas armas.

Engoli em seco, enquanto os pingos de suor escorriam pelo rosto.

Os robóticos avariados tinham razão.

Nos próximos minutos, eu alcançaria meu objetivo.

A única questão era se eu estaria vivo ou morto.

ILHA DO FORTE DA PÓLVORA,
11 DE NOVEMBRO DE 1896, 9H08MIN

Registro de áudio de reunião de cúpula da Ordem Positivista.

[VOZ FEMININA]
Os oito dirigíveis estão sendo abastecidos neste exato momento, senhores. Cada um deles está carregado com sessenta quilos de dinamite H87. Depois de descarregadas na ilha, eu me comunicarei com a Ordem, deixando aos encargos do Grão-Ancião o acionamento da explosão. Todavia, gostaria de enfatizar minhas reservas quanto...

[PRIMEIRA VOZ MASCULINA]
Muito obrigado por sua explanação, agente Takeda. Não temos dúvidas de que sua reticência dá-se pelo período lunar que afeta as fêmeas e obviamente não por questionar nossa posição quanto ao ataque. Alguma dúvida, Grão-Ancião?

[SEGUNDA VOZ MASCULINA]
Não, doutor Mascher. O plano será executado, não é mesmo agente Takeda? Ou devemos pensar em substituir sua liderança, tendo em vista seu descontrole hormonal?

[SUSPIRO]

[VOZ FEMININA]
Não, Grão-Ancião, não é necessário, cumprirei minhas ordens, como sempre fiz.

[SEGUNDA VOZ MASCULINA]
Muito bem, agente. Vamos começar? Não vejo a hora de apertar o botão!

[SOM DE PASSO ROBÓTICO SE APROXIMANDO]

[VOZ ROBÓTICA]
Grão-Ancião, doutor Mascher e agente Takeda, temos uma emergência...

[SEGUNDA VOZ MASCULINA]
Fale, E564.

[VOZ ROBÓTICA]
Um dos terroristas do Parthenon Místico acaba de ser preso pelas forças militares que nos auxiliam. Ele está aqui, na Ilha da Pólvora, portando grande porção de dinamite...

[VOZ FEMININA]
Qual o movimento da Ilha da Flecha nesta manhã?

[VOZ ROBÓTICA]
Acabei de contatar nossos barcos espiões... Ontem, apenas uma embarcação deixou o local, guiada pelo médico Louison, que retornou duas horas mais tarde, com vinhos e alimentos. Nesta manhã, apenas uma embarcação partiu da ilha, a que trouxe o terrorista até nós...

[SEGUNDA VOZ MASCULINA]
Então os outros vilões continuam na ilha. Vamos continuar com o plano.

[VOZ ROBÓTICA]
Há um complicador, Grão-Ancião.

[SEGUNDA VOZ MASCULINA]
Qual?

[VOZ ROBÓTICA]
O terrorista está parcialmente no controle da situação... Disse que só vai desligar o equipamento explosivo diante do Grão-Ancião... Ele diz que o senhor o conhece... Identificou-se como Sergio Pompeu... Procurando em meus registros pessoais...

[SEGUNDA VOZ MASCULINA]
Eu não preciso dos seus registros, E564. Sei bem do que se trata. Vamos continuar com o plano e pode ordenar que o meliante seja trazido a mim.

[VOZ FEMININA]
Grão-Ancião, aconselho que abortemos a missão e que não deixe esse homem ser trazido à sua presença. Nosso plano foi projectado a partir de circunstâncias específicas, que acabam de ser alteradas.

[PRIMEIRA VOZ MASCULINA]
Eu discordo de Takeda, Grão-Ancião. Temos tudo sob controle. Mas acho imprudente sim permitir seu acesso ao senhor.

[SEGUNDA VOZ MASCULINA]
Não é, doutor Mascher. É o destino. É o Deus Arquiteto trazendo justiça ao mundo. Dentro de instantes, eu destruirei a maldita ilha. E ao mesmo tempo, corrigirei um erro do passado. Hoje, as mãos que afagaram e protegeram, vão disciplinar e corrigir.

Tragam-me o anarquista e tomem suas posições. Desejo que ele testemunhe a destruição dos seus companheiros. Hoje, finalizarei a obra disciplinadora que iniciei no Ateneu. Não se esqueça de me avisar sobre o botão, Takeda!

[VOZ FEMININA]
Certamente, Grão-Ancião.

Ilha do Forte da Pólvora,
11 de novembro de 1896, 9h54min.

Do noitário
de Sergio Pompeu

Meu ódio por Aristarco aumentou substancialmente nos últimos dias.

Uma coisa era o repúdio nascido da lembrança dos dias de escola.

Outra bem diferente era saber que ele era o potencial assassino dos meus amigos.

De todos os medos, ansiedades e preocupações daquele momento, com as dezenas de armas apontadas em minha direção, apenas uma coisa era certa:

Eu poderia morrer naquele dia, mas o levaria comigo!

Como faria isso, porém, ainda estava para ser decidido.

Para aquelas tropas armadas, eu era um vil criminoso, um terrorista suicida, uma ameaça à ordem e à segurança da nação brasileira. E como tal, interpretei meu papel.

Atrás dos soldados, contemplei os oito balões de hélio que bombardeariam em breve a Ilha do Desencanto. Na superfície do aerocampo, autômatos supervisionavam o transporte da banha animal, misturada com propano, que era usada para queimar e ferver os motores superiores que enchiam os balões laterais de gás hélio e faziam girar as hélices traseiras, responsáveis pela velocidade do dirigível. O fluido combustor era levado aos dirigíveis por longas mangueiras que eram desenroladas e conectadas aos tanques individuais pelos robóticos.

Minha atenção foi desviada por uma voz possante e robótica.

"Baixem suas armas, oficiais... Mestre Aristarco vai receber o meliante", disse o autômato de Guerra, que tinha uma postura e um modo de falar diferentes dos seus semelhantes.

Repleto de peças sobressalentes, ele era uma miscelânea de componentes de vários materiais, novos e velhos, registro de frequentes atualizações tecnológicas. Seu nome era E564 e, pelo visto, respondia diretamente a Aristarco.

"Leve-me ao seu líder", ordenei, tentando manter meu ar de ameaça e usando o mesmo dispositivo que havia desbaratado os robóticos um pouco antes.

E564 estudou-me por alguns instantes e então socou minha face com seu braço férreo. Eu caí de joelhos, tonto, com o sangue amargando minha língua. Ele puxou meu braço e arrancou do meu pulso o emissor de Ondas Tesla, estraçalhando-o logo depois.

"Seus truques baratos de nada valem aqui...", afirmou o ferroso. "Você é um embuste dos pés à cabeça..."

Eu, ainda de joelhos, olhei para cima e encarei seu olho avermelhado, enquanto limpava o canto ensanguentado da boca, odiando-me por falhar.

"Eu o levarei ao Grão-Ancião. Mas não porque essa seja a sua vontade e sim porque o mestre ordenou", falou. Depois disso, o monstro arrancou meu cinturão de bombas com perícia assustadora. Minha pequena vantagem ia por água abaixo.

Fui então levado pelos soldados, tendo o líder autômato à frente. Enquanto partíamos do porto marítimo em direção ao conjunto de prédios que formava a inteligência da Ordem, atentei ao movimento no aerocampo e à preparação dos dirigíveis.

Será que conseguiríamos escapar daquela atroz destruição?

Minha reflexão foi interrompida pela passagem da única agente que não possuía a face atrás de uma pesada máscara escura. Naquele mundo de corpos mechânicos ou humanos destituídos de rosto, sua face oriental destoava da frieza do todo. Ela lançou um olhar gélido, deixando claro seu desconforto.

Sem pensar, eu parei meu passo, sendo empurrado pelo soldado que vinha atrás de mim. Eu cai de joelhos sobre o piso do quartel, chamando a atenção da agente. Antes que o autômato líder pudesse fazer qualquer coisa, eu fitei Takeda nos olhos e disse as palavras que meu duplo ouvira dela na boca do Poço Iniciático, antes dela os condenar.

"Somos meras engrenagens de um mechanismo maior."

Finalmente, os olhos dela encontraram os meus e li neles um melancólico reconhecimento.

E564 levantou-me do chão e empurrou meu corpo à frente, em direção à Base de Comando Tático. Nioko Takeda, os dirigíveis e as forças positivistas ficaram para trás. Diante de mim, meu inimigo esperava.

Ao atravessarmos corredores frios e portas metálicas, chegamos a um batente amadeirado, que diferia das outras entradas.

Ao passar por ele, acessei outro local, quando não outro tempo.

O gabinete do Grão-Ancião recriava através de quadros, livros e móveis, o mesmo ambiente que encontrara nos meus onze anos. A sala do diretor era em tudo organizada e asseada, com cheiro de limpeza e madeira antiga. Em uma das paredes, o que não eram livros enfileirados, eram insígnias, prêmios e menções honrosas. Na outra, photos ao lado de militares, monarcas e autoridades.

O autômato dispensou os soldados e colocou-me sentado numa cadeira à frente da monolítica mesa de Aristarco. Atrás dela, uma pintura imensa e heroica retratava o inimigo que eu reencontraria depois de anos. O que teria acontecido com Ema? Ou com os dois filhos? Meu questionamento foi interrompido pelo abrir de uma porta.

Permaneci petrificado pelo nervosismo. Passos foram dados, de um lado a outro, como se ele também tivesse dúvidas sobre como proceder.

"Fique em posição, E564. Não sabemos do que os anarquistas são capazes", disse a voz, ainda altissonante e firme. "Diante de qualquer signal de violência, imobilize seu braço, mas não o deixe inconsciente. Este prazer será apenas meu".

Aristarco finalmente postou-se à minha frente e sentou-se em sua alta cadeira. Entre nós, a mesa de mogno e sobre ela, o ódio acalentado ano após ano. Para a minha surpresa, ele não era mais gigantesco ou assustador. Pela primeira vez, meus olhos não o fitavam de baixo e eu o via como o homem que era.

Vaidoso. Inseguro. Sozinho.

"Chegou ao meu conhecimento que o senhor não se comportou, Senhor Pompeu", ele riu, aproximando dele um imponente dispositivo radiophônico. "Desde o Ateneu que tenho tentado aprimorar jovens como o senhor, levando-os ao caminho da retidão, da dignidade, da severidade!", falou, postando-se ereto e firme, com o gesticular expansivo. "Mas o senhor se recusou a escutar".

Tudo nele era óbvia falsidade. Sua postura imperiosa, seu gesticular extremado, sua artificial eloquência. No canto da boca, um fio de baba escorria do bigode.

"Acha isso engraçado, senhor Pompeu? Pois bem. Que assim seja. Agente Takeda", anunciou no radiophone, com um sorriso nascendo na ponta do bigode amarelado, "ordene a decolagem dos dirigíveis. Comece o ataque à Ilha do Desencanto".

Eu engoli em seco ao ouvir suas palavras.

A contagem regressiva havia começado.

Da Ilha do Forte da Pólvora para a Ilha do Desencanto,
11 de novembro de 1896, 10h08min

Registro de áudio da narrativa de Nioko Takeda

[VOZ FEMININA]
Depois de encarar o terrorista sendo levado até o Grão-Ancião, não conseguia silenciar em minha mente a dúvida quanto ao que estava acontecendo.

Como ele poderia saber aquela frase? Será que aqueles vis criminosos tiveram acesso ao meu diário de campo? Será que eles estavam infiltrados em nossa ilha?

Sendo negado a mim o direito de comunicar minhas ressalvas, segui em minha tarefa. Terminei de checar os dirigíveis, as caixas explosivas e nossos dispositivos de comunicação.

Silenciando minha discordância, tomei meu lugar na cabine de comando da última das naves. Resolutos, partimos então para o ataque com os oito dirigíveis, primeiramente elevando-se aos altos céus por meio dos motores de ascensão e depois avançando em direção ao arquipélago inimigo. Eu dirigia a última das naves, e as instruções eram claras: entregar a caixa explosiva e dar meia-volta, para fugir do raio da explosão conjunta.

À nossa direita, a cidade acordava para mais um dia de trabalho, sem fazer ideia de que veriam uma incomum movimentação no arquipélago que formava o pântano. Eu apertei o botão de transmissão radiofônica e disse:

"Grão-Ancião, estamos nos aproximando da ilha e vamos dar início ao ataque".

"Muito bem, agente. Prosseguir com a ofensiva", foi sua resposta.

"Condor 1, relatório", ordenei ao primeiro dirigível.

"A torre de vigilância do nosso alvo parece comportar um elemento magro, de roupas escuras", respondeu-me o oficial.

"Pode disparar, Condor 1. Não daremos chance alguma de reação", ordenei, acionando em minha mente a guerreira eficiente de que tinha tanto orgulho. O disparo foi certeiro, destruindo a torre de pedras e abatendo seu guardião. Em minutos vi um dos terroristas deixar a mansão.

"Condor 3, afugentar o segundo alvo", ordenei.

O dirigível que ia à direita do Condor 1 começou a disparar, fazendo o inimigo retornar ao interior da casa. Foi quando vimos que dos escombros da torre, duas figuras surgiram, uma humana e outra robótica, carregando pesadas armas. Para a nossa surpresa, um possante balão elevou-se à esquerda da ilha e rapidamente voou em nossa direção. Eu fiquei chocada com a rapidez do contra-ataque.

"Eles nos esperavam", pensei alto. Condor 2, à esquerda do dirigível que avançava à frente de nossa esquadrilha, começou a metralhar o balão, que se desviava da saraivada do projétil com destreza. Quem estava dirigindo aquela monstruosidade?

"Mantenha o ataque, Condor 2. Condor 1 e 3, ataquem o terreno da ilha", ordenei, adaptando nosso ataque àquela situação.

Ajustei meu monóculo para que me mostrasse uma visão dos escombros e dos dois atacantes em solo. A resposta era dada pela lataria robótica dos anarquistas. Como era imune às balas, tentava nos ferir com um mero trabuco. Ao seu lado, e protegido pelos escombros, vi o scientista, controlando com seus dedos três alavancas de um estranho painel portátil. O robótico atingiu com o trabuco o balão do Condor 3, fazendo com que ele recuasse e por fim tombasse sobre as águas do pântano. Aquilo não era possível!

"Aguardando instruções", disseram os agentes, posicionados na embarcação que agora flutuava sobre as águas.

"Devemos seguir o protocolo e recuar. Retornem ao quartel-general", ordenei, enquanto assumia com minha embarcação a posição do Condor avariado.

Disparamos um míssil que objetivava os escombros da torre, míssil que iria destruir tanto o robótico quanto o velho scientista. Foi quando vi Benignus jogar para cima um disco preto de metal, de onde partiram pequenas hélices, que fizeram a engenhoca voar contra nós. Antes que o míssil chegasse à ilha, o velhote lançou um segundo disco. Depois disso, fugiram do impacto do míssil, que destruiu o porto e o restante das torres de vigilância. Se não foram mortos, ao menos deviam estar feridos.

"Condor 1, destrua aqueles dispositivos antes que eles nos alcancem", ordenei.

Os anarquistas engenhosos pretendiam destruir nossos balões com eles. Condor 1 conseguiu destruir o primeiro, mas não o segundo, que rapidamente chegou até nós e destroçou o balão do dirigível líder e o dirigível que vinha logo atrás, fazendo-os também despencar nas águas turvas do Guayba. Eu explodi o artefato com um tiro, temendo que ele produzisse mais destruição, e ordenei a eles que também retornassem a Ilha do Forte da Pólvora. De oito, éramos cinco agora, o que me fez odiar aqueles vilões traiçoeiros e ainda mais minha tolice em seguir com aquele ataque.

Minhas execrações foram interrompidas pelo avanço do balão inimigo, que singrava ventos em nossa direção, aparentemente... sem piloto! O balão se colocou entre nós e a ilha e ele precisaria ser derrubado. Temia que seu compartimento de passageiros estivesse cheio de explosivos.

Eu o tinha na mira, mas não contava com mais uma artimanha dos inimigos. O balão havia sido preenchido de arenito vermelho, que ao explodir produziu uma nuvem que anulou nossa visão. O que mais eles seriam capazes de armar? Eu precisava cancelar aquela missão.

Sem pensar duas vezes, acionei o radiophone.

"Doutor Mascher, estamos sob contra-ataque e precisaremos recuar. Repito, precisaremos recuar. Acho improvável que cheguemos até a ilha e, se chegarmos, isso colocará nossa segurança em risco", informei, não escondendo minha preocupação.

A resposta não tardou a chegar.

"Agente Takeda, pedido negado. Vocês não recuarão até entregarem as caixas explosivas", disse a voz do especialista teórico, nada acostumado às baixas da guerra.

Ordenei aos outros quatro dirigíveis que mantivessem sua posição e seguissem, temendo o que iríamos encontrar atrás da névoa escarlate.

Mas quando a ultrapassamos, vi que os inimigos não tinham conseguido se reagrupar, exceto pelo velho e pelo robô que continuavam em pé atirando contra nós seus trabucos e impropérios. Decidi terminar com ambos disparando mais um míssil. Eu odiava esse tipo de guerra, travada a distância e de forma covarde. Acionei o comando e então lancei o míssil que iria condenar os dois inimigos.

Mas onde diabos estariam os outros criminosos?

Ilha do Desencanto,
11 de novembro de 1896, 10h19min

Do noitário
de Antoine Louison

O dia começou com calamidades voando em nossa direção como abutres.

Seguindo as orientações de Benignus, subi ao sótão da Mansão dos Encantos para enfrentar as naves inimigas.

Momentos antes, Giovanni havia nos deixado, em direção ao barco da ala leste. Em cada uma das janelas do sótão, tínhamos posicionado armas automáticas, acopladas em chapas especulares que falseariam a origem dos disparos. Minha tarefa incluía guiar a distância o nosso balão por meio de um painel de controles que tinham sido instalados por Benignus naquela madrugada.

Homem de livros e de artefatos cirúrgicos e artísticos, demorei a dominar tal tecnologia. Ordenei com o controle que o balão avançasse em direção aos inimigos, o que ele fez com admirável velocidade. Benignus era um mestre em criar tais maravilhas.

Foi graças a elas que dois dirigíveis inimigos tombaram. Um terceiro tivera o mesmo destino, mas pela mira de Trolho. Restavam ainda cinco naves, mais do que aptas a nos destruir.

Abaixo de mim, Benignus e Trolho davam o melhor de si, metralhando os dirigíveis como heroicos lunáticos enfrentando indiferentes moinhos de vento.

À frente deles, o manequim despedaçado que vestia as roupas de Solfieri e que vigiava o Mirante Crepuscular. Uma das naves inimigas disparou um míssil que objetivava Trolho e Benignus. Gritei aos dois que deixassem sua posição. Trolho puxou Benignus para dentro da mansão, enquanto eu continuava guiando nosso balão em direção aos inimigos.

Infelizmente, ele foi destruído antes de chegar até as naves positivistas.

Mas o efeito, como previsto por Benignus, fora o mesmo. A nuvem de arenito vermelho explodira e se expandira, dando-nos tempo. Quando a nuvem se dissipou, os dirigíveis já estavam sobre nós. Deixando de lado o painel de controle, empunhei um dos rifles frontais.

Consegui atingir um dos balões, que despencou antes de chegar à ilha. Quanto aos demais tiros, foram inúteis, enquanto os navios aéreos avançavam e nos metralhavam.

Eu mirei em mais um e disparei. O balão desviou do seu curso e despencou, não sem deixar à nossa porta a caixa de explosivos.

Novamente, o plano falhava, pois essas caixas deveriam cair longe da mansão, indiferente de seu conteúdo. A segunda caixa caiu perto da primeira, entre o velho carvalho e o frontão da mansão.

Quando Benignus e Trolho chegaram ao sótão, ordenei ao robótico que descesse e arrastasse as caixas para mais perto do porto, onde o impacto em caso de uma eventual explosão não destruiria a mansão. Ao menos era o que eu supunha.

Corri para a janela leste, onde outra metralhadora fora posicionada. Benignus correu para a primeira arma e arrastou-a, apesar do corpo fraco e dos ferimentos, na mesma direção.

Quando finalmente posicionamos uma metralhadora ao lado da outra, era tarde demais. O terceiro dirigível havia deixado repousar a caixa blindada no meio do Jardim Apolíneo! Com a missão concluída, ele recuou. Quanto ao último dirigível, ambos miramos nele, tentando fazer com que a derradeira entrega fosse impedida.

Eu e meu velho amigo colocamos toda a nossa energia naquele ataque, mirando o balão que transportava nossa destruição. Conseguimos atingir um dos três balões que fazia a nave voar, no exato momento em que ela deixava cair a caixa blindada.

Rapidamente, vimos uma figura feminina se jogar do balão em direção ao Poço Iniciático. Não tínhamos como ver o que sucedia, uma vez que nossa visão da porção leste da ilha era impedida pelo bosque.

Em segundos, a mesma figura foi içada de volta ao Balão e a vimos subir aos céus.

Para a nossa desgraça, nada indicava o seu fracasso.

Ilha do Forte da Pólvora,
11 de novembro de 1896, 10h03min

Registro de áudio de diálogo entre o Grão-Ancião e o prisioneiro Sergio Pompeu

[PRIMEIRA VOZ MASCULINA]
Grave nossa conversa, E564, para eventual registro.

[VOZ ROBÓTICA]
Gravação iniciada quando o senhor entrou em seu gabinete, Grão-Ancião.

[SEGUNDA VOZ MASCULINA]
Iniciativas dessa natureza são incomuns em robóticos, diretor. Eu, particularmente, conheço apenas um com tais peculiaridades.

[PRIMEIRA VOZ MASCULINA]
E564 tem sido meu companheiro nesses anos de luta contra a ignorância e o anarquismo. Quanto ao comando de autonomia, E564 tem algo de... diferente.
[SOM DE ARRASTAR DE CADEIRAS E DE PASSOS]
   Ele foi um dos primeiros a ser construído usando um sistema nervoso humano.
[SOM DE ENGRENAGENS SENDO DESTRAVADAS]
   Infelizmente, quando lançamos o projeto, não tivemos voluntários a tal experimento pioneiro, o que me obrigou a improvisar.
[SOM DE COMPARTIMENTO METÁLICO SENDO ABERTO]
   Você o reconhece, Sergio?

[SEGUNDA VOZ MASCULINA]
Pelos deuses! O que você fez, Aristarco?! Este é Jorge, seu próprio filho?!

[PRIMEIRA VOZ MASCULINA]
Sim. Afinal, ele não tinha mais serventia. Desde o início, Jorge foi um rebelde, como você deve se lembrar do episódio com a Princesa Isabel, quando se recusou a saudá-la por sympatias republicanas. Observei nele outros crimes passado aquele dia. Insubordinação, pintura corporal, masturbação, leituras questionáveis, linguagem decaída. Depois de seu encarceramento e três tentativas de suicídio, ordenei que seu cérebro fosse... transformado. Doutor Mascher, outro companheiro de lutas, mostrou satisfação em me ajudar. Quando a tecnologia robótica evoluiu, presenteei Jorge com algo que ele nunca possuiu: um propósito! E hoje, ele faz o que sempre desejei que fizesse.
[BARULHO DE CADEIRA TOMBANDO E PASSOS RECUANDO]

[SEGUNDA VOZ MASCULINA]
Isso é monstruoso!

[PRIMEIRA VOZ MASCULINA]
Sergio Pompeu, dei-te ordens de levantar? Penso que não.
    E564, coloque-o novamente na cadeira.
    Depois, crave uma de suas lâminas na sua mão. Assim, ele aprenderá a ficar quieto e a não levantar sem permissão.
[SOM DE MOVIMENTAÇÃO MECHÂNICA, SEGUIDO DE GOLPES CONTRA CARNE. SOM DE CADEIRA SENDO COLOCADA NO LUGAR E DE CORPO DEPOSITADO NELA. SOM DE LÂMINA DE AÇO SENDO EMPUNHADA E CRAVADA NA CARNE, NOS OSSOS E NA MADEIRA.]

[SEGUNDA VOZ MASCULINA]
ARGHHHHH!!!!

[SOM DE PASSOS E DE CADEIRA SENDO ARRASTADA]

[PRIMEIRA VOZ MASCULINA]
Agora, podemos retomar o curso da conversa. Sabe, esse é o problema das novas gerações, elas são muito agitadas, distraídas, não conseguem ficar sentadas e ouvir os mais velhos. Por isso a missão pedagógica está cada vez mais difícil. Mas agora, como o senhor pode ver, tudo está resolvido. E564 é um exemplo de obediência. E este é o futuro que lhe espera. A propósito, o que houve consigo? Como se tornou *isso*?

[SEGUNDA VOZ MASCULINA]
Isso o quê, seu bastardo?!

[PRIMEIRA VOZ MASCULINA]
E564, pelo visto nosso prisioneiro ainda não entendeu como deve se comportar.

[SOM DE MOVIMENTAÇÃO MECHÂNICA SEGUIDO DE GOLPE CONTRA ROSTO]

[PRIMEIRA VOZ MASCULINA]
Que tristeza, ver esse belo rosto conspurcado por ferimentos. Quanto ao "isso", ora, preciso explicar? O senhor se tornou um invertido, um anarquista, um panfletário revoltoso, uma mácula à nação!

[SOM DE DISPOSITIVO SONORO SENDO ACIONADO]

[TRANSMISSÃO DE VOZ FEMININA]
Grão-Ancião, estamos nos aproximando da ilha e vamos dar início ao ataque.

[PRIMEIRA VOZ MASCULINA]
Muito bem, agente Takeda. Prosseguir com a ofensiva.
   Quando iniciamos nossas investigações e dei-me conta de que o senhor e o senhor Alves faziam parte das fileiras inimigas, questionei-me se o incendiário Américo não estaria entre vocês, o que me deixaria muito satisfeito.

[SEGUNDA VOZ MASCULINA]
Não... Américo não faria parte de algo como o Parthenon. Somos criteriosos com nossos associados e ele era o pior que a sua educação poderia conceber.

[PRIMEIRA VOZ MASCULINA]
Imagino seus critérios e suas práticas noturnas. Mas não importam mais. Tudo será reduzido a poeira. Responda-me, senhor Pompeu, qual é a sensação de saber que seus amigos estarão mortos em minutos?

[SILÊNCIO]

[PRIMEIRA VOZ MASCULINA]
O senhor continua sorrindo? O senhor foi capturado e trazido às nossas instalações. Suas poucas armas foram retiradas, suas bombas descartadas. Ou seja, tudo não passou de vã ameaça estudantil. Neste momento, o senhor está preso, com a mão cravada nessa cadeira, e tem o espírito domado. E, mesmo assim, sorri? O que diabos isso significa?!

[SEGUNDA VOZ MASCULINA]
Significa que, talvez, o senhor tenha algumas surpresas nos próximos minutos.

[SOM DE DISPOSITIVO SONORO SENDO ACIONADO]

[TRANSMISSÃO DE VOZ FEMININA]
Doutor Mascher, estamos sob contra-ataque e precisaremos recuar. Repito, precisaremos recuar. Acho improvável que cheguemos até a ilha e, se chegarmos, isso colocará nossa segurança em risco.

[SOM DE DISPOSITIVO SONORO SENDO ACIONADO]

[TRANSMISSÃO DE VOZ MASCULINA]
Agente Takeda, pedido negado. Vocês não recuarão até entregarem as caixas explosivas!

[PRIMEIRA VOZ MASCULINA]
Acho improvável que tenhamos surpresas, senhor Pompeu, mas admiro seus esforços em não sucumbir ao desespero. Mesmo que todos os nossos agentes morram, executaremos nossa justiça!

[SOM DE EXPLOSÕES A DISTÂNCIA]

[PRIMEIRA VOZ MASCULINA]
Está vendo? Sua preciosa ilha está sob ataque positivista e faremos questão de não deixar parede alguma em pé. Como verá, somos muito eficientes quando o assunto é a regulação da ordem e o cumprimento da lei.

[SEGUNDA VOZ MASCULINA]
Vocês são genocidas, diretor! O saber não deve ser usado para aprisionar a mente, simplificar a linguagem ou acorrentar os sonhos. Em minha vida, nada me deu maior felicidade do que afrontar seus esforços prisionais. Foi bom revisitar esse sentimento. Saber que algo precisava ser feito e agir de acordo com meus princípios!

[PRIMEIRA VOZ MASCULINA]
Princípios!? Que tipo de princípios possui um homem que se deita com outro homem e que se associa a anarquistas, terroristas, satanistas e escritoras! Escritoras! Eu deveria ordenar sua... sua...
    O que o senhor quis dizer com "revisitar esse sentimento"?

[RISADA DE SEGUNDA VOZ MASCULINA]

[PRIMEIRA VOZ MASCULINA]
Do que está falando?! Responda-me!!!
    Novamente esse sorriso? Pois bem. É lamentável que o senhor não me deixe outra escolha. E564, mostre ao senhor Pompeu...

[SOM DE DISPOSITIVO SONORO SENDO ACIONADO]

[TRANSMISSÃO DE VOZ MASCULINA]
Grão-Ancião, Mascher aqui. Três dos oito dirigíveis foram abatidos.
Devemos prosseguir com o ataque? Eu sou obrigado a concordar com a olhos puxados.
Com todo o respeito, Grão-Ancião... vamos nos lascar!

[SEGUNDA VOZ MASCULINA]
Às vezes, Aristarco, a vida nos surpreende, e o pequeno pastor de ovelhas consegue golpear um gigante. Não seria mais simples e sábio se Golias recuasse?

[SOM DE DISPOSITIVO SONORO SENDO ACIONADO]

[TRANSMISSÃO DE VOZ MASCULINA]
Grão-Ancião, devemos prosseguir com o ataque?

[PRIMEIRA VOZ MASCULINA]
Doutor Mascher, minhas ordens permanecem inalteradas. Continue o ataque.
O que o senhor quis dizer com revisitar sentimentos? Fale, seu moleque!

[SEGUNDA VOZ MASCULINA]
Eu dei início ao fogo que destruiu o seu precioso Ateneu.

[PRIMEIRA VOZ MASCULINA]
O quê?! Como?

[SEGUNDA VOZ MASCULINA]
Tudo começou com a partida de Bento. Sempre odiei aquele colégio, seus corredores frios, suas gélidas salas e suas aulas chatas, sua comida fria e malservida.

Motivado por tal sentimento, em meio às madrugadas, enquanto os alunos dormiam e o senhor roncava, sabotei a fiação eléctrica, espalhei rastilhos de pólvora seca, que roubei do laboratório de química, nos vãos do assoalho e nas vigas do teto. No meio das noites insones, sozinho e doente de ódio, contemplei a destruição e a tornei possível.

Quanto ao acidente de Américo com o lampião, aquilo não passou de um gatilho, de uma faísca, de uma ignição. Lembro como se fosse agora. Saímos todos às pressas, enquanto os serventes, tolos, corriam de um lado pro outro com água e cortinas molhadas. Nos postamos em frente da escola em chamas. Para o senhor, ali estava a destruição de um sonho. Para nós, era a liberdade que queimava na noite fria, ardendo, explodindo, dissolvendo grades e correntes.

Eu vi o Ateneu arder e senti prazer nisso, em destruir não um prédio, mas um symbolo de severidade, disciplina, punição e soffrimento.

Fui eu que destruí seus delírios pedagógicos, diretor. E o mesmo executei nos últimos meses, ao investigar os crimes da Ordem Positivista e expor sua maledicência.

[PRIMEIRA VOZ MASCULINA]
Isso não é possível! Isso não poderia ter... Foi o senhor?! O senhor! A quem eu havia recebido na proteção dos meus braços como um filho!

[SEGUNDA VOZ MASCULINA]
Sabemos bem como o senhor trata seus filhos, diretor. Não tenho mais pai. Eu o recusei. Eu o abandonei. Assim como recusei minha família de sangue. Minha verdadeira família são os meus amigos, que neste momento recebem seus ataques covardes com coragem e dignidade, palavras cujo significado o senhor desconhece. E se eles tiverem de morrer, morrerão sabendo que fizeram de tudo para resguardar seus ideais.

[SOM DE DISPOSITIVO SONORO SENDO ACIONADO]

[TRANSMISSÃO DE VOZ FEMININA]
A carga foi entregue, Grão-Ancião Aristarco.

[PRIMEIRA VOZ MASCULINA]
Quem está sorrindo agora, senhor Pompeu? O senhor sabe o que é esse dispositivo? Com ele, darei resposta ao seu crime. Com ele, destruirei sua casa e os fundamentos de suas crenças, como um dia o senhor destruiu as minhas. Está preparado para testemunhar a destruição de tudo que o senhor acredita?

[SEGUNDA VOZ MASCULINA]
O passado já não existe. O futuro ainda não chegou. E o presente, em minutos não mais existirá, diretor. A única coisa que importa é estar em prontidão, sempre.
[SUSPIRO]
Sim, diretor Aristarco. Eu estou pronto. O senhor está?

[SOM DE BOTÃO SENDO ACIONADO]
[SOM DE EXPLOSÕES E ESTÁTICA]

ENÉIAS TAVARES
PARTHENON MÍSTICO

ILHA DO FORTE DA PÓLVORA,
11 DE NOVEMBRO DE 1896, 10H21MIN.

Do noitário
de Sergio Pompeu

Eu fechei meus olhos depois que Aristarco acionou o mechanismo.

Em menos de um segundo as explosões começaram, primeiro secas e graves, e depois amplas e caóticas, espalhando seus raios de morte, fogo e destruição entre as tropas, prédios e instalações da Ilha do Forte da Pólvora!

No instante seguinte, uma segunda onda de explosões chegou ao gabinete de Aristarco, transmutando móveis, livros e quadros, numa cacofonia de tijolos e poeira.

Em meio à desordem, agarrei com força o punhal e arranquei-o de minha mão esquerda. Ignorando a dor e o sangramento, joguei-me no chão trazendo o assento comigo e transformando-o em minha proteção.

O raio de explosão pegou a parede direita em cheio, fazendo tanto o velho ancião quanto seu filho robótico serem jogados na direção oposta.

Bento e Vitória tiveram sucesso, retirando na noite anterior os explosivos dos dirigíveis e espalhando-os em pontos diversos do quartel-general dos positivistas. Aristarco, sem saber, condenara a si mesmo e a seus subalternos.

Pus-me em pé e arranquei a gravata, enfaixando com ela a mão ferida. Torcia para que meus amigos estivessem bem e que Beatriz e Solfieri conseguissem executar sua parte do plano. Havia ainda um longo caminho até qualquer tipo de salvação.

Corri para Aristarco e chutei sua face. Infelizmente, ele previu minha ação e virou o rosto, o que fez meu chute pegá-lo de raspão. Ele então ordenou a E564 que o protegesse.

Golpeei o rosto do maldito mais uma vez, antes do braço robótico explodir em meu estômago. Enquanto tentava recuperar o ar, ele jogou-me contra o buraco da parede destruída, fazendo meu corpo voar através dela e pousar no chão do pátio externo.

Meu corpo inteiro doía e com muito esforço me levantei, tendo dificuldade em observar os efeitos da explosão. No pátio, vi carruagens despedaçadas, bem como robóticos semidestruídos vagando, alguns apenas com as pernas, outros sem cabeça, ombros ou braços, o que dava à cena inteira um ar de apocalíptica insanidade.

Quanto aos prédios à minha frente, desmoronavam. Já os maiores, o complexo laboratorial e o dormitório, não passavam de ruínas. Ao meu redor, corpos humanos ensanguentados se amontaram no piso de pedra, este banhado de óleo, entranhas e sangue. Os soldados que estavam dentro das instalações não atingidas vieram com rifles, mas encontraram dificuldade em avançar, em meio à névoa que os cegava.

Foi no meio dela que vi dois soldados avançarem, um gigante moreno que rapidamente desarmou e imobilizou os outros soldados e uma pequena criatura magra e ágil, com cabelos levados pelo vento da destruição, que explodia com uma pequena carabina os poucos robóticos que ainda estavam em pé.

Eu corri em direção a eles e os abracei. Sem pestanejar, beijei Bento, ignorando o sangue em meus lábios ou o gosto de terra e suor de sua boca.

"O que houve contigo?", perguntou.

"Aristarco e Jorge. Lembra-se dele?", respondi.

"O filho do pulha?! Ainda vivo?", disse Bento, enquanto voltava a enfrentar os soldados que chegavam.

"Meninos, deixemos a conversa para depois", repreendeu Vitória.

Mais tropas chegavam: uma robótica, que deveria estar salvaguardada em algum depósito, e outra humana, que vinha de um dos barcos do porto. Quando vimos, estávamos encurralados, entre soldados humanos e robóticos famintos de sangue.

Foi quando Mascher surgiu de um dos prédios destruídos, escoltado por uma monstruosidade robótica, que tinha em sua face um único olho. Atrás dos dois, veio também E564, mas nem signal de Aristarco!

Gritando a todos os pulmões, a ordem de Mascher foi clara.

"Matem os terroristas! Apenas não atirem na cabeça. Vou precisar delas!"

Lutando ou morrendo, faríamos Mascher engolir aquelas palavras!

*Arredores da Ilha do Desencanto,
11 de novembro de 1896, 10h21min*

Registro de áudio da narrativa de Nioko Takeda

O míssil dirigido ao sscientista e ao robótico os afugentou. Temendo por suas vidas, correram para o interior da mansão. Com o espaço livre, ordenei aos outros três dirigíveis que lançassem suas caixas blindadas. Com satisfação, vi as três abrirem seu paraquedas e despencarem sobre os alvos. Mesmo tendo perdido duas delas, poderíamos destruir boa parte da ilha.

Vendo o trabalho efetuado por meus companheiros, ordenei que dessem meia-volta e voltassem ao nosso quartel-general. Mal sabia do inferno que me aguardava nos próximos instantes. Ao aumentar a velocidade do meu dirigível em direção à extremidade leste da ilha, sobrevoei o teto da mansão. Foi quando avistei um dos vilões, que do sótão metralhava nossos dirigíveis. Mas aquelas armas simplórias não passavam de máscara para a real ameaça.

Ao sobrevoar o matagal do bosque, uma pequena barcaça deixava a ilha. Era Giovanni, que mostrava em sua fuga a natureza covarde daquela quadrilha. Eu podia tê-lo destruído, mas o ignorei, concentrando-me na missão, falha que levarei para o túmulo. Ao me aproximar do poço e deixar cair minha carga, um dos meus balões foi atingidos por um tiro que veio da mansão, fazendo com que o dirigível inclinasse, errando o alvo por centímetros e deixando a caixa sobre a mureta de pedra.

Não permitindo falhar, num ímpeto, prendi aos meus cintos de proteção individual dois cabos elásticos de sustentação e passei a direção ao segundo em comando no dirigível. Sem pensar, pulei para o abismo da ilha e pousei no terreno lamacento, para a estupefação do fugitivo que me olhava a distância. Agarrei o pesado cubo blindado e o deixei cair no interior do poço. Isso feito, coloquei-me sobre a borda do poço e acionei o mechanismo que me elevou aos céus, em direção ao dirigível que já começava a mudar de curso. Neste percurso, informei ao Grão-Ancião de que tínhamos tido sucesso. Agora dependia só dele a finalização do ataque.

Gritei ao piloto que se afastasse do raio da explosão e que desse essa mesma ordem aos outros três dirigíveis.

Mentalmente, a contagem regressiva havia começado.

Seis

Rapidamente retornei à minha posição, tomei o controle e ordenei atenção ao copiloto.

Cinco.

Apressei a velocidade do motor de pulsão e subi em maior velocidade.

Quatro.

Virei toda a extensão do manche, para nos afastar da ilha.

Três.

Os outros três dirigíveis formavam meio-círculos similares.

Dois.

Respirei fundo, pois sabia que a explosão nos deixaria sem ar.

Um.

Temi por minha vida e pela vida dos que estavam sob o meu comando.

Zero.

Foi quando ouvi a sequência horrenda de oito explosões, a grande distância de onde estávamos... na direção do Forte da Pólvora... vindas do quartel-general da Ordem!

"Urgente, urgente, voltar ao QG!", comuniquei aos outros dirigíveis.

Minha ordem, porém, foi impedida por um pequeno míssil que atingiu o primeiro dos meus dirigíveis, transmutando o balão e a gôndola de madeira e ferro numa bola de chamas e morte, que despencou sobre as águas do Guayba. Instantes depois, um segundo dirigível teve o mesmo destino. Estávamos sendo dizimados.

Retomando minha calma, encontrei a origem daquele ataque imprevisto: vinha da pequena canoa dirigida pelo que pensei ser o traidor Giovanni! Ele disparou mais um míssil, que teve o mesmo efeito. Amaldiçoei nossa estratégia e o fato de não termos previsto tamanha sordidez!

O terceiro dirigível despencou dos céus. Sem calcular, metralhei a barcaça.

O violinista tombou sob o chão da velha canoa. Seu último gesto foi disparar em nossa direção.

Agindo rapidamente, acionei o botão do painel de controle que liberou o nosso dirigível do balão. Ele recebeu o impacto do míssil e explodiu, enquanto nosso deque despencava em direção às águas. Eu agarrei os dois agentes que estavam comigo e pulamos no Guayba.

O contato com as águas gélidas reavivou meu corpo e meu ódio. Carregando um dos agentes, enquanto o outro nadava ao meu lado, chegamos na gôndola amadeirada que havíamos abandonado, torcendo para o impacto não ter danificado os motores aquáticos.

Em segundos, tomei a direção e acionei o dispositivo que transformava suas hélices aéreas em marítimas. Nada aconteceu e eu temi pelo pior. Depois de mais três tentativas, o motor funcionou.

Ignorando Giovanni e os demais inimigos, singrei a toda velocidade para a Ilha do Forte da Pólvora. O sangue dos meus oficiais clamava por vingança e eu a teria até o final daquele dia.

Ilha do Desencanto,
11 de novembro de 1896, 10h44min

Do noitário
de Antoine Louison

Fechei os olhos e ordenei aos demônios do medo e do ódio que fossem embora.

Quando as explosões ocorreram, eu estava junto a Benignus no sótão da mansão, fitando o movimento do dirigível líder, que agora voava acima do Bosque Dionisíaco.

Nossa atenção foi desviada para o míssil que subiu das águas em direção a um dos dirigíveis que retornava à Ilha da Pólvora.

Era essencial que Giovanni não falhasse, visto que aqueles dirigíveis possuíam armas e poder de destruição que colocariam em perigo Bento, Vitória e Sergio.

Uma série de outros mísseis devastou os dois dirigíveis que iam logo atrás.

Foi quando a nave líder revidou, saraivando o ponto em que Giovanni se encontrava!

Um último míssil atingiu o dirigível da agente que há pouco fora içada da nossa ilha, o que fez com que desesperadamente soltasse sua gôndola. Em poucos minutos, vimos sua embarcação, agora transformada em lancha, navegando a grande velocidade em direção à Ilha do Forte da Pólvora.

Não havia nada que pudéssemos fazer, pois ela estava fora de nossa linha de fogo. Desesperado, temi pela vida de Giovanni.

Deixei Benignus e desci a escadaria da mansão. No saguão principal, encontrei Trolho, que vinha dando seu relatório.

"As três... caixas... estão em segurança... próximas ao Labyrintho...",
disse o autômato. "O que... devo fazer... doutor?"

Eu estaquei diante dele, sentindo imensa alegria por estar vivo e pela
ilha estar a salvo. Eu o abracei, estranhando sua lataria fria e dura.

"Comunique-se com Beatriz, Trolho!", falei, enquanto buscava num dos
armários minha valise médica.

A caixa de combustão de Trolho esfumaçava, enquanto seu processa-
dor agia.

"Nenhuma... resposta... do comunicador... doutor", respondeu o autômato, deixando-me nervoso quanto ao destino de Beatriz e Solfieri.

Quando aquele dia infernal teria fim? Quando uma preocupação sanada
não seria substituída por outra angústia?

Concentrei minha vontade e invoquei calma, como sempre fiz em situações de tensão ou perigo, e segui meu caminho, ordenando a Trolho
que viesse comigo.

Deixamos a mansão e corremos pelo Jardim Apolíneo, chegando ao
bosque. Quando cheguei ao Poço Iniciático, parei e vi Trolho mancando
e tentando me alcançar.

"Lá embaixo está a quarta caixa", eu disse, apontando para o interior
do poço e tirando meus calçados e meu colete. "Leve-a ao local em que
deixaste as outras."

Trolho assentiu e começou a descer ao interior da terra.

Sem pestanejar, enrolei a alça da valise ao redor do meu corpo e pulei
nas águas lamacentas que circundavam nosso lar.

Com uma braçada após outra, nadei até a canoa que boiava à deriva,
no ritmo das águas que separavam a ilha do restante do pântano.

Em minha aflição, perguntava-me o que acharia no interior do barco
avariado.

ENÉIAS TAVARES
PARTHENON MÍSTICO

Ilha do Forte da Pólvora,
11 de novembro de 1896, 10h43min

Registro de áudio sob
ordem de Sigmund Mascher

[SOM DE ESCOMBROS SENDO REVIRADOS]

[AO FUNDO, SONS DE GRITOS, DESABAMENTOS E OUTROS RUÍDOS ALTOS]

[VOZ MASCULINA]
Robótico, me ajude!

[PRIMEIRA VOZ ROBÓTICA]
Sim... caro doutor... Mascher.

[VOZ MASCULINA]
Isso, ajude-me a levantar. O que diabos está acontecendo?

[PRIMEIRA VOZ ROBÓTICA]
Nossa ilha... foi atacada... doutor.

[VOZ MASCULINA]
Diga-me algo que eu ainda não saiba, mentecapto!

[PRIMEIRA VOZ ROBÓTICA]
Terminologia... não encontrada... em meu... dicionário de português... doutor... Trata-se de... termo elogioso? Neste caso... agradeço sua... gentileza.

[VOZ MASCULINA]
Silêncio! Deixe-me ver o que está acontecendo lá fora.
 Não posso crer em meus olhos! São os anarquistas. Foram eles, incluindo aquele conhecido como Bento Alves e a índia desgraçada! Onde estão os outros robóticos?

[SILÊNCIO]

[VOZ MASCULINA]
Onde estão os outros robóticos?!

[PRIMEIRA VOZ ROBÓTICA]
Tenho... permissão... para falar... doutor? Ordem foi... de... silenciar.

[VOZ MASCULINA]
Sim, entulho mechânico! Fale!

[PRIMEIRA VOZ ROBÓTICA]
Tropas sobressalentes... estão... em suspensão... no armazém sul... doutor.

[VOZ MASCULINA]
Ativar ligamento coletivo, autômato.

[SOM DE AUTÔMATO SE APROXIMANDO]

[SEGUNDA VOZ ROBÓTICA]
Doutor Mascher... Grão-Ancião Aristarco... ordenou... que o encontrasse... Ele deseja... o extermínio... dos... revoltosos... e também... dos desertores.

[VOZ HUMANA]
O Grão-Ancião está vivo? Até que enfim uma boa notícia! Onde ele está, E564?

[SEGUNDA VOZ ROBÓTICA]
No gabinete de reuniões... uma das poucas... dependências... da Base do Comando... que não foi destruída.... Devo auxiliar o senhor... a deter... os renegados e... depois abandonar a ilha... Devemos tomar... o túnel subaquático... para chegar... até a cidade...

[BARULHO DE EXPLOSÕES E CURTO-CIRCUITO ROBÓTICO]

[VOZ MASCULINA]
Você está bem, E564?

[SEGUNDA VOZ ROBÓTICA]
Programação... apresenta... falhas... mas sim... estou... operacional...

[VOZ MASCULINA]
Então, vamos atacar! Vamos matar todos! Destrua essa parede, robótico!
Siga-nos, E564!

[SOM DE PAREDE SENDO DESTRUÍDA]

[SOM DE MARCHA DE ROBÓTICOS]

[VOZ MASCULINA]
Matem os terroristas! Apenas não atirem na cabeça. Vou precisar delas!

Ilha do Forte da Pólvora,
11 de novembro de 1896, 10h43min

Do noitário
de Vitória Acauã

Quando as explosões começaram, me encolhi ao lado de Bento.

Ele, protetor como sempre, envolveu meu corpo com o seu. Durante a série de bombas, as paredes de tijolos tremeram e eu escutei mais uma vez o choro da terra, das águas e dos ventos. A ilha inteira clamava vingança contra o que haviam feito com a coitada.

No dia anterior, enquanto Beatriz e Solfieri cumpriam sua parte do plano, Bento e eu nos escondemos na embarcação que levava gás pros dirigíveis da ilha. Nossa missão era raptar dois serventes e tomar suas roupas.

A exigência da Ordem de que seus agentes usassem máscaras nos ajudou. Ficamos de frente quando a mulher oriental ia e vinha e conversava com o velhaco que parecia o líder. E ao lado dele, vinha o fedorento alemão que tinha me torturado meses antes. Eu e Bento quase buscamos nossas vinganças ali mesmo, em campo aberto, mas nosso plano era outro.

Naquela noite, enquanto a maioria dos soldados dormia, verificamos as caixas blindadas em cada um dos dirigíveis. Fizemos isso com bastante cuidado, trocando as bombas por outro material. Eles mal perdiam por esperar!

Pegamos as bombas e deixamos elas nos prédios principais do quartel, além do centro de comando, que era onde ficavam Aristarco e Mascher. Outras bombas deixamos nos prédios maiores e também nas torres de vigilância. Só não deixamos nada, claro, no nosso esconderijo, o armazém.

No dia seguinte, quando as naves voaram, em direção a nossa casa, para destruir tudo e matar nossos amigos, voltamos ao galpão e ficamos lá, sem dar um pio. Depois que o tremor acalmou, saímos de lá para acabar com eles.

Mas antes disso, vimos o terror: Era robótico sem cabeça, soldado sem braço, prédio caído e terra toda escalavrada.

Atacamos os robóticos que permaneciam em pé e também os soldados que tinham sobrado. Agora, era enviar eles ao inferno para encontrar os outros. Bento estava sempre ao meu lado, confrontando os robóticos que chegavam. Já eu, que sou pequena, usei meu poder mental para estropiar as mentes.

Mas daí explodiu uma parede e de lá foi jogado Sergio. Seu corpo magrinho tombou na nossa frente, em cima de uns corpos explodidos. Ainda bem que ele estava vivo e já ficou em pé e veio brigar ao nosso lado. Que trio que a gente era, viu?

Foi no meio daquela lambança toda, entre sangue, miolos e ferro, que surgiu Mascher, ferido, mas no controle de suas ideias. O covarde veio junto de dois robôs, óbvio. O do Aristarco e um robótico paraguaio, menorzinho mas mais rápido. O Bento pulou no primeiro e eu avancei contra o outro.

Já o Sergio, fulo da vida, avançou contra o maldito scientista e socou seu rosto.

"Eu sou apenas um médico, Aristarco é o mestre!", disse o covarde, antes de desmaiar.

Olhando a cena patética e forçando meu poder ao máximo, joguei o robótico para longe. Com isso, fui lá ajudar o Sergio.

"Vá atrás de Aristarco! O líder pode escapar," eu disse, bem raivosa.

Sergio correu pro prédio em ruínas, o mesmo de onde fora jogado momentos antes. O robótico maior olhou pra ele e ia correr atrás, mas o Bento, furioso como só ele, não deixou.

"Nossa conversa ainda não terminou, seu demônio!", berrou ele.

A lata-velha começou a falhar, desligando sua programação a cada pancada.

Outros robóticos chegaram mas eu os afastei, usando minha mente e os ventos.

Bento estava decidido a destruir o inimigo, mas foi atingido por um arpão cravado pelo monstrengo em sua barriga.

Endoidecida de raiva, corri e pulei nos ombros do enferrujado. Com meus punhos, bati e bati e bati na sua cachola dura. Mas nada aconteceu.

Ele me jogou a metros de distância. Mas eu me recuperei e apontei minhas mãos para sua caldeira. Enfezada, ordenei que explodisse. Nada. Tentei de novo e nada. Mais uma vez. Senti o sangue escorrer dos meus ouvidos e nariz e minhas pernas ceder. Mas daí a caldeira explodiu, avariando ainda mais o monstrengo, que já estava mais pra lá do que pra cá. Eu caí, não aguentando mais ficar em pé.

"Vitória!", gritou Bento, já se recuperando.

Eu fiquei no chão, porque tava doendo muito.

"Todo o poder vem com um preço", falou aquela vez a bruxa Diana, a Rainha do Ignoto, quando caminhávamos pela Ilha do Nevoeiro.

Em meio àquela loucurada toda, ao lado dos amigos que amava, me levantei e continuei lutando. Bento voltou a bater na cabeça do robótico de Aristarco.

Ele socava a máchina, que só faiscava, e eu batia nos soldados mais e mais. Foi quando o robótico paraguaio voltou à vida e me socou. Eu até tentei revidar, mas só machuquei mais meus dedos.

Com a cabeça doendo como estava, não conseguia usar mais meu poder.

O monstro aproveitou e me levantou pelo pescoço.

Sufocada, contemplei o olhar frio da cara ferrosa.

Minha vista escureceu e eu só vi a luz avermelhada do bicho assassino.

A batalha estava perdida.

Ilha do Forte da Pólvora,
1896, 10h48min

Registro de Programação
Robótica do Modelo E564

SEGUNDO INSTRUÇÃO DE ARISTARCO, GRÃO-ANCIÃO, DEVO SEGUIR ORDENS DE MASCHER, CIENTISTA MOR.
    SEGUNDO INSTRUÇÃO DE MASCHER, DEVO COMBATER ALVOS ANARQUISTAS RESPONSÁVEIS PELA DESTRUIÇÃO DA ILHA DA PÓLVORA.
    DE FORMA ESPECÍFICA, O ALVO BENTO ALVES DEVE SER DOMINADO, COMBATIDO E DESTRUÍDO.
    O ALVO MOSTRA-SE UM OPONENTE DIFÍCIL DE ABATER.
    PROGRAMAÇÃO ORDENA POTÊNCIA MÁXIMA NO COMBATE.
    O ALVO RECUSA-SE A TOMBAR, MESMO FERIDO E SANGRANDO, O QUE COMUNICA DETERMINAÇÃO SOBRESSALENTE.

<<Interrupção mnemônica na programação do modelo E564>>
    Bento Alves era um estranho... ele era um herói entre os meninos do Ateneu...
    <<Defeito orgânico coibido. Retorno à programação do modelo E564>>

O ALVO AGORA ATACA COM UMA BARRA DE FERRO.
    MINHA PROGRAMAÇÃO ORDENA PROTEÇÃO COM UM BRAÇO E GOLPE FATAL COM O OUTRO.

MEU BRAÇO O FERE DE RASPÃO, O QUE FAZ COM QUE ELE NOVAMENTE ACERTE A MINHA CABEÇA.

<<Interrupção mnemônica na programação do modelo E564>>
Meu pai me diz que eu sou uma vergonha...
Minha mãe, que acabou de ser novamente espancada por ele, se aproxima de mim e me abraça, e diz que tudo ficará bem...
O Ateneu em chamas...
Bento Alves nunca mais foi visto... nunca mais foi visto...
<<Defeito orgânico coibido. Retorno à programação do modelo E564>>

BRAÇO PROTEGE NOVO ATAQUE.
O ALVO PRECISA SER SILENCIADO EM DEFINITIVO.
ACIONAR ARPÃO ELECTRIFICADO PARA ALQUEBRAR FORÇAS.
ELE TOMBA ANTE O PODER DA MÁCHINA... EU TOMBO ANTE...

<<Interrupção mnemônica na programação do modelo E564>>
Eu sorri quando a beijei pela primeira vez...
Eu a amava, mas meu pai disse que ela não servia...
Eu o confrontei e disse que...
Ele bateu com minha cabeça na parede... cabeça... parede...
<<Defeito orgânico coibido. Retorno à programação do modelo E564>>

BATER A CABEÇA... BATER A CABEÇA DO ALVO CONTRA PEDRAS DA PAREDE TOMBADA.
SEGUNDO ALVO, DENOMINADO VITÓRIA ACAUÃ, PULA NAS COSTAS E USA MÃOS PARA EXPLODIR BATERIA SOBRESSALENTE.
PROGRAMAÇÃO NÃO PREVÊ ESSE EFEITO DE MÃOS HUMANAS...

<<Interrupção mnemônica na programação do modelo E564>>
A mão da Princesa Isabel e meu cuspe sobre ela...
A mão de meu pai socando-me...
A mão de minha mãe cuidando de mim...
Minha mão entre as enferrujadas grades da prisão...
A mão de um médico aproximando um bisturi...
<<Defeito orgânico coibido. Retorno à programação do modelo E564>>

ALVO FEMININO INDÍGENA SE AFASTA.
ALVO MASCULINO SE RECUPERA E GOLPEIA CABEÇA COM BASTÃO.

PRIMEIRO GOLPE NÃO PODE SER DEFENDIDO.
SEGUNDO GOLPE NÃO PODE SER DEFENDIDO.
TERCEIRO GOLPE NÃO PODE SER DEFENDIDO.
FALHA GERAL DE SISTEMA...
MEMBROS INFERIORES FALHANDO.
FALHA GERAL DE SISTEMA...
FALHA GERAL DE SISTEMA...
REINICIAR.

*Ilha do Forte da Pólvora,
11 de novembro de 1896, 10h51min*

Do noitário de Bento Alves

Em meio à batalha, eu devorava com fome o banquete da destruição.

Todavia, estava prestes a vivenciar uma sangria indigesta, especialmente ao lutar com o incansável robótico de Aristarco. Com dificuldade, respirava poeira e fuligem.

O fedor de sangue misturava-se ao fedor de estrume que, por sua vez, se unia ao odor de óleo e pólvora. Ao me colocar em pé, sabia que não teria outra chance de abater o monstro. Peguei a mesma barra de ferro a que havia recorrido minutos antes e avancei contra a sua cabeça, mirando sua central de comando.

Com a ajuda de Vitória, que colocava a própria vida em risco ao abusar de seu poder mental, peguei o ferroso de surpresa. O primeiro golpe foi recebido de forma impassível. O segundo produziu um leve movimento em sua máscara de lata. O terceiro, certeiro e violento, despedaçou-a, fazendo cair a face inumada.

Por baixo da máscara robótica, havia um rosto humano, disforme e apodrecido, unido à ferraria fria, com os músculos faciais remendados por fiação mechânica. No lado direito, um glóbulo olhou-me com um esgar de pavor, enquanto no esquerdo uma lente de vidro fitava-me.

Em meio àquela mixórdia facial de carne e fibras, reconheci os traços de um jovem que há muito não via. Então era isso que Sergio quis dizer com Jorge estar vivo?!

A violência do meu ataque fez sua programação reiniciar, o que me deu algum tempo. Outra cena monstruosa desenrolava-se ao meu lado, enquanto mais soldados humanos chegavam. Pegando uma carcaça robótica, joguei-a contra eles.

Não pensando duas vezes, pulei sobre a tralha paraguaia que sufocava Vitória. Ambos caímos num abraço violento, agora no chão enlameado. Ela caiu a metros de nós.

Com minhas mãos nuas e fervendo de ódio, saquei duas adagas do meu cinto e destruí os receptores de áudio, que ficavam nas extremidades da cabeça da máquina. Por fim, depositei uma última no visor do ciclope robótico.

A criatura, muda e cega, levantou-se e correu desesperada em direção a um grupo de soldados que chegava, fazendo-os tombar. A máquina seguiu em direção à margem da Ilha da Pólvora, jogando seu corpo enferrujado contra as águas. Depois de minutos, uma surda explosão anunciou sua morte.

Dei as costas à cena e corri para Vitória. Felizmente, ela voltava à vida, respirando com dificuldade. Foi quando percebi que E564 ressuscitara, agora com a programação corrigida.

Só que em vez de me atacar, foi em direção ao interior do prédio destruído, o mesmo no qual Sergio havia adentrado, possivelmente chamado por Aristarco. Antes disso, porém, o monstro recolheu o corpo do scientista alemão e o levou consigo.

Estava prestes a segui-los quando vi mais soldados chegarem, vindos do porto.

Como Vitória não tinha condições de lutar sozinha, permaneci ao seu lado, buscando no chão as armas mais próximas, que, naquele caso, eram um braço robótico despedaçado e uma pistola de oito cartuchos. Usando o braço mechânico para destroçar crânios e a pistola para imobilizar inimigos, voltei à batalha.

Já nas mãos de Vitória, duas adagas feriam a carne dos agentes mascarados.

Seguindo meu exemplo, ela mirava olhos e ouvidos, transmutando-se numa assassina eficiente e mortal, unindo o efeito do aço frio aos seus poderes mentais.

Após mais inimigos vencidos, de costas um pro outro, tomamos ar.

"Vitória, vá buscar Sergio! Nosso resgate está quase chegando", gritei, torcendo para não estar enganado. Vitória correu ao interior do prédio.

Deixando a pistola vazia de lado, me apoiei no braço robótico que usava como bastão de combate para recuperar o fôlego e fitar os inimigos que se aproximavam.

Naquele ritmo, pouco restaria de mim para contar ou viver qualquer estória!

Ilha do Forte da Pólvora,
11 de novembro de 1896, 11h22min

Registro de áudio
sob ordem de Aristarco

[VOZ MASCULINA]
Vou contar a você, E564, o que aconteceu, para registros futuros.

Eu aguardava na sala de reuniões. Por uma tela electrostática toda rachada, observava a vitória dos meus inimigos.

Meus sonhos pedagógicos e progressistas quedavam dizimados!

Quando observei os dois invertidos e a índia, peguei uma cadeira e joguei contra a tela ruidosa, terminando de quebrar a geringonça.

Reunindo minha coragem e determinação, fundamentais à liderança, pus-me em pé e arrumei meu colete, pois precisava estar apresentável na coletiva que daria em poucas horas. Meu plano era usar o túnel subterrâneo, construído há duas décadas pelo intendente Josefredo Almeida, um herói positivista, para conectar a ilha à prefeitura de Porto Alegre. Ao chegar lá, explicaria as explosões daquele dia aos citadinos e exporia o que sofremos nas mãos dos vilões anarquistas!

Meu futuro seria devotado à destruição daqueles bastardos!

Foi quando o principal demônio daquele dia retornou à minha vista.

Mesmo ferido e sangrando, com o cabelo loiro imundo de lama e pústulas, ele havia sobrevivido para me destruir. Era preciso discipliná-lo de uma vez por todas!

284.

"Vou estrebuchá-lo, velhaco fedido", foi o que ele disse, segurando um facão!

Sim, sim, um facão!

"E depois vou pendurar suas tripas ao sol, para virar comida de urubu!"

Imagine, essa foi a terminologia que o maligno usou. Foi bem isso o que disse.

Eu, por minha postura social e scientífica, não respondi às suas ofensas.

Depois de desarmá-lo corajosamente, tentei aprisioná-lo, afinal, se o levássemos conosco, teríamos uma evidência ainda maior da culpa dos anarquistas e... eu poderia torturá-lo... quer dizer... interrogá-lo. Mas essa gente prefere a morte à justiça.

Decidi então satisfazer sua vontade, dando ao vilão uma descarga eléctrica de alta potência. Ele tombou e depois você chegou.

Bem, é claro que não foi bem assim que tudo aconteceu, afinal você me auxiliou, E564. Mas essa é a versão que contaremos, pois o povaréu precisa de um líder heroico.

Deixamos aquele lugar, tomando o elevador para o depósito subterrâneo, onde estamos agora. Antes de acessar o túnel, envie mensagem ao doutor Mascher, ordenando que nos encontre nele, para chegarmos juntos a Porto Alegre.

Será que Mascher demora?

Esse túnel mal-iluminado irrita meus nervos!

Ilha do Forte da Pólvora,
11 de novembro de 1896, 11h34min.

Do noitário
de Sergio Pompeu

Estávamos próximos do ato final daquele drama.

Deixando o campo de batalha, adentrei o interior destruído do prédio principal, levando comigo uma pequena adaga, que havia recolhido de um dos positivistas mortos. Apesar do plano não prever a sobrevivência de Aristarco, eu tinha esperança de que ele confessasse ao mundo as ações execráveis da Ordem sob sua liderança.

Quando o encontrei, num vasto salão com uma mesa de reuniões maciça e escura, estava diante de um projector destruído.

"Aristarco, venha conosco", falei, tentando abandonar meu ódio daquele homem e do que ele representava. "Aja de acordo com a dignidade que professa defender."

Derrotado e furioso, ele voou em minha direção, entre o caos de cadeiras do salão. Recebi seus golpes patéticos, que pouco adicionavam às dores existentes.

Joguei a lâmina num canto, pois não precisaria dela para enfrentá-lo.

Depois de socar-me, afastou-se, respirando com dificuldade, até cair de joelhos.

Que diferença daquela imagem que havia visto em seu gabinete. Por instantes, senti piedade pelo pobre-diabo, o que lhe deu tempo de atacar-me com um bastão eléctrico.

Eu recuperei a lâmina de combate e marchei em sua direção.

Foi quando Jorge apareceu, parcialmente avariado, com um dos braços despedaçado e a cabeça sem a máscara férrea, revelando seu rosto disforme.

Eu tentei dizer alguma coisa, mas fui jogado contra uma parede.

"Mate-o!", foi a ordem que escutei dos lábios do velho.

"Não temos tempo... Grão-Ancião... Os inimigos estão... às nossas portas!", disse o robótico retirando o velho à força e levando-o consigo.

Segundos depois, num bem-vindo desencontro, Vitória chegou e me ajudou.

Seguíamos para o campo de batalha, quando ela se separou de mim. Supliquei para que ficássemos juntos, mas ela ignorou-me, ordenando que fosse para o pátio externo. Mesmo contrariado, segui. Quando lá cheguei, novo tumulto!

Bento enfrentava Takeda, a agente que tinha atacado nosso lar!

Incrivelmente, ela havia sobrevivido e retornado ao Forte da Pólvora para nos atacar, o que me fez temer por nossos amigos na ilha.

Em segundos ela imobilizou Bento, usando sua agilidade e destreza. Contra ela, sua força bruta não passava de sombra, ainda mais enfraquecida pela batalha anterior. Tentei enfrentá-la, mas recebi um golpe na traqueia que me deixou não apenas sem fala como também sem ar. Caído ao lado de Bento, perguntei-me se aquele seria o fim. Caso fosse, meu consolo seria morrer ao seu lado.

Incansável, Bento voltava à luta, agora furioso por ver-me ferido. Mas exausto como estava, mal conseguia escapar dos golpes ágeis da inimiga.

Foi quando nosso resgate chegou, com pontualidade alarmante.

Ele tinha a forma de um jovem cadavérico e magro e de uma mulher negra e forte, que carregava a noite inscrita em seus olhos.

Solfieri e Beatriz vestiam roupas pretas e leves, apropriadas ao ataque.

"Solfieri, vá buscar Vitória!", ordenou Bento, tentando pôr-se em pé.

A agente positivista correu para impedi-lo até ser confrontada por Beatriz.

A guerreira oriental atacou-a com um golpe violento, do qual Beatriz desviou com dificuldade. Em resposta, nossa amiga desferiu um golpe no rosto da japonesa, fazendo-a retroceder e sangrar.

Aquele seria um confronto mortal.

Ilha do Forte da Pólvora,
11 de novembro de 1896, 11h46min

Registro de áudio sob
ordem de Sigmund Mascher

[VOZ MASCULINA]
Um trabalho scientífico de anos desperdiçado. Uma vida em busca do progresso e do bem-estar dos homens superiores!

[SOM DE UTENSÍLIOS METÁLICOS E PAPÉIS SENDO REVIRADOS]

O que levar? O que deixar?

[SOM DE DISPOSITIVO SONORO SENDO ACIONADO]

[TRANSMISSÃO DE VOZ ROBÓTICA]
Doutor Mascher... aqui é E564... Grão-Ancião ordena que nos encontre no... ponto de fuga B neste momento... Não se demore, pois os inimigos tomaram a ilha...

[VOZ MASCULINA]
Esse é um bom plano! Mas e a minha coleção?!

[SOM DE PORTA METÁLICA SENDO ACIONADA]

[VOZ MASCULINA]
Você?!

[VOZ FEMININA]
Bom dia, doutor. Lembra-se de mim? Eu me lembro do senhor.

[VOZ MASCULINA]
É claro que eu me lembro de você! Tudo começou com você, sua índia! Foi
você que nos destruiu. Agora, eu vou matá-la com minhas próprias mãos.

[SOM DE BATALHA CORPORAL]
[SOM DE CORPO CAINDO NO CHÃO]

[VOZ MASCULINA]
Ai! Minhas costelas...

[VOZ FEMININA]
Não tente me enfrentar, velho nojento.

[SOM DE CORPO SE LEVANTANDO]

[VOZ MASCULINA]
Enfrentar você? Quem você pensa que é, pirralha?!

[VOZ FEMININA]
Meu nome é Vitória Acauã e sou uma bruxa.

[SOM DE GARGALHADA, SEGUIDA DE TOSSE]

[VOZ MASCULINA]
Uma bruxa? E como você pretende nos vencer, sua ignorante?! A sciência
mudou o mundo! Homens como eu são o futuro! Você não faz ideia do
que a sciência pode fazer!

[VOZ FEMININA]
E o que ela pode fazer, doutor?

[VOZ MASCULINA]
A sciência pode perscrutar os segredos do universo! A sciência verdadeira
— a positivista! — pode dominar corpos inferiores! Pode construir casas,
prédios, castelos! A sciência pode construir pontes, aprisionar os rios,

desviá-los, barrá-los! A sciência pode descobrir músculos, ossos, entranhas! A sciência pode levar o homem à lua! À lua! A sciência pode controlar os povos inferiores! Indígenas! Japoneses! Africanos! Até os americanos! Além dessa raça abjeta, os brasileiros! Nós, os europeus brancos, vamos dominar o mundo! A sciência pode até destruir este planeta ridículo!...
[SOM DE RESPIRAÇÃO OFEGANTE]

[VOZ FEMININA]
Respire, doutor. O senhor pode engasgar.

[VOZ MASCULINA]
Cale a boca que estou falando! A sciência pode fracionar moléculas! E até o átomo! Pode criar seres robóticos e orgânicos! Sua nova descoberta serão os clones! Assim não se precisará mais de sexo, essa coisinha nojenta que os seres humanos fazem no escuro! Nada mais de sexo! A nova moda serão as fábricas de seres humanos. Seres humanos brancos! Homens brancos! E também mulheres, pra limpar o chão! Todos fabricados em série. Sim, a sciência pode tudo! Tudo!
[SOM DE RESPIRAÇÃO OFEGANTE SEGUIDO DE TOSSES]
    Ora essa! Bruxas! O que essas aí podem fazer? Responda-me!

[VOZ FEMININA]
O que as bruxas podem fazer? Boa pergunta, doutor. Ovídio e outros poetas listaram dezenas de coisas. Elas podem convocar e silenciar relâmpagos e trovões, nuvens e ventanias, tempestades, terremotos, maremotos. Elas podem despencar a lua ou pregar o sol no céu. Dizem alguns que elas podem fazer corações estacar, rins derreter, pulmões explodir ou transferir ouro e bonecas vodus de um lugar a outro, perto ou longe. Mas as bruxas também conhecem a arte de curar doenças e afastar maldições, isso se não estiverem ocupadas demais dançando com demônios imundos no alto céu noturno. Elas também podem solicitar a presença dos mortos e dos espíritos, e ordenar que sequem folhas, flores e árvores, que mudem o curso dos rios e que façam o sol escurecer, transmutando dia em noite ou noite em medonho breu. Elas podem entrar e sair de buracos pequeninos e destrancar portas, além de diminuir de tamanho para navegar em cascas de ovos ou em côncavas conchas através de mares tempestuosos. Também podem ficar invisíveis e invadir as cidades dos homens, os endoidecendo ou então transformando seus membros em lesmas gosmentas. Dizem também que elas podem ressuscitar os mortos, mas isso é mentira. Já os caldeirões transbordando de substâncias vivas, mortas e indefinidas, isso é verdade. Quanto aos chapéus, varinhas de condão e vassouras voadoras, isso não passa

de estória para meter medo em infantes. Quanto a esta bruxa, Sigmund, eu posso lhe mostrar o que ela pode fazer. Pra começar, aprecio devolver presentes de hospitalidade. No seu caso, há vários. O que as bruxas podem fazer? O senhor quer mesmo saber? Então vou lhe mostrar.

[VOZ MASCULINA]
O que você fará comigo?

[VOZ FEMININA]
Eu invoco Jaci, Iaraí e também Tupã, bem como o grande Nhanderuvucú, deuses antigos da terra e das águas e de tudo o que existe. Eu também invoco Hanhaçã e Hutyamus, espíritos que trazem justiça.

[VOZ MASCULINA]
Meu deus! Seu rosto... é medonho...

[VOZ FEMININA]
Que eles façam suas pálpebras desaparecerem e que costurem sua língua no céu da boca. Que eles grudem seus dedos para nunca mais tocar e que suas palmas malditas nunca mais sintam nada. Que eles o atormentem no além, no hoje, no amanhã e no porvir. E que seus pulmões não sintam o ar e que eles se encham de água, e sangue e podridão. Que o senhor fique aprisionado no mundo dos sonhos infindos, vivenciando terríveis tormentos. Que elas façam consigo o que o senhor fez com os fracos que estavam sob seu poder! Por fim, que elas peguem suas réguas, doutor, e que meçam a pífia extensão do seu cérebro podre!

[VOZ MASCULINA]
Ai, meu coração!

[SOM DE GEMIDO SEGUIDO DE CORPO CAINDO EM MEIO A CACOS DE VIDRO]

Ilha do Forte da Pólvora,
11 de novembro de 1896, 10h51min

Do noitário
de Vitória Acauã

"O que aconteceu?", perguntou o Solfieri.

"Ele enfartou," disse eu, parada diante do velho morto. "Não suportou saber sobre as bruxas nem ver minha verdadeira face."

Solfieri se aproximou de mim e me abraçou. Ele era baixo como eu. Magro como eu. E tinha um cheiro de armários fechados e cortinas mofadas que eu até gostava.

"Algo nesse lugar, Solfieri... me diz que ainda há uma vida a ser salva. Eu escuto ecos, vozes... uma súplica por ajuda", falei.

Começamos então a revirar o lugar, em busca de algo que respondesse aquele chamado. Foi quando atentamos a uma passagem semiaberta, possivelmente o plano de fuga do alemão. Atrás dela, um ascensor levava aos subterrâneos da ilha. Descemos por ele, temendo o que encontraríamos lá embaixo.

Quanto as portas abriram, demos de cara com uma galeria de gelar o sangue. No porão secreto, abaixo da ilha, estava a coleção particular do doutor. Em cada parede, entrecruzada por escuras escotilhas, estavam prateleiras e prateleiras de potes com cérebros, todos etiquetados!

Mas a coisa mais triste estava no meio do laboratório. Apavorado como eu nunca tinha visto antes, Solfieri congelou. Eu parei ao lado dele e peguei sua mão.

Preso a umas máchinas estranhas e nojentas, que bombeavam sangue a um corpo que parecia morto, encontramos Seu Revocato. Eu o tinha visto só em photos. O pobre estava todo entubado com fios, agulhas e outros aparelhos que não conhecia.

Seus olhos eram mantidos abertos por hastes de metal. Abaixo deles, lágrimas. Do cantinho dos lábios, escorria um filete de sangue misturado à saliva.

Pensei que não havia mais vida nele. Mas de susto, seus restos acordaram e ele reconheceu seu amigo.

"Vocês... vocês vieram... por mim...", sussurrou o velhinho.

Os olhos escuros de Solfieri transbordaram.

"Sim, nós viemos, querido amigo", respondeu ele, abraçando o machinário.

"Eles... invadiram cada canto... do meu corpo... da minha mente...", falou Revocato, antes de engasgar e ficar sem ar. Era uma cena medonha de tão triste.

Solfieri, confuso, tentou libertar o amigo daquela machinaria, mas não conseguiu. Era muito fio e tubo misturado.

"Solfieri... por favor... eu não estou mais aqui... só ficou a casca...", disse ele.

Lágrimas escorreram dos olhos do Solfieri.

"Por favor," completou o moribundo, "deixe-me ir. Me liberte, mais uma vez, como fizeste no passado, quando formamos juntos o Parthenon,"

Solfieri enxugou as lágrimas e olhou para seu amigo. Um sorriso terno distorceu seus lábios finos e pálidos. Ele então reuniu forças e falou:

"À morte que chega, à bebida que some e..."

"...aos amigos que ficam...", completou Revocato, fechando os olhos e dizendo sem nada dizer que ele estava pronto.

Solfieri o abraçou e então findou com sua vida com a ponta de uma adaga.

"Ele não ficará aqui," falou, depois de instantes. Eu o abracei e concordei.

Ele voltou ao corredor de onde viemos e voltou segundos depois com um machado. Com fúria e selvageria, entremeadas por lágrimas, Solfieri despedaçou os fios, cintos e correntes que aprisionavam o corpo de Revocato.

Tomando o corpo em seus braços, Solfieri seguiu para o ascensor. Deixamos o laboratório do Mascher para trás contando os segundo para chegarmos à superfície, para deixarmos para trás o inferno real que havíamos acabado de vivenciar.

ILHA DO FORTE DA PÓLVORA,
11 DE NOVEMBRO DE 1896, 12H03MIN

Registro de áudio do Grão-Ancião Aristarco

[VOZ MASCULINA]
Estou cansado de esperar, E564, e suspeito que sua programação esteja falhando, pois vejo seu mechanismo ocular acender e apagar. Estou certo?

[VOZ ROBÓTICA]
Está, meu senhor... meu pai... meu senhor...

[VOZ MASCULINA]
Como suspeitei, aqueles monstros danificaram outra de minhas obras-primas.

Hoje, vi morrer tudo aquilo que construí. Um paraíso idílico onde machos e fêmeas poderiam criar seus filhos em segurança! Uma república na qual todos falariam a mesma língua, usariam a mesma roupa, respirariam no mesmo momento! Nossos planos de dominação federal e criação de humanos superpoderosos fracassaram. A república militar que eu planejei agora não passa de uma ilusão! Nunca se concretizará nesse Brasil de humanistas do inferno!

Mas eles terão minha vingança. Eles podem ter destruído meus sonhos, mas não viverão para rirem da minha cara. Acionar o comando B48.95643, E564!

[VOZ ROBÓTICA]
Mas senhor... isso significa... a completa anniquilação... da...

[VOZ MASCULINA]
Não discuta minhas ordens, E564! Eu sei o que significa! É isso que eu quero! Antes de ressurgir como Fênix, quero o sangue dos calhordas a banhar as margens de Porto Alegre!

[VOZ ROBÓTICA]
E... quanto ao... doutor Mascher... meu pai... meu Grão-Ancião?

[VOZ MASCULINA]
Que o velhaco morra! Incompetente do inferno! Foi tudo culpa dele!

[VOZ ROBÓTICA, ENTREMEADA AO SOM DE FAÍSCAS]
Grão-Ancião... e quanto aos... soldados... e à... agente Takeda?

[VOZ MASCULINA]
Venha, robô! Todos merecem morrer! Ainda mais aquela japonesa, que sempre foi uma mancha em nossas fileiras. Eu a tolerei porque era um bom instrumento. Mas na terra prometida que começarei a construir a partir de amanhã, não há espaço para olhos puxados, lábios inchados ou peles pardas ou escuras! Entendeu?!

[VOZ ROBÓTICA]
Sim, senhor... Aristarco... sim, senhor...

[VOZ MASCULINA]
E pare de me chamar pelo meu nome. Sou seu mestre! Agora, venha. Temos uma boa caminhada até sair daqui.

[SOM DE PASSOS ECOANDO NO TÚNEL DE PEDRA]
[SOM DE PASSOS MECHÂNICOS ARRASTADOS, ACOMPANHADOS DE CURTOS-CIRCUITOS]

Ilha do Forte da Pólvora,
11 de novembro de 1896, 12h16min

Do noitário de
Beatriz de Almeida e Souza

Meu nome é Beatriz de Almeida e Souza e eu nunca abandono meus amigos.

Quando chegamos à ilha inimiga, aportamos nas margens do Campo de Formação e então fitamos o tumulto, com dezenas de mortos e Bento, que enfrentava sozinho a guerreira oriental que atacara nossa ilha. Ela já havia imobilizado Sergio, que a poucos metros de Bento estava de joelhos, tossindo sangue.

Solfieri foi buscar Vitória, pois teríamos poucos minutos para escapar. O rádio da polícia já havia alertado as forças federais da explosão da ilha e em instantes teríamos por ali a polícia e os militares.

Enquanto isso, eu precisava dar conta de Takeda e impedir que ela terminasse de arruinar Bento Alves, àquela altura uma mera sombra do homem que eu conhecia.

Fitei os glóbulos assassinos de Takeda, a própria imagem do ódio. Ela deixou Bento tombar e então foi atrás de Solfieri. Eu a impedi, ficando entre ela e o interior do prédio. Era um confronto arriscado, pois Takeda tinha o treinamento militar e corporal de uma especialista em artes marciais. Eu, todavia, tinha o treinamento das ruas e formação como capoeirista, jogo no qual me disciplinei quando vivi como Dante D'Augustine. Minhas chances eram nulas, exceto por duas coisas. Minha oponente estava cansada e esgotada, tanto physica quanto mental e eu via isso. Além disso, eu tinha outra arma.

Takeda voou em minha direção, golpeando meu peito com um pontapé certeiro. Eu me levantei, impedindo os dois próximos golpes com meus braços.

Takeda tentou me dar uma rasteira, de que consegui desviar pulando por cima da sua perna. Aproveitei o giro que ela deu com o corpo para me afastar e começar meu outro ataque.

"Então era isso que você buscava na Ordem Positivista?"

Minha fala a distraiu, o que deu tempo de aplicar dois socos, um em cada lado do rosto. Takeda se recuperou e rolou três metros até um porrete, caído no campo de batalha, entre braços decepados, humanos e robóticos. Com ele, Takeda golpeou meu flanco e depois minhas costas. Eu recebi o terceiro golpe daquele bastão improvisado e então o prendi entre os dedos.

"Era isso, Nioko? Morte de inocentes, corrupção da justiça e experimentos inumanos?!"

Puxei a arma e sua portadora em minha direção. Agora, dentro de meu raio de alcance, apliquei-lhe mais dois golpes na têmpora. Minha única chance seria desorientá-la e eu sabia como fazer isso.

Outros dois socos seguidos de um chute em seu estômago a paralisaram, fazendo-a cuspir sangue. Mesmo reticente, coibi em mim qualquer piedade. Com dois outros socos contra sua face, ela despencou.

Ela rolou para longe de mim, ganhando tempo para tentar alguma recuperação, pensei. Seu objetivo, porém, era dar-me uma rasteira bem colocada, o que conseguiu. Que bela estrategista era aquela mulher, constatei, enquanto me levantava.

"Pense nas vidas que foram perdidas no dia de hoje!", continuei eu. "Era isso que você queria? Ser igual aos seus superiores?"

"Cale a boca!", disse ela. "Você não faz ideia do que estão destruindo aqui."

"Ah, eu faço sim, Nioko."

Respondi à sua tática com três golpes, um no estômago e outros dois no rosto, oscilando meus golpes com outros punhais, constructos de afiadas palavras.

"Ignorância. Opressão. Preconceito. Abuso de Poder. Violência. Sede de poder. Eis o que estamos destruindo aqui, e você sabe que é verdade!"

Uma chave de braço a imobilizou, apesar de seus golpes contra meu torso me tirarem o ar. Mesmo assim, não arrefeci. A cada palavra minha, porém, algum mechanismo acionava em minha oponente, até seus golpes pararem. Escutei vozes saindo do seu comunicador. Eu a soltei e me afastei dela.

"Estamos destruindo mais do que pedras e ferro, Nioko. Estamos destruindo um symbolo de dor e opressão. Você ainda tem forças para lutar por essas coisas?!"

Ela me olhou, ainda em prontidão de combate, com os olhos cheios de lágrimas, lágrimas que respondiam a mim e ao que ela ouvia. Seus braços caíram e seus punhos relaxaram. No instante seguinte, a arma fatal da Ordem caiu de joelhos no campo de combate, com seu choro subindo aos céus.

Não havia mais forças nela, nem ideias ou objetivos. Ela estava morta por dentro.

Takeda então interrompeu seu lamento com um "Não", sussurrado de seus lábios.

Eu temi o que aquela palavra poderia significar.

"Eu não posso permitir isso", falou ela, vencida tanto em seu corpo quanto em seu espírito. "Ele vai explodir o Forte da Pólvora. Saiam daqui!"

Nossos olhos se encontraram e eu soube que a meus pés estava uma oponente digna, forjada no fogo da batalha e determinada a agir de acordo com suas crenças. Desejei que nosso contato não findasse num tal oceano de sangue, ódio e desespero.

"Sergio! Bento! Para o barco agora!", disse eu, sabendo que nossa vida poderia findar em segundos! Precisava agora encontrar Solfieri e Vitória.

Para a minha alegria, entre as chamas e a fumaça, vi Solfieri e Vitória deixarem o prédio em escombros. Ele, com dificuldade, carregava um corpo que demorei a reconhecer, pensando inicialmente tratar-se de um dos líderes da Ordem. Quando me aproximei, fitei o cadáver de Revocato, o que duplicou meu ódio por aquele lugar. Precisávamos partir!

Fomos em direção ao barco, com Vitória ajudando Sergio a apoiar a caminhada vacilante de Bento. Mas algo apertado em meu peito fez meu passo estacar. Solfieri voltou-se para mim, perguntando o que eu estava esperando.

"Pro barco, agora", ordenei eu.

E dei meia-volta, sabendo que não poderia permitir que Takeda continuasse ali. Em seus olhos, tristeza e ódio, em igual medida. Mas a quem aquele ódio era dirigido? Eu não poderia permitir que ela sobrevivesse e que seu ódio se tornasse um combustível tanto para sua sobrevivência quanto para sua vingança.

Deveria executar aquela inimiga ali mesmo? Era isso que eu deveria fazer? Eu tinha uma decisão a tomar.

Eu segui entre as chamas afogueadas, indo em sua direção. Saquei minha faca e mostrei-lhe seu destino. Em minha mente a resolução era clara.

Diante da inimiga, engoli meu ódio e a golpeei no rosto com minha bota. Não poderia correr qualquer risco. Apertei o punhal da lâmina e inspirei fundo o ar imundo.

Lancei a arma nas chamas e tomei o corpo desfalecido de Takeda nos braços.

"O que significa isso?!", perguntou Sergio. "Ela é nossa inimiga. Foi ela que bombardeou nossa casa!"

"Estou levando-a conosco, Sergio", respondi, ordenando nossa retirada.

"Por quê?", questionou Vitória. "Não podemos arriscar! Ela merece morrer por tudo o que fez contra nós!"

"Algo me diz que, diferente dos homens que matamos hoje, ela tem mais em comum conosco do que com eles", falei, findando o debate. "Além disso, já tivemos mortes demais no dia de hoje."

Coloquei Takeda no chão do barco, ao lado dos restos de Revocato.

Deixamos a ilha e, quando estávamos a mais de vinte metros do inferno positivista, a ilha explodiu, tornando-se uma tocha viva, fincada nas borbulhantes águas do Guayba. O impacto fez as ondas se movimentarem e nosso barco quase virar! Parte do complexo scientífico da Ordem Positivista agora terminava de ser destruído.

Porções inteiras de terra mergulhavam diante dos nossos olhos na revulsão das águas, afundando de vez muitos de seus soldados, intentos e máchinas.

Deixando para trás o fogo, o sangue e a perfídia, seguimos para a Ilha do Desencanto, enquanto a capital testemunhava a segunda grande explosão do dia.

Nesse caso, uma explosão ainda mais terrível e definitiva.

*Ilha do Forte da Pólvora,
11 de novembro de 1896, 12h22min*

Registro de áudio do Grão-Ancião Aristarco

[SOM DE EXPLOSÃO SEGUIDO DE CHAMAS]
[SOM DE CORPO CAINDO NO CHÃO]
[SOM DE METAL DESPENCANDO SOBRE A PEDRA]

[VOZ HUMANA]
Eu consegui! Explodi os malditos!

[VOZ ROBÓTICA]
Falha na programação... Ateneu... Bento era um estranho...

[VOZ HUMANA]
Cale a boca e me ajude a levantar!

[VOZ ROBÓTICA]
Não.

[VOZ HUMANA]
O quê?!

[VOZ ROBÓTICA]
Não, meu pai... Eu não vou calar minha voz... nem ajudar o senhor a se levantar.

[VOZ HUMANA]
Pare de me chamar de seu... você lembra? Você se lembra de quem era?

[VOZ ROBÓTICA]
Sim... Eu me lembro... Meu nome era Jorge Pereira dos Ramos.

[VOZ HUMANA]
Então, você precisa salvar seu pai! Precisamos sair daqui. Eu temo que a explosão possa ter fragilizado as estruturas do túnel. Me ajude aqui!

[VOZ ROBÓTICA]
Não farei isso, meu pai... E pelo que vejo dos poucos recursos eléctricos que ainda tenho... a explosão não afetou o túnel... Ele não vai ruir por si só... Essa deve ser a última das suas preocupações...

[VOZ HUMANA]
Devo então me preocupar com o quê?!

[VOZ ROBÓTICA]
Eu destruirei este túnel, meu pai.

[VOZ HUMANA]
Seu verme traiçoeiro! Eu deveria tê-lo sufocado no berço! Você, sua irmã e a vagabunda da sua mãe!

[VOZ ROBÓTICA]
Mas você fez isso, meu pai... Você sufocou todos nós... Durante toda a nossa vida... Você nos coibiu em nossos gestos, em nossas conversas, em nossos desejos...
E agora, meu pai, eu farei o mesmo pelo senhor...

[SOM DE METAL SE ARRASTANDO PELO CHÃO DE PEDRA]

[VOZ HUMANA]
Se afaste de mim! Se afaste de mim, seu bastardo!

[VOZ ROBÓTICA]
Eu tenho apenas um braço e minhas pernas estão inutilizadas... Mas eu conseguirei chegar ao senhor, meu pai...

[SOM DE METAL AGARRANDO TECIDO]

[VOZ HUMANA]
Não! Não! Não faça isso! Seu verme! Seu maldito...

[VOZ ROBÓTICA]
Shhhhh... não fale mais nada, meu pai... Mais nada... O tempo dos discursos e das lições de moral termina aqui... E talvez continue apenas o tempo das estórias...

[SOM DE ENGRENAGEM MECHÂNICA PRESSIONANDO CARNE]

[VOZ ROBÓTICA]
Eu me lembro de uma estória que o senhor nos contava... Uma estória horrenda, mas que servia aos seus propósitos... Falava de um campeão santificado, um juiz bíblico de longos cabelos, que foi seduzido por uma prostituta e vendido aos seus inimigos... Seus cabelos, a fonte de sua força, foram cortados e seus olhos vazados...

[SOM DE ENGRENAGEM MECHÂNICA SOLTANDO E SE ARRASTANDO PELA PEDRA]
[SILÊNCIO]

[VOZ ROBÓTICA]
Cego e alquebrado o herói se redimiu, fazendo despencar o templo filisteu contra seus inimigos... Um belo relato de sacrifício, você nos dizia, nos advertindo de que também deveríamos nos sacrificar... Não por Deus ou pela família e sim pelo país... Eu o obedeci, meu pai... E agora, busco nessa velha estória inspiração... Não porque queira findar com meus inimigos... Eu tinha apenas um... O senhor, que acaba de morrer na minha mão... Mas porque eu quero findar com o meu próprio soffrimento, voltando ao esquecimento que o senhor me condenou ao me transformar nessa criatura de ferro...

[SOM DE METAL BATENDO CONTRA PEDRA]

[VOZ ROBÓTICA]
E farei isso usando o último resquício de força que possuo...

[SOM DE METAL BATENDO CONTRA PEDRA]

[VOZ ROBÓTICA]
Boa noite, meu pai...

[SOM DE METAL BATENDO CONTRA PEDRA]

[VOZ ROBÓTICA]
Que o inferno não exista...
[SOM DE METAL BATENDO CONTRA PEDRA E DE PEDRA CEDENDO]
   Que exista apenas o esquecimento e a escuridão no fundo dessas águas...
[SOM DE JORRO DE ÁGUA EXPLODINDO DA PAREDE]

[VOZ ROBÓTICA]
Que exista apenas o silêncio...

[ÁGUA ENCHENDO TÚNEL]

[VOZ ROBÓTICA]
Encerrar programação.

[SILÊNCIO]

*Ilha do Desencanto,
11 de novembro de 1896, 11h37min*

Do noitário
de Antoine Louison

Eu me aproximei do pequeno barco e senti o cheiro de pólvora e morte.

Ao lado das armas, dos utensílios de navegação e do seu violino, Giovanni estava deitado no chão de madeira, com o sangue mesclando-se às águas do Guayba.

Ele respirava com dificuldade e sorriu quando me viu chegar.

Eu abri sua roupa para ter uma ideia do que deveria fazer. Seu peito e torso foram destroçados. Era um milagre que ainda estivesse vivo. Retirei minha camisa e a coloquei sobre os ferimentos, sabendo que aqueles cuidados seriam de pouca valia.

"Precisamos estancar os ferimentos", disse-lhe, abrindo minha valise médica.

Giovanni deteve meu braço e suplicou em silêncio que eu o olhasse.

"Meu amigo...", falou tossindo sangue, "não há muito o que fazer por aqui..."

Sempre havia o que fazer. Era preciso lutar, até o fim. Sempre. Sem pestanejar...

"Eu sei disso, Antoine. Mas neste caso, não quero mais braçadas ou lutas ou ajudas... apenas desejo o fim... ao lado de um amigo que sempre amei..."

Respirei fundo, aquietando em mim qualquer vontade ou desejo de argumentar. Antes, entreguei-me ao suave balanço das águas que faziam a embarcação dançar de um lado para o outro.

Segurei o que restara de sua mão robótica entre meus dedos.

"A ilha, Antoine... a mansão... elas estão à salvo?"

"Sim, meu caro. E nossos amigos também. Graças a ti", eu respondi.

"Eu traí vocês... eu deixei todos para trás... Sergio disse isso...", falou, com a voz interrompida por um novo tossir de sangue.

"Não penses nisso, meu amigo. Você ficou, aqui, para nos proteger e nos salvar. É isso que importa. O que poderíamos ter feito ou que poderemos fazer, não significa nada. A única coisa que importa é o que fazemos. E o que fizeste hoje foi salvar sua casa e seus amigos."

"Fale-me da ilha... por favor... da mansão...", pediu ele, com um sorriso pairando sobre a boca pálida e ferida.

Eu busquei as palavras nas nuvens acima de nós e então em seus olhos escuros.

"Há muitas décadas, Alfredo Magalhães desejou construir um lugar belo, um lugar de sonho e encanto, onde as agruras e os soffrimentos da vida comum não tivessem efeito. Um lugar no qual a feiura não chegaria, no qual a fria realidade não teria importância. Magalhães construiu aqui este lugar e o fez estudando magias prohibidas e mystérios occultos, para criar um reino arcano para ele e para os seus amados. Ele perfurou a terra e encantou-a com pedrarias enfeitiçadas e palavras de singular poder, riscando suas profundezas com túneis de assombro que levavam da mais sofrível realidade às mais etéreas esferas. Ele fez isso projectando uma casa que fosse igualmente real e insólita, com corredores infindos que levavam a cômodos imaginários."

O vento acariciou meu rosto, trazendo-me os cheiros da terra e das folhas.

"A ela ele deu o nome de Mansão dos Encantos..."

Giovanni olhava-me com ternura, enquanto tentava viver naquelas palavras.

"Mas a vida", continuei, "destruiu Alfredo e sua filha, dando a esta pequena porção de terra um nome menos delicado. E foi assim que a Ilha do Desencanto nasceu."

Segundos depois, senti o pulso de Giovanni silenciar, bem como seu coração, que morreu pouco depois do sorriso em seus lábios. A ventania foi embora, levando com ela perfumes ancestrais e estórias de bondade e magia.

Abaixo do sol, entre ilhotas repletas de mato e criaturas selvagens, fiquei eu, tentando silenciar o mosaico imperfeito dos meus pensamentos, enquanto as ondas pequeninas continuavam movimentando o barco, num vai e vem triste e fugaz, num ir e vir que pouco ou nada correspondia às vidas perdidas nas horas pregressas.

Repousei o violino sobre o corpo de Giovanni, deixando suas mãos de ferro tombarem sobre a delicada madeira do instrumento. Na encosta da ilha, Trolho me aguardava. Foi ele que me auxiliou a levar seu corpo para o interior da Mansão.

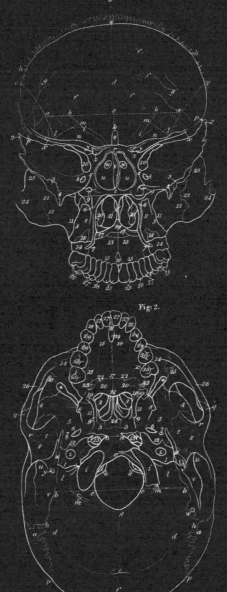

· PARTE VI ·

Reminiscências Instáveis
& Despedidas Inevitáveis

*Na qual findamos o folhetim novelesco,
Um conto de horror quase dantesco!
Com heróis chegando e outros partindo,
O Parthenon segue ousando e sorrindo!*

*Ilha do Desencanto,
13 de novembro de 1896*

Do noitário
de Sergio Pompeu

O ocorrido nos dias seguintes foi a conclusão de um romance de formação, apesar da vida, diferente das ficções, não ter um ponto final, exceto o da morte.

Após retornarmos à mansão e à ilha atacada, não descansamos. Os menos feridos prepararam as covas e lápides de Giovanni e Revocato, nossos irmãos tombados no furor da batalha. Tal tarefa coube a Bento e a mim, sempre contando com a ajuda de Trolho, que inscreveu em dois blocos de pedra seus nomes.

Quanto aos demais, ficaram encarregados de entregar a jornais e revistas as provas dos crimes cometidos na Ilha da Pólvora.

Desde o início, sabíamos que atacar a Ordem seria contar com a antipatia pública, uma vez que ela se escondia atrás dos seus ideais de progresso e moralidade. Assim, quando planejamos a retirada dos explosivos que nos destruiriam, resolvemos dois problemas através de um único subterfúgio. Enquanto Bento se dedicava à retirada das bombas e à instalação delas em pontos da Ilha da Pólvora, Vitória, disfarçada de serviçal, invadiu seus arquivos e retirou de lá relatórios, fichários e prontuários que detalhavam as ações dos sscientistas. Foi esse material que espalhamos pelo mundo. Este os recebeu estarrecido, pois tudo aquilo acontecia ali, diante dos seus olhos. Olhos que preferiram, covardemente, não ver.

Agora, víamos também o quanto todo o nosso plano parecia absurdo. O fato de termos conseguido enganar a Ordem com Louison deixando a ilha sozinho parecia igualmente brilhante e insano. Junto dele, escondidos no assoalho falso do pequeno barco, estavam Bento e Vitória, além de Beatriz e Solfieri. Louison deixou os quatro em um estaleiro alugado em Vila Ascenção. Tal medida foi tomada para que a Ordem não alterasse seus planos, pensando que todos nós estaríamos na ilha. Mas não só por isso.

Enquanto Bento e Vitória esperavam, Beatriz e Solfieri visitaram a prefeitura. Sua missão era conseguir qualquer certidão que apresentasse a assinatura do Grão-Ancião para forjarem uma ordem de serviço que poderia ser apresentada aos positivistas, caso os dois fossem interpelados. Com isso em mãos, Bento e Vitória partiram, escondidos na barcaça combustível que abasteceria a ilha no final daquela tarde. Quanto a Beatriz e Solfieri, ficaram no estaleiro, vigiando o movimento inimigo. Haviam combinado um sistema de código luminoso por meio de uma lanterna especial que tanto Bento quanto Vitória portavam. Assim, em caso de qualquer emergência, iriam em direção a eles. Felizmente, nenhuma dessas duas medidas foi necessária.

Na manhã seguinte, testemunharam de longe o barco que me levou aos positivistas e depois a elevação dos dirigíveis que teriam por missão destruir nosso lar, contando os minutos por qualquer signal de seu fracasso ou sucesso. Ele veio na forma de uma série de explosões que destruíram boa parte do complexo de prédios e depósitos do Forte da Pólvora. Com aquele signal, Solfieri e Beatriz partiram para nos resgatar.

O preço que pagamos, porém, foi alto. Tanto Revocato, enquanto prisioneiro da Ordem quanto Giovanni remando ao ponto ideal para abater os dirigíveis positivistas, mas não o bastante para escapar de suas balas, sacrificaram suas vidas por nós.

Dois dias passados do nosso retorno, nos reunimos para as últimas despedidas aos dois heróis que anos antes fundaram o Parthenon Místico. Tanto Revocato quanto Giovanni seriam nossos modelos nos anos à frente, não apenas de retidão e coragem, como de determinação em face à morte. No caso do último, a narrativa de Louison de como Giovanni defendera a ilha até o fim nos encheu de emoção e desalento.

"Aos amigos perdidos e bravos guerreiros, que nos motivarão pelos anos à frente", proclamou Louison, diante dos túmulos. "Nunca nos esqueceremos de vocês."

Enquanto dizia essas últimas palavras, deixou cair um lenço, que foi raptado por uma lufada, levando-o para o alto da enseada, para a liberdade dos ventos. Segui o movimento do tecido, desejando que os bons espíritos tivessem destino semelhante.

Ilha do Desencanto,
14 de novembro de 1896

Registro de áudio da narrativa de Nioko Takeda

[PRIMEIRA VOZ FEMININA]
E foi assim que eu fui vencida por vocês.

    E quando estava lá, jogada no campo de batalha, sabendo que havia lutado em vão a guerra errada, obtive a derradeira prova. Com meu comunicador ainda ligado, ouvi dos lábios de Aristarco não apenas a ordem para a destruição da ilha quanto também sua real motivação. Eu nunca passei de bucha de canhão, de uma tola engrenagem... numa machinaria maior.

    Por que você não me deixou para morrer? Por que essa tortura mental, me fazendo reviver essa estória?! Isso dá prazer a vocês? Vocês estavam lá! Viram o que houve! Vocês sabem!

[SEGUNDA VOZ FEMININA]
Sim, sabemos. Mas precisamos ouvir teu relato. Precisamos registrar o que aconteceu, de todos os pontos de vista. E também precisamos decidir o que fazer contigo, Nioko.

[PRIMEIRA VOZ FEMININA]
Eu falhei! Falhei com a Ordem! Falhei com o meu juramento. Só há uma coisa que podem fazer comigo!

[SEGUNDA VOZ FEMININA]

Talvez esta seja nossa única opção, Nioko. E caso seja, eu mesma, que te poupei da morte, serei a responsável por findar tua vida. E farei isso sem pestanejar, caso esta seja a tua vontade, ou caso atentes contra qualquer um de nós.

A partir deste momento, não gravarei mais nossas conversas. A partir de agora, tu decidirás o que sucederá com tua vida. Nós, do Parthenon Místico, acreditamos na liberdade e na escolha, e a partir de agora, tudo o que acontecerá contigo será tua escolha. Espero que tenhas uma boa noite.

[SOM DE PASSOS SE AFASTANDO]

Uma última coisa, Nioko. Você está errada. Podemos sim ser meras engrenagens, ou então podemos lutar e enfrentar o destino como os heróis dos nossos sonhos, forjando nossa sina dia após dia, minuto a minuto. Foi isso o que fizeste quando escolheste nos salvar. Penses nisso.

[SEGUNDA VOZ FEMININA]

Encerrar gravação.

Ilha do Desencanto,
16 de novembro de 1896

Do noitário
de Bento Alves

Gosto de acordar com o brilho do sol abraçando o amarelo dos cabelos de Sergio, enquanto ele ainda dorme, sonha, descansa. Inquieto, tenho vagado pela ilha ao amanhecer. Nessas andanças, penso nas mortes, nas batalhas e em tudo o que aconteceu desde que escrevi a missiva que originou tudo isso. Quantas engrenagens um simples conjunto de folhas manchadas de tinta podem colocar em funcionamento?

Agora, tentávamos diminuir o ritmo e voltar à nossa rotina. Depois de nos despedirmos dos nossos amigos e de expormos os crimes da Ordem, unimos esforços para reconstruir o que havia sido destruído. Para tanto, nos dividimos em grupos específicos, com cada um dedicado a uma parte diferente da enseada, isso quando o trabalho não exigia esforços de todos. O Mirante Crepuscular, por exemplo, recebeu nossa atenção por quase uma semana. Trolho, Sergio e eu trabalhamos no serviço de reconstrução, enquanto Vitória e Benignus instalavam novos sistemas de vigilância.

Quanto aos materiais para construção e reforma, ficaram aos cuidados de Louison e Beatriz, que tinham outros deveres fora da ilha. Beatriz vinha mais, pois fazia questão de estar presente nos horários das refeições de nossa "hóspede".

Durante as noites, nos reuníamos no jardim, levando conosco luminárias para afastar os insetos. Ficávamos lá, contando estórias e fazendo planos para os meses futuros, quando não para os anos à frente. Mas depois, no meio das madrugadas, ficávamos simplesmente em silêncio, escutando os murmúrios do pântano e dos ventos.

O único que manteve distância naqueles dias foi Solfieri, que depois dos últimos eventos, evidenciava signais de preocupação e tristeza, ainda mais marcantes do que o seu costumeiro estado sombrio.

Vitória, que várias vezes dividia o quarto conosco, passou a dormir sozinha, enquanto víamos que a cada dia a menina assustada tornava-se uma jovem segura de si mesma. Ela era a única que conseguia se aproximar de Solfieri.

Quanto ao nosso robótico, até ele havia mudado depois do que sofremos. Além de escutar e atender as nossas ordens, passou a participar mais das conversas, muitas vezes fazendo contribuições não solicitadas ou corrigindo detalhes narrativos do dia terrível, detalhes que nossa memória começava a alterar, inverter ou ignorar, imperfeitos e falhos que somos em nossas reminiscências.

Obviamente, não me separava nunca de Sergio nesses dias, agradecendo aos deuses por estarmos vivos. Que mudança vi atuar nele desde que havia chegado à ilha. Agora, era um estudioso, um aventureiro, um elegante e jovem senhor que aprendia dia após dia o corte das roupas, as combinações de tecidos e o charme dos adereços pessoais, como brincos, anéis e gravatas, como se os dias de morte e soffrimento tivessem aprimorado nele o ardente desejo de viver, sentir e amar.

Num outro universo, talvez, Pompeu teria findado sua vida na forca, como tantos de nós fizeram sob o duro jugo da condenação familiar. Num país de escravos libertos, ainda levaria décadas para se destruir outros grilhões imaginários.

Mas agora, depois de escaparmos da morte, não iríamos admitir que nada nos afastasse um do outro ou maculasse nossa felicidade. No alto de carruagens velozes ou trens descontrolados, no escuro de breus cavernosos ou fendas vulcânicas, no fundo de rios perigosos ou mares tempestuosos, ou ainda nas mais incríveis alturas, em balões ou foguetes, não nos entregaríamos a nada que não preenchesse nossos famintos corações.

Nada que não nos lançasse à paixão ou que nos afastasse dos braços um do outro. Nada que não significasse mais vida, num tempo e espaço sem limites, num mundo cujas estradas seriam nossas guias e a companhia um do outro, nosso maior alento.

Ilha do Desencanto,
18 de novembro de 1896

Do noitário
de Nioko Takeda

No quinto dia do meu cativeiro, Beatriz veio novamente conversar comigo.

"Há livros neste sótão, além de diários, photos e antigos documentos, nos quais encontrarás informações sobre nós. Há também jornais. Eu os trouxe pra ti. Eles detalham a destruição da Ordem e noticiam as atividades empreendidas em seus laboratórios. Penso que nessas páginas encontrarás muitas respostas." Eu permanecia impassível, fitando-a com ódio e incredulidade. "Por fim, há um caderno em branco, caneta e tinta. Temos o hábito, como bem sabes, de registrar os acontecimentos mais importantes de nossa vida em noitários. Caso queiras fazer o mesmo, fique à vontade. Tenho certeza de que será uma grata surpresa o que descobrirás de ti mesma ao deitar no papel tuas reflexões."

A mulher, que vestia um impecável terno masculino, aproximou-se de mim. Os cabelos crespos presos por uma fita. Na face, as feridas da nossa luta ainda resistiam à cura, mas o inchaço dos primeiros dias havia passado. Estaria meu rosto num estado similar? "Um último conselho, Nioko. Não tenhas medo do que encontrarás naqueles jornais e em ti. Verdades dolorosas são mais desejáveis do que belas mentiras." Ela empunhou uma lâmina e deu a volta na cadeira em que eu estava presa. "Peço que não te levantes até eu deixar o sótão, que permanecerá trancado. Por hora, não tens permissão para deixá-lo. És nossa convidada e, como tal, deves seguir as leis da nossa hospitalidade."

Foi um alívio sentir minhas pernas e depois meus pulsos sendo libertos. Permaneci sentada, pois seria inútil tentar levantar enquanto meus pés estivessem adormecidos pelo pouco fluxo sanguíneo. Esfreguei meus pulsos, tentando ressuscitar os dedos, enquanto Beatriz deixava o vasto sótão às escuras. Não alterei minha posição por umas duas horas. Quando me pus de pé, tive um momento de vertigem e voltei a sentar.

No início da noite, Beatriz retornou, trazendo meu jantar. Bento Alves veio com ela, abraçado a um pequeno colchão, que depositou sobre uma cama de madeira que estava levantada em um dos cantos do sótão. Minutos depois, Vitória trouxe um travesseiro e um leve cobertor. Eu permaneci sentada, num dos cantos, sem falar nada. "Para o caso de você sentir frio", disse a menina indígena que havia destruído homens e robóticos com o simples poder da sua mente. Os positivistas a chamavam de aberração.

Sozinha, repousei meu corpo sobre o colchão de molas, enrolando-me no cobertor aveludado e deitando meu ouvido em um perfumado travesseiro. Abandonada num leito de sonhos bem diferente da acomodação espartana na qual vivera, senti as lágrimas de gratidão chegando fortes, poderosas e puras.

*Porto Alegre dos Amantes,
20 de novembro de 1896*

Do noitário
de Benignus Zaluar

A observação das estrelas sempre me fascinou mais que os assuntos dos homens.
 Desde muito cedo que meu olhar fitava o céu e seus enigmas, seus planetas distantes e suas galáxias inalcançáveis. Para um amante de sciência & máchinas como eu, foi com relutância que aceitei o convite de Revocato, um velho amigo, a vir ao sul para integrar uma sociedade secreta em formação. Eu me exilara nos confins da selva, depois que meus filhos morreram e minhas metas de exploração cósmica soçobraram.
 Quem me recebera em Porto dos Amantes foi Giovanni, numa noite fria e chuvosa, na qual cheguei depois de uma turbulenta viagem de Zepelim. Com o tempo, tornei-me seu amigo e conselheiro. A visão dele chegando sem seu violino e com as mãos decepadas me assombra até hoje. Agora, Revocato e Giovanni estavam mortos e sua falta era sentida a cada dia, em cada lugar que visitávamos da mansão.
 Certa tarde encontrei um Louison alquebrado na biblioteca. Fora pegar um livro — um velho tratado de psicologia de Henry Jenkyll, um de seus autores favoritos. Numa das margens de *A Multiplicidade Paradoxal da Mente* encontrara uma anotação de Revocato. Sobre a letra do amigo e o papel fino, suas lágrimas deixavam sua marca. Assim como nunca escondemos nossos sorrisos, também não afugentávamos nossos prantos.

"Poderíamos ter feito mais", disse ele. "Poderíamos ter salvado todos eles", falou.

"Sim, mas fizemos o que foi possível, Antoine", respondi, antes de abraçá-lo. Trolho chegou logo depois e estendeu seus braços mechânicos ao nosso redor.

Agora, vivíamos a calmaria. Diante de todas as evidências contra a Ordem, o grupo panfletário que a confrontara ficou em segundo plano. Era o tempo que precisávamos para curar nossas feridas e reconstruir nosso lar, quando não nossos sonhos.

Agora estou no meu laboratório, tomando notas enquanto descanso do meu atual invento, um Extensor Onírico. Depois de semanas projetando armas — de defesa ou ataque — voltar às minhas costumeiras explorações physicas, psíquicas e místicas é uma dádiva.

Sobre a mesa, o Paraty que relaxa os músculos, desembaça a visão e acalma o tremor das mãos impacientes. Ao lado dele, dois porta-retratos. No primeiro, há uma photo de Alfredo e Georgina, os donos originais da ilha, sentados sob o carvalho à frente da mansão. No segundo, eu, Revocato, Solfieri e Louison fazemos pose, enquanto Beatriz, vestida de Dante D'Augustine, fita pensativa algo fora do campo da imagem.

Eu desvio desses espectros pictóricos em direção à pilha de minhas próximas leituras: *Da Pluralidade dos Mundos Imaginários*, de Camilo Flammarion, *Cartografias da Atlântida Perdida*, de Julius Nemo, *Da Ressurreição dos Mortos*, de Victor Frankenstein, *De Como Criar Feras, Súcubus e Híbridos*, de Allan Moureau, *Manual do Viajante do Tempo*, de autoria anônima, e o *Guia Turístico dos Territórios Insólitos*, de Phileas Fogg. Nem sei por onde começar entre esses títulos sombrios e macabros. Não há problema. Apesar de velho e um tanto cansado, tenho tempo.

Com a benção de São DaVinci e Lorde Paracelsus, além da iluminação de Giodano Bruno, o herege, Doctor Faustus, o profano, e Mestre Ahasverus, o judeu cambiante, seguirei com meus inventos, estudos e tragos, pois vida é pra ser vivida, bebida pra ser sorvida e ideias para serem materializadas. Ao meu redor, colados nas paredes do galpão, meus projectos futuros aguardam: lunetas astrológicas, bússolas estelares, dirigíveis terrestres e barcaças aéreas, trajes de exploração espaço-temporal, machinários incógnitos, amuletos tecnostáticos, armas de projecção espectral, bestas enfeitiçadas com dardos de prata, madeira e estanho, dependendo da criatura ou inimigo, além de redes para captura, proteção ou pesca. Maletas emissoras de raios delta, gama e violeta, além de transmissoras de mensagens preter, para e ultranaturais, com a inclusão de luminária, cafeteira e alambique, para explorações em selva, sertão ou ruínas. Tudo isso e muito mais que a imaginação puder comportar e a vida permitir.

Um desejo extensível a todos nós, que integramos o Parthenon Místico.

ILHA DO DESENCANTO,
23 DE NOVEMBRO DE 1896

Do noitário
de Nioko Takeda

Nos dias seguintes àquela primeira noite de sono sem relógios ou despertadores, comecei a explorar o sótão. Eu, que até ali vivera em cavas escuras e dormitórios áridos, passei a apreciar a estrutura amadeirada que sustentava o teto, o cheiro de tecido velho que vinha dos cortinados pesados, o contato dos meus dedos com os livros, caixas e estatuetas. Adorava ouvir o barulho que meus pés produziam no tabuão quando caminhava. Isso quando não me cansava da cama ou da cadeira e me sentava no chão, sobre os tapetes macios. Aquele lugar era um cemitério de manuscritos, photos, roupas, objetos... vidas que tinham sido vividas com plenitude. Quando eu me lembrava do que teria feito com aquele lugar caso não tivéssemos fracassado, um aperto no peito ordenava que minha mente silenciasse o assunto. E havia uma grande variedade de assuntos naqueles dias de solidão e silêncio.

Os jornais deixados por Beatriz traziam manchetes apelativas, algumas risíveis. Mas as reportagens informavam datas, nomes, endereços e outras evidências das práticas hediondas executadas pela Ordem Positivista gaúcha. Eram experiências com seres humanos, testes com altas e baixas temperaturas, transplantes de órgãos cujos objetivos nunca eram a cura, e sim a pesquisa. Estudos com altas cargas de energia para "curar" loucuras, histerias, psicoses e outras anomalias, como delírios anarquistas, ideias socialistas e inversões sexuais, numa miscelânea revoltante de doenças reais e anormalidades imaginárias.

Quando a Ilha do Forte da Pólvora foi investigada, novas atrocidades surgiram. Enquanto alguns prédios ruíram e porções de terra afundaram inteiras nas águas, o Centro de Disciplinamento tinha uma base sólida e profunda. Foram suas instalações que deram à polícia a prova contundente. Eram correntes, aguilhões, facas e jaulas, entre outros apetrechos medievais que evidenciavam o tratamento dado aos rebeldes. O escândalo ganhou repercussão em todo o país, fazendo com que sedes da Ordem Positivista fossem abandonadas às pressas, pois havia o medo de que o povo as invadisse. Em Porto Alegre dos Amantes, a Ilha do Forte da Pólvora foi condenada e o Templo na Avenida da Azenha, fechado. Depois da verdade, outras instituições que até então apoiaram os positivistas, passaram a negar qualquer envolvimento, como a Força Militar Federalista, a Igreja do Crucificado ou a Liga dos Comerciantes. Eu lia cada nova notícia nos jornais diários, que me eram trazidos quase sempre por Beatriz ou então por Bento ou Sergio.

"Isso não vai funcionar", disse a Beatriz, depois de vários dias.

"O que não vai funcionar?".

"Isso! Até quando vocês me manterão presa aqui? Para sempre?", questionei, apesar de eu mesma censurar meu tom de voz.

"Não, Nioko", disse Beatriz, "não ficarás aqui para sempre. Mas não sabemos o que acontecerá. Continue lendo. Continue escrevendo. O porvir trará as respostas".

Ela deixou-me sozinha, com meus phantasmas particulares. Esses não paravam de travar contato com os outros espectros que viviam naquele sótão empoeirado.

Ilha do Desencanto,
03 de dezembro de 1896

Do noitário
de Vitória Acauã

Eu tenho revisitado o passado e ouvido as vozes dos mortos, além de suas estórias. Eles são bem sozinhos, sabe? Quase não têm com quem conversar. Nós aqui da Ilha do Parthenon, temos nos dedicado aos registros dos últimos dias, sobretudo da batalha com os positivistas.

Eu preferia conversar com Trolho, em vez de escrever. Mas ele está meio distante e sumido nesses dias. Fica andando de um lado pro outro, vendo as árvores, olhando os bichos e até folheando uns livros na biblioteca. Mas tirando esses momentos, ele fica falando e falando, fazendo perguntas sobre sonhos e desejos.

Eu até perguntei ao tio Benignus sobre essas mudanças. Ele me disse que Trolho não passava de uma máchina e que, como tal, era um amontoado de dados pré-programados. Benignus adora falar difícil. Quando questionei Sergio, disse que tinha a mesma impressão que eu, de que o autômato estava mudado. Eu acho, e conto isso só aqui, pro meu querido noitário, que o Trolho é um robô de lata com coração!

Quanto ao Sergio, esse sim, escrevia da manhã à noite, isso quando não estava ocupado com Bento em alguma tarefa da ilha ou aos namoricos pelos cantos. Eu olhava pros dois com inveja boa. Afinal, eles eram meus pais... ou meus irmãos... não sei. Só o que eu sei é que eles se ajudavam e se amavam.

Eu também estava cheia de novidades nesses dias. Tenho experimentado umas roupas diferentes, roupas de moça crescida, sabe? Boa parte é presente de Beatriz, que me perguntou do que eu gostava e um dia até me levou ao centro de Porto Alegre para experimentar uns vestidos e um par de sapatos. Desses, não gosto. Prefiro meus pés livres, tocando a madeira, o chão e a grama. Mas eles são bem bonitos. Estão no meu quarto, guardados para ocasiões especiais.

Às vezes eu estou bem, às vezes não. Há respostas que você pode encontrar com seus amigos. Há outras, porém, que só são encontradas no silêncio. Meus machucados também foram sarando, como os machucados de todos, até da Noiko Takida. Será que é assim que se escreve? Mas tinha uns machucados que não saravam. Eram feridas do coração e do espírito. E já que falei do coração, não consigo parar de pensar no Solfieri. Eu gosto dele. E de um jeito estranho, não como gosto do Bento, do Sergio e dos outros.

Esse carinho e vontade dele às vezes até me faz ter alguns pensamentos bem esquisitos, que não consigo nem revelar pra ninguém. Nem pra você, noitário.

Deixa eu mudar de assunto, só por enquanto. Dias atrás, fui fazer visita às minhas amigas bruxas, as Damas do Nevoeiro. Desta vez, foi facinho chegar no casebre delas. Elas me deram conselhos para o futuro, conselhos pra ficar mais forte e mais confiante.

Entre as coisas que elas disseram, tava isso aqui:

"Você matou os primeiros monstros", disse Dia. "Agora, você encontrará outros, mais terríveis, mais poderosos, mais desafiadores."

"Mas você prosperará contra eles", continuou Noite, "como a bruxa forte e poderosa que é. Há uma longa e sinuosa estrada que você percorrerá, da Ilha das Névoas ao Arquipélago do Desencanto, até a Goela do Diabo."

"Mas essas são estórias para o porvir", finalizou Madrugada. "Agora, precisa te concentrar no presente, que é só o que importa."

Eu me despedi delas e retornei à ilha, remando até doer os braços. Nesse percurso, tomei uma decisão. Eu ia chegar e então iria ao Mirante da Aurora. Solfieri volta e meia estava por lá. E daí, antes dele dizer qualquer coisa, eu daria um beijo nele.

Mas ele não estava. Então esperei, com meu caderno, tomando essas notas.

Vou esperar aqui até ele chegar e vou abrir meu coração. Não farei segredo algum. Chega de segredos. Já tenho segredos demais.

A noitinha está chegando. Os pirilampos já surgiram, com suas luzes brilhando na escuridão do verde da mata. Espero que Solfieri não demore.

Algo dentro de mim me diz que o tempo das descobertas começou.

ENÉIAS TAVARES
PARTHENON MÍSTICO

Ilha do Desencanto,
03 de dezembro de 1896

Do noitário
de Nioko Takeda

Foi numa manhã luzidia e tranquila que comecei a conversar com Beatriz.

Até então, nosso contato tratava de amenidades, que tinham a ver com minhas roupas, alimentação e outros temas rotineiros. Eu havia encontrado no sótão, entre os velhos volumes, uma primeira edição do seu livro de contos, e o devorei numa tarde, surpresa com suas estórias de assassinatos e mystérios. Comecei nossa conversa perguntando o porquê de ter escolhido tal tema.

"Porque, no início, achava que optar por um gênero mais 'sério' seria imprudente, uma vez que não confiava no meu talento. Por outro lado, foi um pouco de faro commercial, visto que todos gostam de estórias sobre o bem e o mal e sobre a justiça, mesmo que esta seja um tanto tortuosa", respondeu. "Além disso, porque precisava fazer um nome para mim e sabia que tal meta seria difícil sendo negro, mas impossível sendo negra. Assim, objetivei uma arte mais popular, de fácil acesso, que pudesse atrair leitores e leitoras de vários extratos sociais."

"Mas há uma recorrência temática em suas estórias que evidencia algo mais, além de medo e oportunismo editorial", repliquei.

Beatriz parou de recolher os lençóis e sentou-se à minha frente, interessada.

"E qual seria ela?", perguntou.

"Os contos de *Crimes Crassos* são sempre sobre criminosos que escapam impunes. E é claro que eles são quase anti-heróis, muitas vezes vingando crimes mais sórdidos. Por que esse tema?"

"Boa pergunta. Primeiro, porque na vida há muitas atrocidades que permanecem impunes. É o 'realismo', palavra que detesto", disse, abrindo um sorriso, "da minha arte. Por outro lado, acho que a verdadeira justiça transcende as prisões, as leis, as punições. Talvez, um dia, eu mesma tenha de fugir ou de testemunhar alguém que eu ame ser perseguido pelas forças da lei."

"Tenho outra pergunta. Você acredita em finais felizes?"

"Na vida ou na arte?"

"Nos dois", falei, menos interessada em seus contos e mais no que vivera até ali.

"Na arte, os finais felizes são frugais, quando não ruins e melodramáticos. Na vida, eles são necessários, ao menos em nossa imaginação, uma vez que a vida sempre termina em morte. O que não é o melhor dos finais, mas é o mais apropriado."

Numa tardinha chuvosa e fria, Sergio veio, mas não para me trazer roupa ou trocar meus lençóis. Trazia consigo um caderno igual ao que Beatriz havia me dado.

"Eu aprendi muito desde que aqui cheguei, Nioko", ele disse, ao lado da janela oeste. "Mas um dos meus principais aprendizados foi reconhecer e respeitar a perspectiva alheia, o modo de ver e ouvir o mundo diferente do meu. Aqui está o que eu vivi nesses meses: a explicação para os estranhos eventos do dia do ataque positivista."

Além de seu noitário, Sergio deixou sobre a mesa velas e fósforos, supondo que talvez eu desejasse continuar a leitura depois do entardecer. Quando Vitória veio mais tarde trazer meu jantar, encontrou-me entretida com a leitura, com a primeira das velas já acesa. Servi uma taça de vinho e segui lendo, deixando a comida esfriar.

Terminei o noitário de Sergio no amanhecer seguinte.

O que faria com aquela informação? Com aquela narrativa incrível, que incluía aventuras em tabernas, a feitura de publicações subversivas e um mensageiro do futuro, que viera contar-lhe o oráculo terrível de mortes e catástrofes? E o mais importante: o que faria comigo dali para a frente? Eu, que segundo aquela voz profética, fora a assassina dos moradores daquela ilha, a destruidora dos meus sonhos e desejos? Como me portar diante daquelas pessoas que responderam a ódio e calamidade com ternura e compreensão?

Fechei as cortinas e me escondi embaixo dos cobertores. A escuridão trouxe sonhos bem-vindos, enquanto o sol efetuava seu arco acima da Ilha do Desencanto.

Ilha do Desencanto,
03 de dezembro de 1896

Das anotações
de Solfieri de Azevedo

Por décadas fui um renomado pilantra.

E até gostava da minha fama de infame entre lacaios, patifes e vadios.

Alguns fugiam correndo, outros desmaiavam, e ainda outros apenas se jogavam aos meus braços. E assim vivi a vida até aqui, como um diabo entre diabos.

Mas então houve uma distorção temporal que alterou minha morte. Inquieto com tal evento, num amanhecer insalubre, tomei a decisão de ir ao encontro dela, da Dama dos Reinos Sombrios. Eu estava próximo à Fonte dos Arcanos, olhando para Porto Alegre dos Amantes e tentando entender como eu morrera ali perto, abaixo daquelas pedras. Cansado de fugir e de me esconder, eu retirei o anel de rubi.

No instante seguinte, a bela senhora surgiu sentada ao meu lado. Vestia preto, o que combinava com seus cabelos e olhos noturnos. Não havia foice em seus dedos, apenas uma cigarrilha que queimava. Eu pedi uma para mim, o que ela atendeu.

Para o meu alívio, depois de duas tragadas, a morte cortou o silêncio. Sua voz era muito delicada, não exatamente como me lembrava, depois daquela noite terrível na taverna imunda em que a encarei entre os corpos dos meus companheiros.

"Tens fugido de mim há muito tempo, Solfieri", falou a medonha.

Eu permaneci mudo, enquanto fitávamos o sol poderoso que surgia no horizonte do pântano, com sua luz penetrando a perfeição tortuosa dos galhos ressequidos.

"Chegará um dia em que deixarás de fugir. Espero que saibas disso." Ela olhou para mim, com olhos de quem havia visto tudo, desde o início dos tempos.

"Foi esse o juramento que eu fiz. De fugir da morte e de nunca me entregar", respondi, tentando amenizar com meu tom de voz a impertinência da fala.

"Sim, foi. E apreciei testemunhar teus esforços. Mas sabes que não estás fugindo de mim, não é mesmo?" Ela me olhou com severidade, produzindo nos lábios escuros um esgar que poderia ser lido como um sorriso. "Tu me enganaste todos esses anos e não aceito bem esse tipo de desonestidade. Eu darei o tempo que precisas, mas prometo: se não vieres a mim por tua conta, serei obrigada a cobrar tua dívida."

"Mais do que justo, cara senhora."

Quando me dei conta, estava de novo sozinho, com o anel de rubi no dedo. Havia um elixir imortal que corria em meu sangue. Mas era o anel que me escondia dela.

O que farei daqui para a frente? Que tipo de vil condenado serei eu?

Nesses dias, assumi a solidão, pois precisaria confrontar não apenas a dama dos meus pesadelos, como também meu futuro. Mas agora, estava na hora de parar de fugir. Agora estava na hora de assumir a responsabilidade pelos meus atos e de amar aquelas pessoas como se a Morte não estivesse longe. E eu sabia que ela não estava. Ao contrário.

Nas horas seguintes, entrei num barco e segui para Porto Alegre. A primeira coisa que fiz foi abandonar o cortiço que fizera de morada nos últimos anos. Estava mais do que na hora de abandonar velhos antros, tavernas sórdidas e hábitos atrozes, o que me traz a Vitória Acauã. A inocência dela é uma flor exótica, perigosa e envolvente, mas ainda jovem demais, pura demais para ser conspurcada por um velho larápio como eu.

Noutros tempos, ela já estaria arruinada. Mas não hoje, quando minha enferrujada capacidade de sonhar pode ser revivida, num tempo em que as carcomidas engrenagens do meu desejo podem novamente funcionar. Hoje, minha decisão é partir para longe, levando apenas uma mala com meia dúzia de trapos e minhas empoeiradas cadernetas. Além delas, levo uma única lembrança, que desejo revisitar dentro de poucos anos.

Diante das águas turvas e fundas do Guayba, Vitória descansa, sentada à beira d'água, com os pés desenhando a superfície líquida.

Carregarei essa imagem comigo como um relicário photográphico, imerso no mundo assombrado por phantasmas, monstros e diabos.

Sigo firme meu passo, em direção à estrada, sabendo-me um deles.

Quanto ao resto, não passa de mero ruído irritando o silêncio.

Ilha do Desencanto,
10 de dezembro de 1896

Do noitário
de Nioko Takeda

Dois dias depois de ter lido a narrativa de Sergio sobre um portal espaço-temporal que impediu o assassinato de todos, incluindo o de Beatriz, ela retornou para nossa costumeira conversa. Quando partiu, a porta de acesso ao sótão não fora trancada.

Eu o deixei apenas no dia seguinte, reunindo coragem para encarar meus velhos inimigos, agora como sua improvável convidada. Nos dias posteriores, passei a visitar a biblioteca para buscar alguns volumes novos, uma vez que lera todos os que estavam no sótão, e a passear pela ilha, detendo-me sempre em alguns lugares. Entre eles, o Jardim Apolíneo, onde apreciava o equilíbrio das cores e a simetria dos canteiros.

Numa das manhãs em que fiquei sentada em um dos bancos de pedra do jardim, Louison veio fazer a poda.

"O que achas do nosso Jardim?", perguntou-me.

"Eu gosto do perfume e da simetria", foi minha resposta, descobrindo minhas razões à medida que falava. "Suas flores me lembram da minha infância."

"Havia um jardim na casa de seus pais?"

"Não. Mas havia um antigo livro com pictogramas do Japão dos meus avós e neles havia jardins como esse. Eu sonhava que no futuro os visitaria."

Louison deixou a caixa de jardinagem de lado e veio em minha direção. Por cima de seu traje formal, vestia um avental de jardinagem e luvas.

Sentou-se ao meu lado e, fechando os olhos, inspirou o perfume daquelas flores.

"E por que não, Nioko?"

Eu olhei para ele sem entendê-lo.

"Não estás mais aprisionada. Nem em nosso sótão, nem em tua cela na Ordem Positivista. O mundo é vasto e os sonhos, infindos. Quanto às estradas da vida, convidativas. E estás livre, para fazeres tudo o que sonhares."

"E o que eu faria? Sou guerreira, espiã e assassina. O que eu faria no mundo lá fora?", desabafei.

Ele estendeu-me um lenço branco, com suas iniciais bordadas num dos cantos, e voltou segundos depois segurando uma delicada flor branca respingada de tons avermelhados.

"Esta é uma sakura, uma das flores típicas do Japão. Uma antiga lenda conta que ela era uma estrela que embelezava o céu noturno, até que se apaixonou por um homem e despencou dos céus, na proximidade do Fuji, transmutando-se nessa flor."

Eu a segurei, encantada com sua brancura respingada de sangue.

"Ela nunca mais retornou aos céus, mas ao menos estava perto do seu amor", disse, sorrindo. "Teus ideais antigos desmoronaram, bem como as paredes do teu antigo lar. Agora, precisas abraçar o que tens diante de ti. Não será fácil, mas não tenho dúvidas de que teu percurso será cheio de estórias intensas e flores como essa."

Quando foi embora, desejei nunca deixar aquele lugar e a companhia daquelas pessoas. Mas algo dentro de mim sabia que aquilo não era uma opção. Que eu precisaria partir em breve, para explorar minhas próprias inquietações e reconstruir minhas certezas.

Com o passar dos dias, ganhei um quarto e deixei o sótão, apesar de ter me apegado a ele, bem como a outros lugares daquela casa. Também aprendi a me perder nos corredores exóticos daquela construção. Muitas vezes, entrava num cômodo e saía em outro, ou dava de frente com uma parede de tijolos onde antes havia um quarto. Por fim, desisti de compreender tal arquitetura de sonho, e apenas a aceitei.

Passei também a fazer as refeições na cozinha comum, dividindo com os moradores da ilha suas estórias e recebendo outras. Havia uma parte de mim que invejava seus affetos. A cada dia, minha frieza dava lugar a outros sentimentos.

Os dias chegaram e outros foram embora, bem como noites, algumas de sonhos, outras de pesadelos, outras ainda de reflexões e leituras. Mas tudo isso trouxe mudanças.

Mudanças que eu via no espelho do meu quarto e no espelho dos meus olhos.

Ilha do Desencanto,
13 de dezembro de 1896

Do noitário
de Sergio Pompeu

O verão finalmente chegou, enchendo a ilha de vida, flores e raros perfumes.

De minha parte, continuava a exploração de mim e do mundo no qual agora vivia. Livros eram devorados, passeios eram empreendidos, Porto Alegre e o pântano, além da ilha e da mansão, iam pouco a pouco se tornando minha casa. Ainda mais, meu lar.

Naqueles dias, também nos distraía o novo invento de Benignus, um Extensor Onírico. Ele nos apresentou o aparelho numa noite chuvosa, entre um trago e outro. A nova bugiganga, segundo ele, ajudaria o sonhador a não despertar de sonhos bons e a acordar logo no início de um pesadelo. A utilidade imediata de tal invento era quase nula. Mesmo assim, nos revezamos para testá-la, afinal, todos ali eram, de um modo ou outro, víctimas de suas próprias paisagens oníricas.

A primeira noite foi medonha, pois eu fui acordado logo no início de um delicioso sonho de infância e Bento ficou preso por horas a uma horrenda phantasia noturna na qual era víctima de canibais robóticos. Benignus, meio bêbado, havia invertido o marcador temporal do seu invento. Nas noites seguintes, os que tiveram coragem de servir como cobaias, não tiveram quaisquer reclamações.

Nossa única preocupação naqueles dias era Vitória. A súbita partida de Solfieri partiu seu coração, como imaginávamos. Por dias ela ficou sozinha e quieta, não querendo a companhia de ninguém. Demos a ela o espaço que precisava. Com o passar dos dias, ela foi retornando ao nosso convívio, mas seu olhar volta e meia fitava o porto e as águas, à espera de alguém que não voltaria tão cedo.

Já Nioko, não parava de nos surpreender.

Meu desejo era o de que, através de meu noitário, ela pudesse encontrar uma fração de quem eu era e de quem eram aquelas pessoas que por fim pouparam sua vida. Ela chegara àquela ilha de sonhos como uma prisioneira. No início, sua linguagem, sua postura, seus gestos... tudo revelava medo, ameaça, violência. Pouco a pouco, porém, a guerreira foi dando lugar à mulher e a agente implacável a uma doce companheira de leituras e conversas.

Nioko, diferente de muitos de nós — quase todos falastrões como eu —, pouco se comunicava através de palavras. Por outro lado, seus olhos nos diziam muito. Não apenas do seu passado de soffrimentos como também de sua gratidão presente. Ainda mais: eles começaram a brilhar em contato com as águas do Guaíba, falando sem nada dizer que poderia haver esperança para ela, para nós, para o futuro.

Enquanto ela aprendia conosco, também víamos as mudanças que todos nós vivenciamos. Assim como Nioko não era mais a mesma mulher que havia colocado os pés naquela ilha, o mesmo podia dizer de mim.

Numa tardinha, à beira do Mirante da Aurora, eu a encontrei no exato ponto em que nossos olhos se tocaram duas vezes antes.

Ela estava sentada na borda de pedras, vendo o vai e vem das águas. Eu me sentei ao seu lado e lá ficamos, lado a lado, sabendo que as diferenças que nos separavam eram imaginárias. Éramos amigos e irmãos, ambos juntos, tentando entender os mystérios da vida e da morte.

Ilha do Desencanto,
20 de dezembro de 1896

Do noitário
de Nioko Takeda

Foi num manhã de verão, que eu decidi que havia chegado a hora de partir.

Na noite seguinte, anunciei a todos que iria para longe, ao menos por hora, em busca de minhas próprias perguntas e respostas. Em seguida, com voz engasgada, agradeci a eles por tudo o que fizeram por mim. Era difícil imaginar-me longe dali e distante daquelas pessoas, que haviam me ensinado muito mais em dias do que qualquer escola teria me ensinado em anos.

E assim, depois de conversar, e beber e me divertir — algo que também tinha aprendido com eles, naquela velha casa em meio ao pântano —, comecei a arrumar minhas coisas. Eu não tinha praticamente nada, exceto as dádivas que recebi deles nos dias anteriores, incluindo um valor em dinheiro, que me manteria por meses.

Além disso, Vitória havia me presenteado com dois vestidos simples, enquanto Beatriz me dera roupas mais resistentes e menos femininas, mais apropriadas às minhas futuras aventuras, além de dois livros, um de seus contos, com uma dedicatória que levaria para o resto da vida. Já Louison deu-me uma passagem de navio.

"Trata-se de um tíquete em aberto, que pode ser emitido para qualquer lugar, podendo findar com um retorno até nós ou a qualquer outro lugar que desejares," disse ele, cordial como sempre. "Além disso, não esqueças, se precisares de qualquer coisa, contate-nos. Um dos nossos deveres é socorrer nossos amigos, sempre."

Bento deu-me uma estranha bússola com vários dispositivos acoplados, além de um par de modernosos monóculos. Benignus trouxe-me uma maleta com várias armas e utensílios mechânicos que disse tratar-se de um kit para agentes secretas. Já Sergio, ofertou-me um baralho de tarô e disse que eu poderia encontrar entre suas lâminas várias respostas, quando não o passado, o futuro ou o que eu bem desejasse. "Pense nele como um espelho, das eras e do que você guarda aí dentro, na mente e no coração", falou ele.

Na manhã da partida, foi Beatriz que me levou ao porto. Eu me despedi dela, acenando do alto, de uma das plataformas. Quando ela se foi, fiquei lá com minha pouca bagagem e meus vastos sonhos.

Desviando o olhar da cidade que se afastava, reli a dedicatória no volume de contos escrito por Beatriz, quando ainda chamava-se Dante D'Augustine.

Querida Nioko,

Os caminhos mais belos são os mais desafiadores. Quando em dúvida entre um caminho incerto e um retorno necessário, pare na encosta da estrada e procure uma pequena flor. Encontrarás as respostas que precisas entre suas pétalas.

Com carinho, Beatriz de Almeida & Souza

O navio partiu e as ondas do mar revolto chegaram. O futuro me aguardava. E pela primeira vez em minha vida, não me interessaram os planos e as conspirações.

Apenas o balanço das ondas e o doce abraço dos ventos.

Ilha do Desencanto,
23 de dezembro de 1896

Do noitário
de Sergio Pompeu

Cada um vivenciou a partida de Nioko de seu modo.

Para alguns, foi um alívio, pois por mais que sua estadia tenha sido tranquila, sempre havia a tensão por termos socorrido e também abrigado uma de nossas inimigas. Beatriz, diferentemente, sentiu mais sua falta. Segundo ela, Nioko, como tantos outros, tinha sido uma víctima e suas ações decorreriam das mentiras que a formaram. Sua insistência em acreditar em Nioko, mesmo quando a teríamos abandonado, fez com que eu a admirasse ainda mais.

Motivados por Nioko e por sua coragem em explorar o mundo, além da partida súbita de Solfieri, eu e Bento também começamos a fazer projecções para uma longa viagem. Meu querido desejava me mostrar o mundo e eu não recusaria seu convite. Nossa ideia era partir de balão nos meses seguintes, em busca de artefatos mágicos e cidades perdidas em meio à selva.

Quanto ao espectro de Georgina, vi-o apenas mais uma vez.

Num de meus passeios exploratórios pelos caminhos cambiantes do Labyrintho Espectral, escutei uma voz de criança e soube de pronto de quem se tratava. Ela vestia um bonito vestido de festa e corria em direção a um homem velho e a um garoto de sua idade. Alfredo, Georgina e Leôncio Magalhães viveriam ali para sempre.

E foi com esse estado de espírito, aventuroso e feliz, que acordei no último dia que registro nesta narrativa. Atendendo a um pedido de Trolho, o encontrei no porão da mansão, lugar que agora não me era mais prohibido.

Quando lá cheguei, depois de descer a escadaria e fitar as dezenas de garrafas que pairavam na escuridão, encontrei-o de frente para a porta que levava ao Aleph.

"O que... o senhor... acha que... aconteceria comigo... se eu entrasse... nele?"

"Não sei, mas acho que dificilmente você encontraria seu duplo" respondi, estranhando a voz metálica, que mostrava uma modulação mais ritmada, irregular e incomum ao seu costumeiro diapasão frio e mechânico.

"Às vezes... senhor Pompeu... quando todos estão dormindo... tento fingir que sonho. Faço isso alterando... o código da minha programação... ordenando que... ela busque... a falta de lógica dos sonhos... do modo como... os livros... descrevem. Mesmo assim... não consigo vivenciar nada... exceto códigos binários... de zeros e uns... ordenando imagens... previamente concebíveis... o que anula... a principal qualidade... dos sonhos... a expectativa do inesperado."

Eu demorei a compreender seu raciocínio, não sabendo se Trolho estava falando comigo ou consigo.

"Bem, o simples fato de você estar questionando sua programação já é um avanço, não?", disse, me aproximando dele e colocando minha mão em seu ombro. "Não conheço nenhum robótico que faça isso, Trolho."

"Este... é o ponto... Sergio." Era a primeira vez que me chamava assim. "Até agora... não consegui... fugir de... minha programação... Por mais... que... tente... não consigo escapar... de causalidades numéricas... de padrões de possibilidades... das limitadas jogadas... do xadrez... programático", falou, virando-se para mim.

"Mas a vida é um pouco isso, não?", devolvi. "Todos nós temos de lidar com um número limitado de possibilidades. Nesse aspecto, também teríamos uma programação, senão existencial, biológica, que nos reduz a um prazo de validade específico."

"Existe... porém... uma grande... diferença."

"E qual seria?"

"Vocês... podem... escolher se querem... continuar ou... não."

Eu demorei a compreender o que estava acontecendo.

"Trolho, você não pode estar pensando em..."

"Por que... não... Sergio?", respondeu. Agora, era ele que colocava a mão metálica em meu ombro. "Quando escutei... a narrativa do seu... eu futuro... fiquei surpreso... com a capacidade humana... em escolher... mas nada... me impactou mais... do que a percepção... de que... eu... não poderia me... autofindar... como vocês podem."

"Mas é diferente, há momentos em que não podemos continuar vivendo..."

"E... eu... posso?"

Eu não tinha resposta para aquela estranha pergunta.

"Defina viver", ordenou-me, por fim.

Respirei fundo, tentando encontrar as palavras.

"Propor metas, experimentar novidades, abraçar amigos, realizar projectos..." E quanto mais eu falava, mais sabia o que aquilo significava. "Viver é fazer escolhas."

Trolho ladeou a cabeça, como nunca fizera antes, e permaneceu em silêncio.

"Sua resposta... compreende vários... sentidos que eu desconheço... exceto enquanto conceitos... Cheiro... Paladar... Toque... Desejo... Nada disso... está disponível... aqui... na minha programação... exceto... as visitas... que faço aos dicionários... inseridos... em mim... Você... compreende... meu amigo?

Eu compreendia e fui incapaz de conter minhas lágrimas.

"Sim, meu amigo", lhe disse, entre soluços, "eu compreendo."

Desde que eu chegara à ilha do Desencanto, Trolho estivera por perto, me divertindo, me auxiliando, me salvando. E agora, despedia-se, resoluto.

"A última... experiência de existência... que teria... seria então... aquela que mais... me aproximara... dos homens", disse ele, melancólico.

Assenti, tentando encontrar algum argumento que pudesse dissuadi-lo, que pudesse expressar o valor do aprendizado e de tudo o que ele ainda poderia vivenciar, os momentos que tornam a vida intensa e audaz... até perceber que não havia naquele ser que eu amava a coleção de ossos, músculos, fibras e canais perceptivos que definiam a própria experiência da vida.

"Por favor... abra a porta... para mim... Apenas... você têm... a chave."

Eu o abracei, deixando minhas lágrimas escorrerem por suas engrenagens.

"É boa... a sensação... de ser amado... desse jeito", disse, enquanto limpava meu rosto com o dedo metálico. "Lágrimas são... salgadas e líquidas... e expressam aquilo... que o corpo é... incapaz de conter... que o espírito... não consegue... ignorar."

Ele pegou minha mão e levou-a até sua face fria.

"Estou... sorrindo... Sergio... Pela... primeira vez... estou sorrindo...."

Eu o circundei e com pesar abri a imensa porta.

Atrás dela, universos de tempo e espaço nasciam e morriam em consonâncias com as vidas dos seres que compunham o cosmos, da mais alta fera até o mais ínfimo protozoário, dos mais assustadores monstros até o mais desalentado filhote.

E entre esses extremos, estávamos nós, sofrendo e sorrindo e vivendo.

Trolho me deu as costas e caminhou em direção ao Aleph.

Antes de continuar, ele voltou sua face metálica e disse:

"A maior felicidade é... poder escolher... a própria família." Sua cabeça agora fitava a vastidão das estrelas. "A maior felicidade... Sergio... é poder escolher..."

Depois disso, sem dar-me tempo para qualquer resposta, ele se foi, sumindo na vasta escuridão do passado e do futuro, deste mundo e de tantos outros.

Eu permaneci por horas no porão da mansão, fitando o universo que se apresentava inteiro e caótico diante de mim, na esperança de que ele retornasse.

Porém, isso não aconteceu.

Fechei o portal para os universos infindos, deixando para trás o cosmos e seus estelares conflitos, deixando para trás os túneis arcanos daquela mágica mansão.

Ao fechar atrás de mim a porta principal, por onde eu entrara meses antes, atentei para as flores que desabrochavam no velho carvalho, que agora voltava à vida.

O perfume delas encheu meu corpo, fazendo meu coração apertado pulsar. Deixei para trás as lágrimas e a morte que havia acabado de testemunhar. Diante de mim, estava o mundo e tudo o que havia para se viver nele.

E eu soube que ali, naquele lugar de sonho e realidade, eu estaria sempre em casa, entre amigos & amantes, junto dos aventureiros do insólito Parthenon Místico.

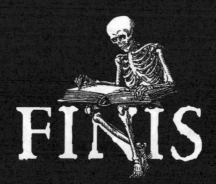

ENÉIAS TAVARES
PARTHENON MÍSTICO

BRASILIANA

STEAMPUNK

1896

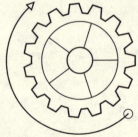

Ou ainda não, meninos & meninas incansáveis,
Que não desistiram dessas aventuras louváveis!

O Parthenon Místico chegou à sua feliz conclusão,
E anos depois a estória segue na memorável Lição!

Nos próximos anos, esta audaz ventura continua,
Pois o mal em Porto Alegre dos Amantes perpetua!

Antes disso, porém, várias novidades e atrocidades,
O que garantirá diversões para todas as idades!

Entre elas, cartas & jogatinas vaporentas,
Entre heróis memoráveis e vilanias odientas!

Ademais, há criações épicas, que ganharão suas sympatias,
Apesar de não serem de grandes e úteis serventias!

No próximo volume de nossa estória escabrosa,
Uma terrível ameaça, um monstro vindo de Carcosa!

Onde estarão Vitória, Solfieri e Isaías Caminha?
Ora, no meio de uma meninada que só se espinha!

E da Goela do Diabo (enorme vazio!),
Uma saga que vos encherá de arrepio!

Fique com a gente, meninas & damas ousadas,
Garanto que não se sentirão nada cansadas!

Não se afastem garotos & lordes senhores,
Pois aqui ainda teremos atrozes horrores!

Acham que estamos brincando? Eis uma ofensa!
Pois se algo é certo, é nossa brava presença!

Brasiliana Steampunk tem muito ainda a dizer,
O que para nós, sem dúvida, será um prazer!

CRÉDITOS LITERÁRIOS

Solfieri *criado por*
ÁLVARES DE AZEVEDO
(*Noite na Taverna*, 1855);

Alfredo e Georgina Magalhães, Leôncio
e a Ilha do Desencanto *criados por*
APELES PORTO ALEGRE
(*Georgina*, 1873-1874);

Giovanni *criado por*
AQUILES PORTO ALEGRE
(*Giovanni*, 1873);

Doutor Benignus *criado por*
AUGUSTO EMÍLIO ZALUAR
(*Doutor Benignus*, 1875);

Poção Indígena da Imortalidade *criada por*
MACHADO DE ASSIS
("O Imortal", 1882);

Sergio, Bento e Aristarco *criados por*
RAUL POMPÉIA
(*O Ateneu*, 1888);

Vitória *criada por*
INGLÊS DE SOUZA
(*Contos Amazônicos*, 1893);

O Aleph portenho
foi inicialmente *registrado por*
JORGE LUIS BORGES
(*O Aleph*, 1949).

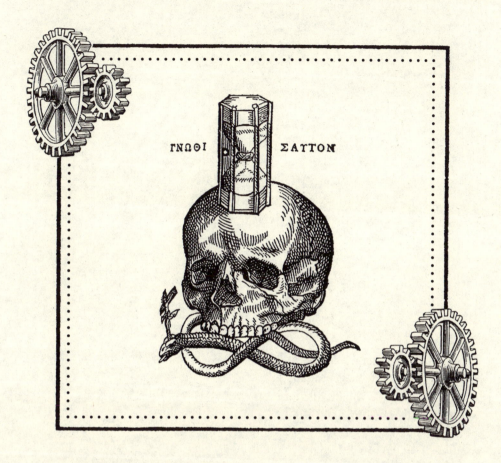

Através dele, comunicou-se com Alfredo Magalhães em 16 de outubro de 1883, num buraco de verme espaço-temporal que aproximou o subterrâneo de Buenos Aires do porão da Mansão dos Encantos, em Porto Alegre dos Amantes. Obviamente, os dois pórticos cósmicos são bem mais antigos que essas cidades e, talvez, mais antigos que o próprio universo. Quando o planeta Terra findar, em fogo, água ou tentáculos, descobriremos sua origem.

Quanto aos demais personagens desta narrativa, são de inteira responsabilidade do presente autor, que há anos deixou a segurança de sua morada em Santa Maria da Bocarra do Monte para investigar a Ilha do Desencanto, no Pântano do Guayba. Pescadores da região têm relatado esparsas & estranhas aparições, o que nos faz temer por seu bem-estar e sanidade.

AGRADECIMENTOS

Em meados do século XIX, em Porto Alegre, um grupo de revolucionários, escritores e idealistas usaram a literatura, a publicação independente e suas figuras públicas para defenderem, entre outros temas, a educação dos desfavorecidos, a liberdade dos escravos e os direitos das mulheres. Hoje, seus nomes e obras figuram nas notas de rodapé dos livros de história e nos manuais de literatura. Aos homens e mulheres do Parthenon Literário que ousadamente lutaram pela liberdade, pela dignidade e pela memória e cultura do nosso país, valores postos em cheque sobretudo no Brasil de hoje, agradeço. Sem eles, o Parthenon Místico e este autor perderiam sua principal fonte de inspiração. Quanto ao livro em si, é difícil precisar todos que contribuíram para sua realização. Mas destaco aqui um primeiro agradecimento aos escritores Cesar Alcazar, Duda Falcão, AZ Cordenonsi e Christopher Kastensmidt, pelo pontapé inicial num final de semana de 2015 em Torres dos Ventos Selvagens, num impagável retiro criativo regado a leituras, causos e sessões de Eldritch Horror. Também agradeço especialmente aos leitores que deram seu feedback em versões anteriores do livro, sobretudo Christopher Kastensmidt, Giovana Bomentre, Bruno Matangrano, Fernanda Cardoso, Affonso Solano, Kevin Talarico, Samanta Geraldini, Karl Felippe e Renan Santos. Também agradeço muito aos leitores de Brasiliana Steampunk, em especial ao Luciano Vellasco, e aos integrantes do Conselho Steampunk, por aguardarem tanto tempo pelo Parthenon Místico e por me motivarem com suas mensagens e carinho.

Nos últimos anos, quatro desses heróis — Sergio, Bento, Vitória e Nioko — ganharam rostos reais com *A Todo Vapor!* Agradeço muito a Pedro Passari, Claudio Bruno, Pamela Otero e Bruna Aiiso, além do amigo que os reuniu, Felipe Reis, pela motivação e pelas conversas sobre este livro: É aqui que muitas de suas "origens secretas" estão reveladas. No que concerne a UFSM, minha casa de formação e de trabalho, agradeço aos colegas do Departamento de Letras Clássicas e Linguística, bem como do Centro de Artes e Letras, pelo apoio a minha carreira de escritor, com especial menção a Amanda Scherer, minha cúmplice de projetos e minha colega na coordenação da UFSM Silveira Martins — meu particular Parthenon Místico. Quanto ao trabalho da DarkSide, um agradecimento especial ao Chris, ao Chico, a Marcia e ao Bruno, além do amigo & editor — nessa ordem — Lielson Zeni, que se aventurou por Porto Alegre dos Amantes alterando lugares, fortalecendo heróis e motivando experimentações literárias das mais variadas. Quando escrevo isso, ainda estou a meses de ver o livro pronto, mas não tenho dúvidas de que eles farão o que costumam fazer sempre: produzir uma edição fabulosa e uma experiência de leitura inesquecível. Muito obrigado por acolherem esse leitor & fã do trabalho de vocês. Por fim, agradeço a Emanuele Coimbra, minha parceira na vida e nos sonhos, aquela que ouviu falar pela primeira vez nos heróis e heroínas do Parthenon Místico. Foi ela que também me mostrou a porta da Mansão dos Encantos e me ajudou a enfrentar alguns dos seus pesadelos.

ROMANCE TRANSMÍDIA

Seguem conteúdos inéditos e transmidiáticos que enriquecerão sua experiência ficcional... mas isso apenas se você quiser! Neles, além de informação & diversão, você poderá desvendar detalhes relevantes sobre o mundo de Porto dos Amantes, os heróis que o habitam e os terríveis vilões que o atormentam. Os arquivos são gratuitos e estão disponíveis em formatos textual, sonoro, pictórico e audiovisual, sendo o único pagamento por eles o seu precioso tempo. Para acessar esse conteúdo tecnostático, entre na seção "Transmídia" do site oficial de Brasiliana Steampunk ou então posicione o visor do seu robótico móvel no **QR Code na página a seguir**.

CONTEÚDOS INÉDITOS E TRANSMIDIÁTICOS

PÁGINA 41. Saiba tudo sobre o incrível resgate de Vitória Acauã escutando o audiodrama *Bento Alves & O Ataque ao Templo Positivista*.

PÁGINA 62. Explore a sede do Parthenon Místico e o seus arredores na companhia de Sergio Pompeu com o Mapa Detalhado da Ilha do Desencanto.

PÁGINA 100. Junto de Louison e Sergio, consulte o Brasiliana Steampunk Tarô: nele você poderá compreender o passado, prever o futuro ou se divertir no presente.

PÁGINA 101. Na companhia de Bento ou dos pérfidos integrantes da Ordem Positivista, explore o Mapa Detalhado da Ilha do Forte da Pólvora.

PÁGINA 108. Para conhecer a Estória Documentada do Parthenon Místico, explore a Versão Completa do Relatório da agente Nioko Takeda à Ordem Positivista.

PÁGINA 129. Deseja ter um exemplar impresso do *Extraordinário Almanaque do Parthenon Místico*? Então acesse a versão ilustrada & diagramada do escândalo do ano!

PÁGINA 156. Para vislumbrar registros pictóricos apurados — assinados pelo artista retrofuturista Karl Felippe — do medonho ataque positivista, baixe nossos Cartões Astrais Exclusivos!

PÁGINA 193. Para saber detalhes inquietantes sobre a Iniciação no Parthenon Místico, leia as páginas perdidas do Noitário de Sergio Pompeu.

PÁGINA 199. Passeie por Porto Alegre dos Amantes com o Mapa Detalhado assinado pela cartógrafa Jessica Lang ou então com o audiodrama Passeio Turístico com Vitória Acauã.

PÁGINA 243. Viva essa e outras aventuras inquietantes na companhia de seus amigos ou familiares, em dias de chuva ou tédio, com o jogo de cartas *Cartas a Vapor!*, da Potato Cat.

PÁGINA 259. Com o *Suplemento Escolar de Brasiliana Steampunk* em sua aula, as aulas de literatura serão bem diferentes: conheça as origens secretas dos heróis & vilões desta estória!

PÁGINA 311. Saiba o que aconteceu com Nioko Takeda e outros heróis, além de conhecer Juca Pirama e Capitu de Machado, na série audiovisual *A Todo Vapor!*, da Cine Kings Produções.

PÁGINA 317. Para mais detalhes sobre o mundo de Brasiliana Steampunk e aventuras dos heróis do Parthenon Místico, acesse o webquadrinho *A Todo Vapor!* no portal CosmoNerd.

PÁGINA 333. Para contos inéditos protagonizados por Louison, Beatriz, Bento, Vitória & grande elenco, visite a Linha do Tempo de Brasiliana Steampunk no site oficial da série.

HORA DE INTERAGIR

ENÉIAS TAVARES é professor na Universidade Federal de Santa Maria, onde orienta trabalhos sobre literatura fantástica brasileira e ministra o curso Escrita de Ficção, além de dirigir o laboratório de economia criativa ORC Studio. Também na UFSM, pesquisa tragédia grega, os livros iluminados de William Blake e storytelling transmídia. De ficção, publicou *A Lição de Anatomia do Temível Dr. Louison* (LeYa), *Guanabara Real — A Alcova da Morte* (AVEC), este em parceria com AZ Cordenonsi e Nikelen Witter, e *Juca Pirama Marcado para Morrer* (Jambô) — romance que integra a série audiovisual *A Todo Vapor!*, cocriada com Felipe Reis. Junto de Bruno Anselmi Matangrano é o responsável pelo projeto *Fantástico Brasileiro*, exposição e livro (Arte & Letra). Recentemente, publicou a graphic novel *O Matrimônio de Céu & Inferno* (AVEC), com Fred Rubim, com quem também assina o Web Quadrinho *A Todo Vapor!* no portal CosmoNerd. Mais de sua produção em www.eneiastavares.com.br.

ENÉIAS TAVARES
PARTHENON MÍSTICO

*"A verdadeira arte não conhece moralidade.
Ela embriaga como a orgia e o êxtase.
E desdenha dos séculos efêmeros."*
— RAUL POMPEIA, O ATENEU —

DARKSIDEBOOKS.COM